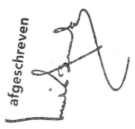

TILLY TOPSPION

Anna Dale

Tilly Topspion

Vertaald door Sofia Engelsman

Gottmer · Haarlem

Voor Marianne en de Mayfield Road-club

Kijk voor meer informatie over de kinder- en jeugdboeken van
de Gottmer Uitgevers Groep op **www.gottmer.nl**

© 2005 Anna Dale
Oorspronkelijke titel: *Dawn Undercover*
Oorspronkelijke uitgever: Bloomsbury Publishing Plc, Londen

Voor het Nederlandse taalgebied:
© 2006 Uitgeverij J.H. Gottmer / H.J.W. Becht BV, Postbus 317, 2000 AH Haarlem
(e-mail: post@gottmer.nl)
Uitgeverij J.H. Gottmer / H.J.W. Becht BV is onderdeel van
de Gottmer Uitgevers Groep BV

Vertaling: Sofia Engelsman, Bloemendaal
Omslagillustratie: Mel Grant, vertegenwoordigd door Artist Partners ltd, Londen
Omslagontwerp en binnenwerk: Rian Visser, Haarlem
Druk en afwerking: Drukkerij Hooiberg, Epe

ISBN 90 257 4127 4 / NUR 282, 283

Inhoud

HOOFDSTUK 1

Het voorteken

Tilly Bunker stond al een eeuwigheid te wachten. Ze schuifelde een stukje naar voren, zodat de neuzen van haar gymschoenen net over de stoeprand uitstaken, en staarde verloren naar de lollymevrouw aan de overkant van de straat. De lollymevrouw, die ze om de paar seconden tussen de voorbijstromende auto's door kon zien, had haar wandelstok tegen een lantaarnpaal gezet en stak nog maar eens een toffee in haar mond.

'Dertien,' mompelde Tilly, die het aantal had bijgehouden. De lollymevrouw kauwde onenthousiast op haar snoepje, zich niet bewust van de benarde toestand van het elfjarige schoolmeisje dat nu al bijna een kwartier stond te wachten tot ze kon oversteken.

Er gingen nog eens vijf minuten voorbij (plus zes vrachtwagens, een bus en tweeëndertig auto's), en al die tijd bleef Tilly op hetzelfde plekje staan, terwijl haar vingers zenuwachtig de riem van haar schoudertas omklemden. Ze was dit semester al vaak te laat geweest. En hoewel het haar lerares nooit leek op te vallen, bestond er natuurlijk altijd de kans dat Tilly op een dag toch gezien zou worden, als ze een paar minuten na de anderen de klas in sloop.

Als ze betrapt werd, wist Tilly, zou ze als straf een meedogenloze min naast haar naam krijgen op het bord waarop van elke leerling de bonuspunten werden bijgehouden. Tot nu toe had Tilly slechts één zo'n extra punt weten te veroveren, en die wilde ze niet graag kwijtraken.

Tilly had naar de lollymevrouw gezwaaid om haar aandacht te trekken, maar de vrouw had haar wuivende armen niet opgemerkt. Ze had haar best gedaan te fluiten (waarbij ze weinig geluid maar wel heel veel spuug had voortgebracht) en ze had geschreeuwd zo hard ze kon (helaas kwam op dat moment net een dubbeldekker langs denderen). Maar het leverde allemaal niks op. Ze was er zelfs niet in geslaagd om de duif te verjagen die boven haar hoofd op een telefoonkabel zat. Tilly voelde een lichte teleurstelling, maar echt verbaasd was ze niet. In de loop der jaren was ze er wel aan gewend geraakt om te worden behandeld alsof ze niet bestond. Van 's morgens vroeg tot 's avonds laat genegeerd worden was bijzonder eigenaardig en soms ook erg vermoeiend, maar Tilly was een opgewekt meisje en ze probeerde er niet te veel over in te zitten.

Een harde schaterlach deed haar nieuwsgierig haar hoofd omdraaien. Haar hart sprong op toen ze twee jongens zag, gekleed in het rode uniform van de Roestpoort School, die haar kant op liepen.

'Hoi Paul, hoi Chris,' zei ze.

Paul stootte even met zijn tas tegen haar schouder, wat naar ze aannam een soort van begroeting was. Tilly had niet zoveel op met de Evens-tweeling, maar ze besefte dat ze dankzij hen in elk geval op tijd op school zou komen.

Hoopvol keek ze naar de overkant van de straat. Ze zag dat de lollymevrouw haar buidel met snoep in de zak van haar felgele jas stopte en haar stok pakte.

Tilly's hart ging sneller kloppen.

Zonder zich te bekommeren om haar veiligheid marcheerde de lollymevrouw de straat op, waardoor meerdere automobilisten op hun rem moesten gaan staan. Toen hield ze dramatisch halt, midden op de weg, draaide zich om en hief haar handen naar de voorruit van een sportwagen.

'Stop,' zei ze vastberaden, waarbij haar puntmutsje over één oog zakte. 'Stop, alstublieft.' De donkergroene MG Midget kwam gracieus tot stilstand.

'Nu kunnen jullie veilig oversteken, engeltjes van me,' zei de lollymevrouw, en ze zwaaide met haar stok. Ze glimlachte onschuldig naar de wachtende auto's, terwijl Paul en Chris zelfverzekerd de weg overstaken. Tilly kwam achter ze aan en draafde opgewekt over het asfalt op haar afgetrapte gympjes. Bijna was ze aan de overkant, toen een plotselinge beweging in de groene sportwagen haar aandacht trok. Omdat de zon blikkerde op de voorruit kon ze het gezicht van de chauffeur niet goed zien. Ze kneep haar ogen tot spleetjes en hapte toen naar adem. De bestuurder gaapte haar aan. Het was niet zomaar een toevallige blik. De persoon in de auto staarde haar zo doordringend aan dat Tilly heftig begon te blozen. Ze haastte zich achter de Evens-tweeling aan en struikelde daarbij bijna over de stoeprand. Wat vreemd, dacht Tilly, terwijl ze op de stoep even bleef staan. Ze was verbijsterd dat iemand werkelijk belangstelling voor haar had getoond. Terwijl ze twijfelde of ze ervan moest schrikken of het juist spannend moest vinden, keek ze toe hoe de lollymevrouw terugliep naar haar plek. Het verkeer kwam weer op gang. De groene MG Midget, die vlak bij Tilly stond, kroop langzaam naar voren. Hij deed Tilly denken aan een krokodil die statig door het water gleed, één sluw oog voortdurend op zijn prooi gericht. Ze huiverde en haastte zich naar een overschaduwd plekje onder het afdak van een tijdschriftenwinkel. Tilly keek naar de weerspiegeling van de sportauto in het winkelraam, toen die langzaam voorbij kwam rollen, het zonlicht weerkaatsend in de zilverkleurige wieldoppen. De kap was omhoog en de ramen waren gesloten, maar toch ving ze een glimp op van iemand die het gezicht naar haar toe had gewend. Die persoon kijkt nog steeds, dacht Tilly, en er liep een onaangename rilling over haar rug. Ze hield haar adem in, en liet die pas weer ontsnappen toen de groene MG uit het zicht was verdwenen.

Het was de eerste keer dat Tilly ooit chocola had gegeten als ontbijt. Ze zat op het bankje op het speelplein van de Roestpoort School en brak meerdere stukken tegelijk af, stopte ze tussen haar lippen en liet ze op haar tong smelten tot fluweelzachte hompjes. Drie minuten lang knipperde ze niet één keer met haar ogen. Ze was helemaal van slag.

Een typische dag voor Tilly betekende veel wachten, luisteren, instructies opvolgen en in haar eentje rondsjouwen. Eigenlijk was ze best spraakzaam, maar het probleem was dat er nooit iemand naar haar wilde luisteren. Tilly bracht vooral veel tijd door met pogingen de aandacht te trekken. Meestal mislukte dat jammerlijk, maar deze ochtend was anders geweest. Ze had iemands belangstelling gewekt zonder daar ook maar enige moeite voor te doen. Eerst had het haar verlegen gemaakt, en daarna vond ze het ook wel leuk. Nu voelde ze zich vooral verward. Snel stopte ze nog een stuk chocola in haar mond.

Nooit staart er iemand naar me, dacht Tilly. Ik word gewoon nooit door iemand opgemerkt. Zelfs mijn lerares kan mijn naam niet eens onthouden.

En dat klopte.

Tilly was geen kind dat de aandacht opeiste. Ze was bedeesd

en bescheiden en volkomen onopvallend. Met haar ietwat mollige vormen, haar ronde, kleurloze gezicht, donkerblonde haar en bleke wenkbrauwen was ze nou niet bepaald een plaatje om te zien. Ze droeg sjofele kleren die te wijd zaten en ging nergens heen zonder haar beige kniekousen en versleten gympjes. Mensen keken altijd dwars door haar heen, of over haar hoofd heen, maar ze keken haar nooit aan.

De zeldzame keren dat Tilly's lerares, juffrouw Pan, zich tot haar minst indrukwekkende leerling wendde, sprak ze haar aan met 'Tonny' of 'Tessa'. Naar Tilly's protesten werd niet geluisterd. Toch weigerde ze de hoop op te geven dat juffrouw Pan er op een dag zowaar in zou slagen haar bij de juiste naam te noemen.

Zo dwaalde Tilly zo'n beetje door het leven. Niemand die haar ooit een tweede blik waardig keurde. Ze klaagde niet over deze situatie, maar soms voelde ze zich wel een beetje eenzaam. Omdat ze geen echte vrienden had, op Balk na, die van wol was gemaakt en niet echt meetelde, voelde ze zich soms nogal een buitenstaander.

Maar voor Tilly, van nature een echte optimist, was het onmogelijk om lang somber te blijven. Ze klampte zich vast aan de hoop dat haar op een dag iets spannends zou overkomen, maar tot nu toe was dat niet gebeurd. Ze won nooit een wedstrijd en ze vond nooit zomaar geld op straat. Nog geen cent. Zelfs de luizen hadden haar overgeslagen, toen er op school een ware plaag heerste.

Vanaf haar houten bankje keek Tilly naar de leerlingen van de Roestpoort, die wild over het plein renden of er een beetje rondhingen. Ze likte haar chocoladevingers af en verfrommelde de verpakking tot een prop. Normaal gesproken ging Tilly de tijdschriftenwinkel nooit binnen onderweg naar school, maar na het incident met de groene MG had ze iets lekkers en rustgevends nodig gehad om haar zenuwen enigszins te kalmeren. Ze had een grote reep chocola met noten uitgezocht, een paar minuten aan de toonbank gewacht tot de winkelbediende had beseft dat ze er stond en vervolgens het geld in zijn hand neergeteld. Daarna had Tilly zich naar school gehaast, omdat ze de chocola graag op wilde eten voor de bel ging. Al dravend langs de drukke straat had ze goed opgelet of ze de groene sportwagen nog ergens zag, maar tot haar opluchting kwam hij niet meer langsrijden.

Vaak had Tilly ernaar verlangd dat mensen haar zouden opmerken, maar nu dat eindelijk was gebeurd, voelde ze zich ongemakkelijk. Ook voelde ze zich een beetje misselijk, maar dat was wel te verwachten als je net een enorme reep chocola naar binnen had gewerkt. Met toegeknepen ogen keek ze naar de helderblauwe hemel, waarin de zon stond te stralen als een witte bol met stekels. Het was nu al heet, hoewel het nog vroeg op de dag was.

Wat zit ik hier lekker in het zonnetje, dacht Tilly, en ze wierp een blik op haar armen om te zien of ze al een beetje bruin begon te worden.

'O!' zei Tilly opeens, trillend van opwinding, toen ze drie lieveheersbeestjes op een rijtje zag zitten naast de moedervlek op haar pols. Dat was een zeer ongebruikelijk schouwspel. 'Kijk nou eens! Dat moet een voorteken zijn.'

Tilly wist alles van voortekens, omdat juffrouw Pan haar lessen regelmatig onderbrak om haar leerlingen erop te wijzen. Een zwerfhond op het schoolplein betekende dat er iets vreselijks ging gebeuren, lijm die was gemorst in de vorm van een oorwurm voorspelde slecht weer en als er een onderwijsinspecteur verscheen met een klembord kon je erop rekenen dat juffrouw Pan weer eens barstende hoofdpijn kreeg.

De voortekens die haar juf zag waren altijd slecht, maar Tilly twijfelde er niet aan dat haar trio lieveheersbeestjes juist een *goed* voorteken was. Misschien, dacht ze, misschien...

De schoolbel ging en Tilly kwam overeind van het bankje, greep haar tas en ging samen met de anderen in de rij staan voor het schoolgebouw. Ik heb er altijd op gehoopt, en nu is het zo ver, vertelde Tilly zichzelf. Ze negeerde de pijn in haar teen, veroorzaakt door Paul Evens die er net op was gaan staan met zijn enorme voeten. Tilly was bijna duizelig van geluk. Er gaat Iets... met een hoofdletter I, dacht ze (getekend met een gloednieuwe zwarte stift, ingekleurd met paars en bestrooid met glitters) met me gebeuren.

Terwijl Tilly's klasgenoten elkaar wegduwden en onrustig heen en weer schuifelden, bleef Tilly stokstijf staan, alsof haar gympen zaten vastgelijmd aan het asfalt. Om de paar seconden zag Tilly, tussen de bewegende hoofden voor haar door, de dubbele voordeuren van de school waardoor vijf minuten eerder de rest van de leerlingen was verdwenen. De enige klas die nog op het schoolplein stond, was die van juffrouw Pan.

Tilly was heel erg goed in wachten. In een rij stond ze meestal helemaal achteraan, en dat vond ze helemaal niet erg. Geduld hebben was voor Tilly net zo vanzelfsprekend als ademhalen.

Vóór haar werden tassen als wapens ingezet en werd er aan korstjes gepulkt en aan staarten getrokken, maar Tilly bleef als een standbeeld staan. Alleen haar knieën knikten een beetje, wat niet gebruikelijk voor haar was, maar dat kwam door de opwinding, omdat ze zeker wist dat er Iets ging gebeuren. De klas wachtte tot juffrouw Pan in de deuropening verscheen.

Alleen dat gebeurde niet.

Er viel een plotselinge stilte toen een onbekende vrouw met een lange, blonde staart door de deuren naar buiten kwam zeilen en aan het begin van de rij halt hield.

'Ik ben juffrouw Bits,' zei de jonge vrouw opgewekt. 'Ik ben bang dat jullie vaste lerares, juffrouw Pan, enigszins onpasselijk is.'

'Huh?' zei Paul Evens. 'Wat betekent dat?'

'Is er iets afschuwelijks met haar gebeurd?' vroeg zijn tweelingbroer Chris hoopvol.

Aha, dacht Tilly (haar woordenschat was iets uitgebreider dan die van hen). Onze lerares is ziek. Meer niet.

Juffrouw Bits glimlachte toegeeflijk naar de tweeling en haar hemelsblauwe ogen glommen. 'En dus neem ik vandaag haar lessen over.'

'Goh,' zeiden Paul en Chris tegelijk.

'Dus als jullie mee willen komen.' Juffrouw Bits draaide zich om en stapte kordaat op de ingang af, en de klas volgde haar gehoorzaam.

Alleen Tilly zag in de verte de vertrouwde gestalte van juffrouw Pan in haar gehaakte gele vest heel opgewekt in de richting van de parkeerplaats lopen, waarbij ze haar autosleutels uitgelaten in de lucht gooide en weer opving.

Vreemd, dacht Tilly, en haar knieën trilden nu zo hevig dat haar beige kniekousen langs haar kuiten naar beneden zakten en zich ophoopten rond haar enkels.

Er gebeurde verder echter niets bijzonders, en tot Tilly's enorme teleurstelling verliep de rest van de ochtend net als altijd. Eén moment stond haar hart bijna stil, toen ze dacht dat ze een tien had gehaald voor haar dictee, maar helaas bleek het 'parlement' te zijn, en niet 'parlament'. Als ze het hoogst mogelijke cijfer had gehaald, had ze daarmee haar tweede bonuspunt van dat jaar kunnen behalen. En dat, dacht Tilly, zou toch wel hebben gegolden als een vrij opwindende gebeurtenis.

Ook die middag was heel gewoon. Het lukte haar in de verste verte niet om te scoren bij volleybal – maar dat was niet zo verrassend, aangezien ze het grootste deel van de gymles op de reservebank had gezeten naast 'Botervinger' Bart. Behalve dat iemand bij wiskunde haar puntenslijper te leen vroeg, iets wat haar op elke andere dag enorm veel plezier zou hebben gedaan, gebeurde er helemaal niets.

Niet dat het echt een saaie dag was. Juffrouw Bits was vriendelijk en onverstoorbaar, en haar stijl van lesgeven week op een aangename manier af van die van juffrouw Pan, die vaak verveeld keek en vooral op maandag erg prikkelbaar kon zijn. Voor een plaatsvervangende juf leek juffrouw Bits overmatig veel belangstelling te hebben voor haar leerlingen. Ze stelde ze een heleboel vragen, en af en toe krabbelde ze een aantekening in een klein notitieboekje. Uiteraard negeerde ze Tilly's opgestoken hand, telkens als die de lucht in vloog.

Tegen de tijd dat de middagbel klonk, om aan te kondigen dat de lessen er weer opzaten voor de dag, was Tilly's vertrouwen in haar voorteken toch een beetje minder geworden. Maar haar overtuiging dat er iets spectaculairs ging gebeuren was nog wel zo sterk dat ze veerkrachtiger dan gewoonlijk naar huis liep, waardoor ze vier minuten eerder thuis was dan anders.

Molenzicht nummer 8 was een onopvallende halfvrijstaande woning waar de gele verf vanaf bladderde. Een grote, gedeukte vuilnisbak vormde het pronkstuk van de piepkleine voortuin.

Terwijl Tilly het hekje opende, voelde ze een golf van liefde bij de aanblik van die vertrouwde muren van grindsteen. Zolang ze zich kon herinneren, had ze in dit huis gewoond en ze kende elke steen, kier en vochtplek.

'Hallo-hooo!' riep Tilly, de sleutel in het slot omdraaiend. Zoals altijd bereikte ze de gang zonder dat iemand antwoord gaf op haar begroeting. Met de sleutel nog in haar hand geklemd liep Tilly rustig door de gang naar de woonkamer, die zoals gewoonlijk in complete duisternis was gehuld, op het spookachtige groene schijnsel na dat uit de televisie in de hoek van de kamer kwam.

'Hoi, opa,' zei Tilly. Ze bleef per ongeluk even met haar schoudertas in het gordijn hangen, waardoor er een straaltje daglicht de kamer binnenviel.

'Huh? Wat? O, jij bent het,' zei Igor Bunker, die totaal opging in het tv-programma waarnaar hij aan het kijken was. Hij haalde een zakdoek tevoorschijn en snoot zijn neus zonder zijn greep op de afstandsbediening te verslappen. 'Ze hebben vandaag een enorme jackpot, Tilletje.'

Tilly keek even naar het scherm en zag een quizmaster die een angstig kijkende deelnemer een vraag toeblafte.

'Hij weet het niet,' zei Igor, naar voren leunend in zijn luie stoel. Het scherm knetterde even toen zijn woeste wenkbrauwen het glas raakten. 'Hij heeft geen idee,' zei hij, terwijl hij het kussen op zijn schoot een stomp gaf en zijn gezicht paars aanliep. 'Heb je ooit zo'n sukkel gezien? Het antwoord ligt verdorie toch voor de hand!'

Tilly wurmde zich langs haar opa's leunstoel. Met haar ogen toegeknepen om iets te kunnen zien in het schemerduister slaagde ze erin een koekblik en twee lege flesjes gemberbier te ontwijken die op het tapijt lagen.

'Zin in een kopje thee, opa?' vroeg Tilly, terwijl ze de deur naar de keuken openduwde. De luxaflex sneed het licht van de middagzon aan reepjes, zodat er een mooi patroon ontstond op de kale witte muren. Tilly dumpte haar schoudertas op de vloer en vulde de ketel.

'Warme chocola dan, opa?' vroeg ze.

'IK WIST HET!' brulde haar grootvader vanuit de andere kamer. 'HIJ HEEFT HET VERKEERDE ANTWOORD INGEDRUKT!' Wat een ongelooflijke idioot. Hij had met bergen geld kunnen vertrekken en nu heeft hij alleen voor een jaar schoensmeer gewonnen.'

'Heb je zin in iets lekkers?' vroeg Tilly, terwijl ze twee boter-hammen in de broodrooster stopte. 'Opa?'

Toen Tilly geen antwoord kreeg, liep ze weer naar de woon-kamer. Even dacht ze na, en toen zei ze langzaam: 'Opa, stel dat je trek in iets had, zou je dan A) een kop thee willen, B) een kop warme chocola, C) een halfzacht gekookt ei met geroosterd brood, of D) een puddingbroodje?'

'D,' antwoordde Igor prompt, en hij draaide zich naar Tilly toe. Hij trok zijn zwarte baret een beetje opzij, zodat hij zwierig over één oog hing. 'C klinkt ook heel verleidelijk, maar ik denk dat ik bij mijn eerste antwoord blijf. Ja, D. Ik kies voor D.' Hij schraapte zijn keel en glimlachte. 'Dank je, Tilletje.'

Tilly's opa zette het geluid van de tv harder toen er een gedempt gebel klonk, gevolgd door een melodieus gerinkel en een moment later door een luide metalige dreun. De vloer begon te trillen terwijl een heel orkest van geluiden het huis vulde.

'Nee, maar! Halfvijf? Is het echt al zo laat?' zei Tilly's opa, en snel zapte hij naar een ander kanaal. 'Poeh,' zei hij, en hij leunde achterover om naar een nieuwe quiz te gaan kijken. 'Had ik toch bijna het begin gemist. Dat scheelde niks.'

Nadat ze een puddingbroodje in de linkerhand van haar opa had gestopt (dat hij in twee happen opat), ging Tilly in de keuken aan de slag. Ze maakte roerei met een beetje mosterd en wat geraspte kaas, stortte het mengsel op twee geroosterde boterhammen en strooide er wat peterselie over. Toen schonk ze een glas melk met bananensmaak in, schepte een flinke portie chocoladepudding in een kom en zette deze heerlijke culinaire creatie op een dienblad. Het kostte maar een paar minuten om de afwas te doen, omdat Tilly daar zo'n beetje een expert in was. De stoom sloeg nog van haar roerei af toen ze haar schoudertas omhing, het dienblad oppakte en over de linoleumvloer naar de deur liep. Tilly stopte even in de deuropening om te kijken of ze geen rotzooi had achtergelaten, maar er lag nog geen kruimel op het aanrecht die zou kunnen verraden dat ze daar was geweest. Ze kneep haar ogen weer tot spleetjes om bij het flakkerende schijnsel van de televisie haar weg te vinden door de woonkamer en bereikte zonder ongelukken de gang.

Net toen ze de trap op wilde lopen naar haar slaapkamer, hoorde ze een gedempt getik. Ze deed een paar stappen achteruit en zette het dienblad neer op een klein ovalen tafeltje onder de kapstok in de gang. Toen opende ze een deur aan haar linkerhand en liep ze een stenen trap af. Halverwege stopte ze.

De kelder was een grote, koele ruimte met kale baksteenen muren en een aantal versleten tapijtjes op de betonnen vloer – en hij was tot de nok toe gevuld met klokken. Overal waar Tilly keek zag ze planken vol mantelklokken, de muren waren bedekt met koekoeksklokken, tafels waren afgeladen met tafelklokken, er stonden statige grootvaderklokken en vitrinekasten die uitpuilden van de zakhorloges. Tilly's vader, Jef Bunker, zat aan zijn werkbank met een klein hamertje op een metalen schijf te tikken. Dat was het geluid dat ze vanuit de gang had gehoord.

'Ik ben thuis, pap!' schreeuwde ze, maar hij leek haar niet te horen. Ze nam aan dat haar stem verloren was gegaan in het lawaaiige getik van zijn enorme klokkencollectie. Ze haastte zich de laatste paar treden af en liep over de keldervloer langs een keukenkastje met open laden die volgepropt zaten met allerlei klokkenonderdelen. Daarbij bleef ze op veilige afstand van een muur met koekoeksklokken, omdat de deurtjes elk moment open konden vliegen nu het bijna vijf uur was.

'Hallo, pap,' zei Tilly, en ze bleef naast zijn werkbank staan. 'Ik dacht niet dat je al thuis zou zijn. Je zou vandaag toch wat antiekwinkels afgaan?'

'Wat?' zei Jef. Hij keek net op het verkeerde moment op en sloeg per ongeluk met zijn hamer op zijn duim. 'Au!Verdorie. O, ben jij het, Tilly. Wou je iets vragen?'

'Niet speciaal.'

'Ik heb het nogal druk,' zei haar vader, en hij haalde zijn smoezelige hand door zijn asblonde haar tot het er glad en vettig uitzag. 'Sorry, wat wilde je nou?'

'Niets,' zei Tilly. 'Is dat een nieuwe?' Ze wees naar een kleine tafelklok op zijn werkbank.

'Ja, wat een schoonheid, hè?' Tilly's vader tilde het klokje op en aaide liefdevol over het rozenhout. 'Werkelijk prachtig. Die heb ik op de kop getikt in een grappig klein rommelwinkeltje. Kostte bijna niets. Hij heeft een dubbel kettingmechaniek met een snekrad. Ik heb hem nog niet aan de praat gekregen. Maar als het niet lukt, geef ik hem gewoon een tik.' Hij lachte hartelijk om zijn eigen grapje. Tilly lachte mee, hoewel het niet bepaald de eerste keer was dat ze het hoorde.

Een met schildpad ingelegde klok op een van de tafels maakte een onheilspellend snorrend geluid. Tilly drukte haar handen tegen haar oren. De klokken konden elk moment het uur gaan luiden.

Tussen haar vingers door hoorde Tilly een nieuw geluid. Het klonk als de voordeur, en het kwam van boven. Na een moment van aarzeling zei ze: 'Tot later, pap,' en ze stormde de trap op zo snel ze kon. Toen ze de bovenste tree bereikte hoorde ze een luide dreun. Dat was de eerste grootvaderklok die begon te slaan.

Voordat de andere klokken konden volgen, rukte Tilly's moeder Bianca haar de gang in met de ene hand en sloeg met de andere de kelderdeur dicht.

'Dat HELSE lawaai is wel het LAATSTE wat ik wil horen als ik thuiskom, zeker als ik zo'n VRESELIJKE dag heb gehad op mijn werk.' Ze onderdrukte met moeite een kreet van ergernis, voor ze verontschuldigend naar Tilly glimlachte. 'Leuke dag gehad op school, lieverd?'

Tilly opende haar mond, maar haar moeder gaf haar geen tijd om te antwoorden. 'Word NOOIT volwassen, Tilly. Hoor je me? Naar school gaan is een paradijs – een PARADIJS – vergeleken met zo'n ELLENDIGE baan.' Bianca zuchtte en bekeek zichzelf kritisch in de spiegel die in de gang hing. 'Ik zie er vreselijk uit,' zei ze, terwijl ze een lange, bruinrode krul op zijn plaats duwde. 'Ik heb een fortuin uitgegeven aan deze permanent, en mijn haar is nog even dof en slap als eerst.' Tilly's moeder knipperde haar tranen weg. 'En mijn gezicht! Het lijkt wel een leeggelopen ballon. Als het zo doorgaat heb ik nog voor mijn veertigste een facelift nodig.'

'Welnee,' zei Tilly. 'Wat een onzin. Gewoon een nacht goed slapen, dan zijn die wallen onder je ogen weer verdwenen. En met een beetje make-up zie je er net zo mooi uit als die presentatrices op de tv.'

'Ach, wat lief van je!'

'Het is gewoon waar, hoor...

'Je hebt allemaal heerlijke dingen voor mama klaargezet,' vervolgde Bianca. 'Dat ga ik lekker opeten, terwijl ik nog wat papierwerk afmaak. Wat attent van je. Dankjewel, lieverd.'

Verbijsterd keek Tilly toe terwijl haar moeder het dienblad met roerei en chocoladepudding op één hand in evenwicht hield en in haar werkkamer verdween.

'O,' zei Tilly. 'Nou eh... graag gedaan.'

Tilly gebruikte haar lappendeken als tafelkleed. Ze drapeerde hem over een oude theekist waarin ze haar bescheiden collectie speelgoed bewaarde en zette haar dienblad erbovenop. Toen pakte ze een groot harig kussen erbij en een mes en vork. De omelet die ze had gemaakt had een perfecte goudbruine onderkant en zat vol met schijfjes aardappel, stukjes paprika en gesnipperde uitjes. Het smaakte heerlijk, en het had maar twintig minuten gekost om het klaar te maken.

'Mmm. Veel lekkerder dan roerei,' zei Tilly, met haar mond vol.

Eenmaal klaar met haar maaltijd (er was nog maar heel weinig chocoladepudding over geweest, en dus had ze in plaats daarvan een bakje rijstpudding opengemaakt) trok Tilly haar gympen uit en ging ze op haar smalle, krakende bed zitten. Meestal las ze na schooltijd een boek en leerde ze voor het proefwerk van de volgende dag of droomde ze dat ze een mooie, bijzondere naam had zoals Cassandra of Isolde of Arabella – maar vandaag deed ze geen van die dingen. In plaats daarvan vroeg ze zich af wie er die ochtend naar haar had zitten staren toen ze de straat overstak. En nog belangrijker: waarom.

Tilly was eraan gewend om te worden genegeerd door onbekenden. Mensen die ze niet kende, zeiden bijna nooit iets tegen haar en zelfs haar eigen ouders schonken haar maar weinig aandacht. Haar opa was degene die het dichtst bij haar stond. Ooit hadden ze een lang, persoonlijk gesprek gehad (toen de stroom was uitgevallen) en daardoor was er een hechte band ontstaan. Maar de afgelopen weken sprak Tilly's grootvader eigenlijk alleen nog tegen haar als hij een of ander bizar feit wilde vertellen, kennis die hij had opgestoken dankzij zijn nieuwe obsessie met quizprogramma's.

Tilly sloeg haar armen om haar knieën en staarde naar de vergeet-mij-nietjes op het verschoten behang. Ze was diep in gedachten verzonken. Misschien voor de eerste keer in haar leven had ze de aandacht getrokken van een totaal onbekend persoon, en die verbijsterende gebeurtenis vond ze bijzonder boeiend. Het was bijna net zo wonderlijk als haar voorteken.

Er leek iets op zijn plek te klikken in Tilly's brein, en ze ademde scherp in. Konden die twee voorvallen een verband hebben?

Door het open raam bereikte het zachte gegrom van een automotor Tilly's oren. Ze liet zich van het bed glijden, trok zonder erbij na te denken haar beige kniekousen op, leunde tegen de vensterbank en wierp een blik op de straat.

Tilly's adem stokte, en ze schreeuwde het bijna uit. Voor het huis stond een donkergroene sportwagen geparkeerd. En twee seconden later ging de deurbel.

'Ik wist het!' zei Tilly. 'Mijn voorteken klopte. Er gaat écht iets gebeuren!'

HOOFDSTUK 2

Iets met een hoofdletter 'I'

Tilly zat boven aan de trap te luisteren, met haar hoofd tegen de leuning. Ze hoorde het gemompel van stemmen en voetstappen in de gang. Deuren gingen open en weer dicht. Omdat ze bijna plofte van nieuwsgierigheid sloop ze op haar kousenvoeten zachtjes de trap af. Net toen ze beneden in de gang stond, liet de deur naar de woonkamer een zacht klikje horen en was zo vriendelijk om op een kiertje open te blijven staan. Tilly slaagde erin hier en daar een woord op te vangen van het gesprek dat binnen gaande was.

'Het geluid zachter zetten? Ben je gék?' Dat was opa.

'Het kan me niet schelen WIE u beweert te zijn. Ik zit tot over mijn OREN in het werk.' Zonder twijfel mama's stem.

'Het is een dubbel kettingmechaniek met snekrad. Wacht, ik zal hem even pakken.' Dat was papa, dacht Tilly.

Een moment later kwam Jef Bunker uit de woonkamer tevoorschijn, met een brede lach op zijn gezicht. Zonder iets te zeggen liep hij langs Tilly door de gang en verdween hij de kelder in. Tilly voelde een huivering van opwinding over haar rug lopen, toen een vrouwenstem die haar merkwaardig bekend voorkwam de gang door zweefde.

'Misschien kunnen we uw dochter vragen wat zij ervan denkt.'

'Wat? Oh... nou, goed dan,' zei Tilly's moeder, niet al te vriendelijk. Ze verscheen in de deuropening, haalde diep adem en zette haar handen aan haar mond. 'TILLY!' schreeuwde ze, in de richting van de trap. 'KOM EENS EVEN BENEDEN!'

'Ik ben al beneden, mam,' zei Tilly, die op een paar passen afstand stond.

'TILLY, SCHIET EENS EEN BEETJE OP!'

Tilly stak een hand uit en trok zachtjes aan de mouw van haar moeder. 'Ik ben hier,' zei ze kalmpjes.

De aanblik van een reuzenkakkerlak had Bianca niet hoger kunnen doen springen. Tegelijkertijd liet ze een oorverdovend gekrijs horen.

'Móet je altijd zo rondsluipen?' siste ze, toen ze enigszins gekalmeerd was.

'Sorry,' zei Tilly.

Bianca greep haar dochter bij de elleboog. 'Er is iemand op bezoek,' zei ze. 'En ze wil jóu spreken.' Uit haar toon bleek overduidelijk dat ze daar niets van begreep.

Nu de gordijnen open waren leek de woonkamer de perfecte plek voor een congres van huisstofmijt: het tapijt was bezaaid met koekkruimels, en een enorme stapel tv-gidsen nam twee van de drie zitplaatsen op de bank in beslag.

Igor Bunker zat met een chagrijnig gezicht onderuitgezakt in zijn leunstoel. Wanhopig probeerde hij al liplezend te begrijpen wat de quizpresentator allemaal zei. Tilly's moeder had kennelijk de afstandsbediening afgepakt en het geluid uitgezet. Het apparaatje stak onder haar arm vandaan.

'Hier is ze,' zei Bianca, terwijl ze Tilly voor zich uit duwde naar een vrouw die bij de open haard stond. Tilly knipperde met haar ogen. Hoewel haar uiterlijk een opvallende verandering had ondergaan, herkende ze de vrouw meteen.

'Hallo, juffrouw Bits,' zei Tilly.

'Noem me maar Emma,' zei Tilly's invaljuf met een vriendelijke glimlach. 'Wat leuk je weer te zien, Tilly.' De vrouw gaf haar een stevige, zakelijke hand. Ze was gekleed in een elegant linnen pak met een zwarte blouse, in plaats van de boterbloemgele wikkeljurk die ze op school had gedragen. Emma zag er nu eerder uit als een dure advocaat dan als een lerares. Haar meisjesachtige paardenstaart had plaatsgemaakt voor een strakke vlecht, en haar nieuwe, formele uiterlijk werd nog eens benadrukt door het chique leren koffertje dat ze in haar ene hand droeg.

'Is dat jouw sportwagen, die buiten staat?' vroeg Tilly.

'Klopt,' zei Emma, en haar blauwe ogen glommen.

Aha, dacht Tilly. Nu weet ik het zeker. Dus juffrouw Bits – ik bedoel Emma – was degene die zo naar me staarde, toen ik de straat overstak. Maar als ze me zo interessant vond, waarom negeerde ze me dan toen ze voor de klas stond vandaag? En wat doet ze nu hier?

Tilly snapte er niets van. Ze had zich niet misdragen op school, en ook had ze geen tekenen vertoond van overmatige intelligentie. Welke andere reden kon een lerares hebben om een van haar leerlingen thuis op te zoeken? Met open mond staarde ze Emma aan.

'Sta haar niet zo aan te gapen, Tilly,' zei haar moeder geërgerd. 'En let nu even goed op. Juffrouw Bits wil je graag een paar vragen stellen...'

'Mij?' vroeg Tilly gretig.

'Laat me uitpraten,' snauwde Bianca. 'Kennelijk is ze op zoek naar iemand met jouw... eh... natuurtalent. Juffrouw Bits werkt voor s.t.i.l. ...'

'Maar ik zei niets,' protesteerde Tilly.

'Nee, ik bedoel dat ze van s.t.i.l. is,' zei Tilly's moeder.

's.t.i.l. is een organisatie, Tilly,' zei Emma geduldig. 's.t.i.l. staat voor Strikt Topgeheim Instituut voor het Landsbelang.'

'O,' zei Tilly.

'Hier is mijn kleine schoonheid.' Tilly's vader kwam de kamer weer binnen denderen, met zijn nieuwe tafelklokje teder in zijn armen geklemd. 'Wat vindt u ervan, juffrouw Bips?' Hij duwde Emma het ding onder de neus. 'Kijk toch eens naar die vergulde wijzerplaat!'

'Het is juffrouw Bits, Jef,' siste Tilly's moeder. 'En ze is niet geïnteresseerd in die stomme klok van je.'

'Hij is prachtig,' zei Emma, met een stralende glimlach. 'En dat doet me eraan denken, meneer Bunker, dat ik de kostbare tijd van uw gezin niet langer in beslag moet nemen. Maar als ik Tilly nog even zou kunnen spreken...'

'O, natuurlijk,' zei Jef opgewekt. Hij begon de tv-gidsen van de bank te halen. 'Gaat u hier maar zitten, juffrouw... eh... eh...'

Emma ging zitten, klopte naast zich op de bank en trok haar wenkbrauwen vragend op naar Tilly.

'Vijf minuten dan,' zei Bianca streng, terwijl Tilly plaatsnam. 'Ik moet vanavond nog een hele hoop werk doen.'

'Dat is goed. Tilly, ik neem aan dat je je afvraagt waar dit allemaal over gaat,' zei Emma, en ze zette haar koffertje op de vloer.

Tilly knikte. Ze grijnsde zo breed dat haar kaken er pijn van deden. Nooit eerder had ze iets zó spannend gevonden. Dat er iemand echt met haar wilde praten – en dat dat gesprek misschien wel vijf hele minuten zou duren.

's.t.i.l. is precies wat de naam al zegt,' vervolgde Emma op vriendelijke toon. 'Het is een geheime inlichtingendienst. Ik werk voor P.S.S.S.T., een van de afdelingen. Dat staat voor Project tegen Sluwe Spionnen en Stiekeme Types...'

'Jullie hebben nog vier minuten,' zei Tilly's moeder, die midden in de kamer stond met haar armen over elkaar geslagen en een grimmige trek om haar mond.

'Dank u, mevrouw Bunker,' zei Emma beleefd. Haar opvallend blauwe ogen richtten zich weer op Tilly. 'Ik ben de personeelsfunctionaris, degene die nieuwe mensen werft. Het is mijn taak om personen te vinden die bereid zijn voor onze organisatie te werken.'

'Ik dacht dat je een invaljuf was,' zei Tilly, die nu echt in de war raakte.

'Aha,' zei Emma, op haar lip bijtend. 'Nou, dat ben ik dus niet. Misschien dat ik die indruk heb gewekt. Jullie directeur heeft me toestemming gegeven om voor één dag een van zijn klassen te lenen – pas nadat ik hem mijn identiteitskaart van P.S.S.S.T. had laten zien, natuurlijk. Ik ben al twee weken bezig alle scholen in Londen af te zoeken.'

'Waarom?' vroeg Tilly.

'Dat is mij opgedragen,' zei Emma. 'Het hoofd van P.S.S.S.T. heeft me gevraagd een heel speciaal soort kind te vinden om hem te helpen een bepaald probleem op te lossen – en ik denk dat ik dat kind nu gevonden heb.'

Jemig, dacht Tilly. Ik geloof dat ze mij bedoelt.

'Wat zeg je ervan, Tilly,' vroeg Emma zachtjes. 'Zou je je willen aansluiten bij het team van P.S.S.S.T.? Het zou maar voor een week of twee zijn, en de zomervakantie begint al over een paar dagen, toch?'

'Aanstaande vrijdag,' zei Tilly.

28

'Dus je zou weinig lessen missen...'

Tilly luisterde als verdoofd. Het was heel stoer en spannend om nog voor het einde van het semester van school te worden gehaald. Meneer Rols, de directeur van Tilly's school, leek alleen maar toestemming te geven als een leerling op vakantie ging naar een bestemming met een onuitsprekelijke naam – zoals Reykjavik of Albuquerque. De familie Bunker ging altijd op vakantie naar een eenvoudige badplaats aan de kust. Dit aanbod van Emma kon weleens de enige kans zijn die Tilly ooit zou krijgen om het schooljaar een paar dagen te vroeg te beëindigen.

'Ik moet je wel zeggen, Tilly,' zei Emma ernstig, 'dat die klus die mijn baas voor je in gedachten heeft niet helemaal... zonder risico is.'

Nu begon Tilly's hart nog sneller te slaan.

'Natuurlijk heb ik er het volste vertrouwen in,' zei Emma, 'dat je in staat bent om alle obstakels te vermijden, mochten die zich voordoen.' Vol bewondering staarde ze Tilly aan. 'Ik moet je eerlijk zeggen dat ik nog nooit iemand heb ontmoet met zo veel mogelijkheden. Echt, jouw talent is overweldigend, Tilly. Je hebt een heel bijzondere gave.'

'Eh... nog twee minuten en twintig seconden,' zei Tilly's moeder, die nu lijkbleek was geworden.

'De mooiste wijzerplaat die ik ooit heb gezien,' mompelde Tilly's vader, die naast zijn dochter was gaan zitten, op de leuning van de bank. Hij leek totaal in beslag genomen te zijn door de klok die hij in zijn hand hield.

MOGELIJKHEDEN. TALENT. HEEL BIJZONDERE GAVE.

Tilly knipperde met haar ogen. Emma's woorden weerklonken luider in haar oren dan een hele kelder vol klokken. Ik wist helemaal niet dat ik dat allemaal had, dacht Tilly. Dat heeft nog nooit eerder iemand gezegd.

'Wat zeg je ervan, Tilly? Wil je je aansluiten bij ons team van P.S.S.S.T.?'

'Eh...' Tilly stokte. Ze was niet gewend om zulke belangrijke beslissingen te nemen. En dit is echt een superbelangrijke, dacht ze. Ze had nooit verwacht dat een paar lieveheersbeestjes de voorbode zouden zijn van zo'n geweldige kans. Een paar uur geleden had ze nauwelijks durven hopen dat ze nog een tweede bonuspunt zou krijgen. En nu werd ze gevraagd voor een opdracht van een geheime inlichtingendienst.

Tilly was zo opgewonden dat ze nauwelijks kon ademhalen. Ze was ook bang – maar het was een heerlijk soort angst, waardoor ze over haar hele lichaam tintelde.

'Ja!' zei ze. 'Mijn antwoord is ja!'

'Prachtig,' zei Emma op warme toon. Ze zette het koffertje op haar knieën, rommelde er wat in en haalde een zachtpaars vel papier van zware kwaliteit tevoorschijn. Bovenaan stond P.S.S.S.T. in gouden letters tussen twee eenhoorns in, als een soort wapenschild. Onder de initialen waren een aantal alinea's afgedrukt in zwarte inkt. Helemaal onderaan stonden drie stippellijntjes.

Emma gaf het papier aan Bianca, die op onzekere toon zei: 'Iets minder dan een minuut.' Emma haalde nog zo'n vel papier tevoorschijn en reikte langs Tilly om het aan Jef te geven, zodat hij het kon lezen.

'We hebben een speciaal contract opgesteld,' zei Emma kordaat. 'We willen Tilly dolgraag in onze organisatie hebben, maar we zouden er natuurlijk niet over piekeren om haar aan te nemen zonder uw toestemming.'

Tilly's moeder hield het paarse document op een armlengte afstand en fronste ernaar alsof het een vies insect was dat uit een van de tv-gidsen was komen kruipen. Snel las ze het door. Terwijl haar ogen over de pagina vlogen, verdween de frons van haar voorhoofd.

'Hm,' zei ze, toen ze klaar was met lezen. Er verscheen een glimlach op haar lippen, maar deze werd snel onderdrukt. 'Dus ik ben Tilly de hele zomer kwij... ik bedoel, dus Tilly is de hele zomervakantie bezig?'

'Misschien dat P.S.S.S.T. Tilly's diensten niet tijdens die hele periode...' begon Emma.

'Oh.' Tilly's moeder leek teleurgesteld.

'Maar ik vrees dat het daar wel op kan neerkomen.' Emma kwam overeind en raakte Bianca's schouder zachtjes aan. 'Ik begrijp hoe u zich voelt. U vindt het natuurlijk moeilijk om zolang van uw dochter gescheiden te zijn...'

'Ja, natuurlijk,' zei Tilly's moeder.

'Ik kan u verzekeren dat we goed voor Tilly zullen zorgen,' vervolgde Emma. 'Als personeelsfunctionaris van P.S.S.S.T. ben ik persoonlijk verantwoordelijk voor het welzijn van al onze medewerkers. Ik zal mijn best doen om uw dochter goed in de gaten te houden.'

'Weet u zeker,' zei Bianca op beschuldigende toon, 'weet u absoluut ZEKER dat u de juiste persoon hebt? Ik bedoel, dit contract gaat over SPIONAGE en DETECTIVEWERK.' Ze schudde het papier heen en weer, waardoor het een merkwaardig soort wop-wop-geluid maakte. 'Dat soort dingen leert Tilly niet op de Roestpoort. Tenminste, niet voor zover ik weet. Ik heb nog geen tijd gehad om de laatste versie van het lesprogramma door te nemen. Ik heb het namelijk nogal DRUK, ziet u.' Bianca's gezicht liep rood aan. 'Ik wil niet dat u mij hoop geeft, om die dan vervolgens wreed de bodem in te slaan... O!' Ze aarzelde even en lachte toen nerveus. 'Ik bedoel natuurlijk dat we Tilly niet willen teleurstellen...'

'Maakt u zich maar geen zorgen,' zei Emma op sussende toon. 'Uw dochter is geknipt voor deze opdracht, mevrouw Bunker.'

'Wauw!' riep Tilly's vader uit. Hij floot tussen zijn tanden en staarde met grote ogen naar het contract. 'Bianca!' Hij keek even op naar zijn vrouw. 'Kijk eens even naar clausule twaalf! Ze gaan ons kind een salaris betalen.'

'Juich niet te vroeg, Jef,' waarschuwde zijn vrouw. 'Als je even doorleest, zie je dat het nou niet bepaald om een fortuin gaat.'

Jefs gezicht betrok weer toen hij besefte dat zijn vrouw gelijk had. ' Is dat alles?' zei hij, en hij pookte ontevreden met zijn vinger naar het contract. 'Dat is echt een schijntje. Maar goed,' zei hij schouderophalend. 'Het is genoeg voor een zakhorloge en een paar mooie pendules.'

'Ik geloof dat mijn vijf minuten voorbij zijn,' zei Emma met een blik op haar horloge. Ze wierp Tilly's ouders een stralende lach toe. 'Mag ik u vragen of u een besluit hebt genomen?'

'Ik aarzel nog,' zei Tilly's moeder. 'Ik moet erover nadenken...'

'Wat valt er nog na te denken? Hebt u een pen?' zei Tilly's vader, Emma verwachtingsvol aankijkend. In 0,03 seconden goochelde ze een vergulde vulpen tevoorschijn, en Jef dook eropaf, waarbij hij bijna uitgleed over de berg tv-gidsen die hij op de vloer had gedumpt. Hij greep de vulpen, drukte Emma de tafelklok in handen met de woorden: 'Houd even vast,' en krabbelde zijn handtekening op een van de stippellijnen onder aan het contract.

'Als u zo vriendelijk wilt zijn om de andere kopie ook te tekenen,' zei Emma liefjes. Tilly's vader knikte en griste zijn vrouw het tweede contract uit handen.

'Met genoegen,' zei hij, en zwierig zette hij zijn handtekening.

'Mevrouw Bunker,' drong Emma vriendelijk aan.

'Ja, komt er nog wat van, Bianca?' Tilly's vader zwaaide de pen uitnodigend heen en weer onder de neus van zijn vrouw. 'Het levert weer wat geld op... en deze aardige mevrouw zal ervoor zorgen dat Tilly niets overkomt.'

'Nou... ik weet het niet... het is wel erg ongewoon, Jef.' Tilly's moeder leek van slag te zijn. Ze haalde haar vingers door haar golvende roodbruine haren en wierp Tilly een schuldbewuste blik toe. 'Maar misschien is het inderdaad het beste.' Ze wendde zich tot Emma met een gekwelde uitdrukking op haar gezicht. 'De schoolvakanties zijn altijd een probleem. Het kan heel... lastig zijn, als je kind de hele dag thuis is, als je het zo druk hebt als ik. Verplichtingen, weet u wel... rapporten, verslagen, en ik zit tot over mijn nek in de vergaderingen...'

'Ja,' zei Emma, hevig knikkend. 'Dat is vast heel lastig.'

'Het zou wel een pak van mijn hart zijn,' zei Bianca, en haar vingers reikten naar de vulpen, 'als ik me niet dag in dag uit druk hoef te maken om Tilly.' Ze pakte de twee paarse documenten aan van haar man, legde ze op haar bovenbeen en zette tweemaal haar handtekening.

'Super,' mompelde Emma.

Vanaf de bank sloeg Tilly de gebeurtenissen gade. Er klonk een vreemd gezoem in haar oren, en ze was helemaal licht in haar hoofd. Sprakeloos staarde ze naar de drie volwassenen die documenten aan elkaar doorgaven. Ten slotte tekende ook Emma snel de contracten op het derde stippellijntje, waarna ze één exemplaar in haar koffertje stopte en het andere aan Bianca overhandigde.

'Nu hebben we ieder een exemplaar van het contract,' zei Emma.

'Dus het is in kannen en kruiken!' Jef stootte zijn vrouw aan en grinnikte.

'Dat werd tijd ook!' bulderde Tilly's opa vanuit zijn leunstoel. 'Als ik dan nu eindelijk de afstandsbediening terug mag.'

Een trilling in de vloer vertelde Tilly dat het middernacht was. Ze stopte met ijsberen in haar piepkleine kamertje en tilde de ene kant van haar oorbeschermer op (noodzakelijk hulpmiddel voor een Bunker die een nacht ongestoord wilde slapen). Nadat de laatste gedempte 'dong' was weggestorven, bleef Tilly rusteloos op haar blote voeten van muur naar muur lopen. Een moment later stootte ze haar teen tegen een slordig neergezette koffer. Ze pakte haar geblesseerde voet vast en plofte neer op haar bed. Een veer in de matras ploinkte op een troostende manier. Tilly klopte liefhebbend op haar sprei en knipperde haar tranen weg.

Dit is voorlopig de laatste nacht die ik in mijn eigen kleine kamertje doorbreng, dacht Tilly verdrietig. Ze trok haar knieën op tot aan haar kin en deed haar nachtjapon eroverheen, waardoor de slaperige uil die op de voorkant was afgebeeld een vreemd uitgerekt gezicht kreeg.

Emma had beloofd de volgende ochtend vlak na het ontbijt te komen, dus dat betekende dat Tilly in minder dan acht uur

Molenzicht zou verlaten. Ze wist dat het belangrijk was om te slapen, maar haar lichaam weigerde koppig om tot rust te komen. Haar hart klopte zwaar, haar armen en benen wilden zich niet kalm houden en honderden gedachten schoten continu door haar hoofd. Tilly deed het lampje op haar nachtkastje uit en nu werd alles voor haar ogen grijs, in het licht van de maan dat door het raam naar binnen viel. Ze tastte rond naar Balk – een nogal smoezelige, gebreide ezel – en hield hem tegen zich aan. Toen hij een merkwaardig knisperend geluidje liet horen, besefte Tilly dat ze tegelijkertijd haar paklijst aan het knuffelen was.

Het had haar maar een uur gekost om haar rode koffer in te pakken. Ze had hem gevuld met ondergoed, alle beige kniekousen die ze bezat, een rokje met Schotse ruit, nog een ribfluwelen rok, twee blouses met korte mouwen, een katoenen pyjama, een vest, washandjes, een boek van Janet Higgins dat *Roos de Geitenhoedster* heette, en een gehavend setje speelblokjes in allerlei kleuren. Tilly had met opzet een klein plekje vrijgehouden in haar koffer, en Balk had al uitgeprobeerd of het wel paste.

Tilly ging rechtop zitten, deed haar oorbeschermer weer op zijn plaats en liet zich toen achterover in de kussens zakken. Ze trok haar lappendeken op tot aan haar oksels en staarde naar de schemerige wervelingen en krullerige vegen in het gestuukte plafond.

'Wat denk jij, Balk?' vroeg ze bezorgd. 'Is het wel verstandig, wat ik doe?'

Balk leek een positief antwoord te geven, en maakte vervolgens duidelijk dat Tilly misschien iets minder zwaar op zijn lijf moest leunen.

Tilly knipperde slaperig met haar ogen. Het is een avontuur, vertelde ze zichzelf. Ik ga een avontuur beleven, net als dat meisje Roos, in het boek dat ik aan het lezen ben. Ik denk alleen niet dat er ook geiten in mijn avontuur zullen voorkomen. Hoewel dat best leuk zou zijn.

HOOFDSTUK 3

Het huis in Pimlico

'Zal ik, of zal ik niet,' vroeg Tilly aan Balk.

Ze keek hem in zijn ogen, die niet meer waren dan een paar kruissteekjes, en kneep even liefkozend in zijn gebreide oor. Er leek een vermoeide en ietwat verveelde uitdrukking op het gezicht van haar ezel te liggen, toen ze hem voor de zevende keer in even zovele minuten uit haar koffer haalde. Wat is het toch moeilijk om elf jaar te zijn, dacht Tilly, en ze zuchtte diep.

'Ik ben geen kind meer, maar ook nog niet volwassen, snap je,' zei ze tegen Balk. Zijn wezenloze uitdrukking leek te suggereren dat hij dat allang wist, maar dat het hem verder weinig interesseerde. Ben ik te oud om mijn lievelingsknuffel mee te nemen? vroeg Tilly zich af. Iets vertelde haar dat de mensen van P.S.S.S.T. het niet erg zouden waarderen. 'Maar ik wil zo graag dat je meegaat,' zei Tilly. 'Dan heb ik tenminste één vriendelijk gezicht in de buurt.' Hoewel, Balk keek op dat moment niet al te vriendelijk. Maar toch propte ze hem naast een paar beige kniekousen en sloot toen snel het deksel van haar koffer.

Een paar minuten later werd er op de deur van haar kamer geklopt.

'O, jee,' zei Tilly, die net haar koffer weer had geopend en Balk bij zijn middel vasthield. Ze gooide hem gauw terug in de koffer, waar hij moedeloos ineenzakte boven op haar verzameling kousen. 'Eh... kom binnen,' zei Tilly verlegen.

'Goeiemorgen, Tilletje,' zei haar opa, en hoffelijk tikte hij

even tegen zijn zwarte baret terwijl hij de kamer binnenschui-
felde. Zijn pyjamajasje had hij in zijn grijze flanellen broek
gepropt.

'Opa!' Tilly voelde zich zeer vereerd. Haar grootvader beklom
zelden de trap naar boven.

'Ik kwam je even succes wensen,' zei hij, aan zijn woeste
wenkbrauw krabbend. 'Het is al bijna acht uur, Tilletje. Juffrouw Hoe-heet-ze-ook-weer zal hier zo wel zijn.'

'Ik weet het,' zei Tilly. Haar maag kromp ineen.

'Ik zie dat je alles hebt ingepakt.'

'Mm,' zei Tilly, en ze klopte op haar koffer. Ze probeerde
dapper te glimlachen, maar kon niet voorkomen dat haar kin
verraderlijk trilde.

'Niet huilen, hoor,' zei Igor vriendelijk. 'Je zult zien dat alles
goed komt.'

Tilly zei niets. Ze voelde zich ontmoedigd. Haar opwinding
leek verdwenen te zijn, en plotseling merkte ze dat ze helemaal
niet weg wilde. Ze knielde neer naast haar koffer, sloot het deksel en frunnikte aan de riempjes.

'Luister, Tilletje.' Haar opa hief een knokige vinger. 'Ik
moet je nog wat wijsheden vertellen die ik gisteren op tv heb
gehoord...'

Tilly luisterde geduldig, terwijl haar opa haar vertelde dat
de hoofdstad van Guam Hagatna heette, dat de ocelot een soort
wilde kat was, dat William Shakespeare achtendertig toneel-
stukken had geschreven en dat pteronofobie (dat kwam uit het
Grieks) de angst was om te worden gekieteld met veren.

'En vergeet dat niet,' zei Tilly's opa streng. 'Je weet maar
nooit wanneer het van pas komt.'

'Goed, opa,' zei Tilly.

Buiten hoorde ze een putdeksel klepperen, en vervolgens klonk het lage gebrom van een auto die voor de deur parkeerde. Precies toen alle klokken acht uur begonnen te slaan, rende ze naar het raam. Het dak van de MG Midget was nu naar beneden, en Tilly zag Emma Bits de motor uitzetten en haar zonnebril afdoen voor ze uit de auto stapte.

'Tijd om te gaan, Tilletje?' vroeg haar grootvader.

Tilly knikte. Door de brok in haar keel kon ze niets zeggen. Ze trok haar gympjes aan, maakte de veters zorgvuldig vast met een dubbele strik en pakte haar koffertje op.

'Alles komt goed, heus,' zei haar grootvader, terwijl ze naar beneden gingen. 'Zie het maar als een leuke vakantie.' Hij klopte haar op haar schouder. 'Vast een stuk spannender dan weer een week in dat saaie pension aan de kust.'

Emma stond in de gang te wachten, en sloeg beleefd Jefs uitnodiging af om in de kelder zijn klokken te komen bekijken.

'Ha,' zei ze, toen ze Tilly onder aan de trap zag aarzelen. 'Daar ben je al!' Ze glimlachte hartelijk. 'Zal ik vast je bagage in de auto zetten, terwijl je afscheid neemt?'

'Graag. Dank je,' zei Tilly, terwijl Emma haar koffer van haar overnam.

'BiAAAAAAAnca!' schreeuwde Tilly's vader.

Ergens in huis sloeg een deur. Tilly's moeder verscheen een paar seconden later, gekleed in een stijlvol mantelpak, nippend van een kop koffie. Ze was net op tijd om Emma de hand te schudden en door haar te worden bedankt, voordat de jonge vrouw met Tilly's koffer door de voordeur verdween.

Drie paar ogen richtten zich op Tilly. Ze voelde zich een beetje opgelaten.

'Nou, tot ziens, hè?' zei Tilly's vader.

'Gedraag je,' zei Tilly's moeder. Ze gaf haar dochter een vluchtige kus op haar wang.

'Wat is de hoofdstad van Guam?' vroeg Tilly's grootvader.

'Hagatna,' antwoordde Tilly.

'Zo mag ik het horen!'

'Dag huis,' zei Tilly, en ze keek over haar schouder terwijl de MG snel wegreed van Molenzicht nummer 8. 'Dag vuilnisbak. Dag lantaarnpaal. Dag boom.'

Emma kruiste haar handen op het met leer beklede stuur en sloeg rechtsaf.

'Dag straat,' zei Tilly verloren, toen ze de schoorsteen van nummer 8 niet meer kon zien.

'Je moet wel een heel sterke verrekijker hebben om hier ergens een molen te kunnen zien. Denk je niet, Tilly?' vroeg Emma luchtig.

'Ja,' zei Tilly. Hoewel ze nogal gesteld was op de naam van haar straat, moest ze toegeven dat hij niet erg toepasselijk was. Er stonden niet erg veel windmolens in Londen.

Terwijl ze door de vertrouwde straten reden, begon Tilly te vertellen over allerlei interessante plekken en dingen. Ze wees Emma op de losse stoeptegel waar iedereen altijd over struikelde, het spreeuwennest boven de wasserette, het enige huis in de hele buurt dat geen tv-antenne op het dak had. In plaats van Tilly's opmerkingen te negeren, zoals de meeste andere mensen zouden hebben gedaan, deed Emma alsof ze het heel boeiend vond. Ze mompelde 'Wauw!' en 'Echt waar?' telkens als haar passagier haar woordenstroom even onderbrak om adem te halen. Tilly vond het geweldig dat er eindelijk eens naar haar geluisterd werd, en daardoor werd ze wat minder verdrietig dat ze van huis weg moest.

Binnen een paar minuten waren ze haar buurtje al uit, en Tilly staarde gefascineerd om zich heen terwijl ze door straten reden die ze niet herkende. De omgeving veranderde geleidelijk: de opbrekingen, lawaaierige winkelstraten en smerige stoepen vol lege plastic tassen maakten plaats voor enorme, statige gebouwen en groene parken.

Tilly zag zichzelf in de achteruitkijkspiegel en grinnikte. Haar haren dansten wild om haar gezicht. Ze had nog nooit in een cabriolet gezeten en de constante luchtstroom langs haar hoofd maakte haar helemaal uitgelaten. Ze vroeg zich af wat voor nieuwe ervaringen haar nog allemaal te wachten stonden. Emma had tot nu toe maar heel weinig verteld over P.S.S.S.T. Nieuwsgierig naar wat er nou precies van haar verwacht werd, besloot Tilly om Emma een paar vragen te stellen.

'Wat betekenen die letters ook weer, P.S.S.S.T.?'

'Project tegen Sluwe Spionnen en Stiekeme Types,' antwoordde Emma. Met haar wijsvinger duwde ze haar zonnebril langs haar neus omhoog.

'Sluwe Spionnen en Stiekeme Types?' vroeg Tilly een beetje angstig. Dat klonk niet erg prettig. Ze nam aan dat ze flink zou moeten rennen, als ze achter die lui aan moest. En Tilly was niet erg goed in hardlopen. Op sportdagen kwam ze meestal als laatste over de finish.

'Maak je geen zorgen, Tilly,' zei Emma, en ze wierp een snelle blik op haar passagier. 'Je wordt eerst uitgebreid getraind... Niet dat jij veel training nodig hebt, trouwens – je bent ervoor geboren.'

'Waarvoor?' vroeg Tilly.

Emma's donkerrode lippen vormden een geamuseerd glimlachje. 'Om spion te worden,' zei ze.

'Ik... een spion?' Tilly was verbijsterd.

'Echt, je bent een natuurtalent,' verzekerde Emma haar. 'Je beschikt over alle basisvaardigheden en precies de juiste eigenschappen.'

'O, ja?' zei Tilly, die geen flauw idee had welke dat dan waren.

'Ik zal het je uitleggen,' zei Emma, terwijl ze de auto over een brede laan stuurde waar aan weerskanten bomen stonden. 'Jij hebt een van die speciale gezichten die iedereen meteen weer vergeet.'

Ze zei het op een bewonderende manier, alsof het een compliment was, zodat Tilly maar een klein beetje beledigd was.

'Je loopt langzaam en onopvallend,' vervolgde Emma, 'waardoor je overal heen kunt gaan zonder dat iemand je opmerkt. En je hebt wat wij een grillig oog noemen...'

Emma zag dat Tilly meteen naar voren schoot om in de spiegel te zien welk oog grillig was, en stelde haar gerust.

'Als je een grillig oog hebt, betekent dat alleen maar dat je heel goed om je heen kijkt. Dat je ongewone dingen ziet, die anderen niet opvallen.' Emma nam soepeltjes een bocht. 'Weet je nog toen we daarstraks door jullie buurt reden, en je me vertelde over het spreeuwennest en het enige dak zonder tv-antenne?'

'Ja,' zei Tilly.

'Dat zijn voorbeelden van dingen die voor iedereen zichtbaar zijn, maar waar de meeste voorbijgangers overheen kijken. Maar een oplettend persoon, zoals jij, ziet ze meteen. Met dat soort kwaliteiten, Tilly, is ons trainingsprogramma echt een eitje voor je.'

Diep geschokt door de onthulling dat ze was uitverkoren om spion te worden, zat Tilly ineengedoken in haar stoel. Haar belangstelling voor de straten van Londen was verdwenen. Vanuit haar ooghoek zag ze de omgeving samenvloeien tot een waas van kleuren, en het geraas van het verkeer zwakte af tot een zacht, onschuldig gezoem.

Tilly had nog nooit echt nagedacht over wat ze zou willen doen als ze groot was, maar het beroep 'spion' had ze zeker nooit overwogen. Ze vroeg zich af wat een spion nou eigenlijk precies deed. Een beetje skiën, een beetje snorkelen en veel hard rijden in snelle auto's, als ze afging op de James Bond-films die ze had gezien. Misschien, bedacht Tilly nu, had ze haar rolschaatsen mee moeten nemen.

'We zijn er bijna,' zei Emma, terwijl ze voor een verkeerslicht stopte.

Tilly staakte haar poging om te bedenken hoe de gemiddelde dag van een spion eruitzag en keek naar een groep kinderen in schooluniform die vlak voor de auto de weg overstak. 'Je lerares, juffrouw Pan, is een vriendelijke oude dame...' begon Emma.

Ze zou je waarschijnlijk een dreun verkopen als je dat in haar gezicht zei, dacht Tilly.

Emma trommelde met haar vingers op het stuur en glimlachte. 'Toen de directeur vroeg of ze het erg vond om haar klas voor een dag uit te lenen, vond ze dat geen enkel probleem. Ze zei dat het haar een genoegen was.'

Ja, dat geloof ik graag, dacht Tilly.

De lichten sprongen op groen, en de MG vervolgde zijn reis. Tilly keek van links naar rechts en weer terug, en zag dat de gebouwen nu nog indrukwekkender waren. Ze hadden marmeren trappen, gouden kloppers op de deur en zuilengalerijen die je normaal gesproken bij chique landhuizen ziet. Ondanks hun grandeur zag geen van deze huizen er ook maar half zo vriendelijk uit als haar eigen kleine huisje met de grindmuren, op Molenzicht.

'Waar zijn we nu?' vroeg Tilly.

'We rijden zo Pimlico binnen,' zei Emma, en ze stuurde de sportwagen over een spoorbrug.

Ook de huizen in deze buurt waren tamelijk chic, maar ze waren kleiner en eenvoudiger, en veel minder ontzagwekkend. Ze passeerden een café met een buitenlands klinkende naam, waar buiten een stuk of tien keurige, ronde tafeltjes stonden met grote rood-witte parasols erboven. Daar had Tilly best willen stoppen om even wat te eten. Ze had zo lang zitten twijfelen of ze Balk nou wel of niet in haar koffer moest stoppen, dat ze het ontbijt helemaal had overgeslagen.

'We zijn er,' zei Emma. Ze draaide de auto een rustige zijstraat in en parkeerde naast een rij van vijf huizen, die allemaal twee verdiepingen hadden en waren opgetrokken uit donkergrijze baksteen. Achter glimmende zwarte hekken bevonden zich piepkleine voortuintjes, gevuld met bloembakken en potten die uitpuilden met kleurrijke planten: kamperfoelie, felroze fuchsia's, dieppaarse aubrietia's en kleine rode roosjes.

Emma schoof haar zonnebril boven op haar hoofd. Soepel sprong ze uit de auto, waarna ze de kofferbak opende en met Tilly's koffer in haar ene hand en haar eigen koffertje in de andere over de stoep wegliep. Ze passeerde twee huizen en stopte bij het derde, waar een langharige zwarte kat met witte pootjes op het stoepje zat. Emma keek over haar schouder naar Tilly, die nog steeds in de passagiersstoel zat.

'Nou, zet je beste beentje maar voor!' riep ze bemoedigend.

Tilly was verbijsterd. Ze had gedacht dat ze naar het hoofd-kwartier van P.S.S.S.T. zou worden gebracht, maar dit hoge, smalle huis met zijn ouderwetse schuiframen en keurige voor-tuintje vol bloemen leek in niets op het onderkomen van een geheime inlichtingendienst. Ze had een enorm kantoorgebouw verwacht met prikkeldraad eromheen en misschien een paar grimmige, schuimbekkende waakhonden. Tilly keek naar de zwarte kat die voor de deur in het zonnetje zat. Die zag er nou niet bepaald angstaanjagend uit.

Emma opende het hekje, waarbij ze tegen de steel van een prachtige zonnebloem stootte. Zijn zware kop zwaaide opzij en onthulde een bord waarop stond 'Hotel Damper'. Tilly grin-nikte even toen ze haar vergissing inzag.

O, dacht ze, nu begrijp ik het. Dit is natuurlijk waar ik de komende weken logeer. We zijn hier even gestopt om mijn kof-fer alvast neer te zetten, voor we doorrijden naar P.S.S.S.T.

Tilly maakte haar riem los, klom vol verwachting uit de auto en haastte zich naar het hotel. Emma stond voor de deur op haar te wachten. Ze had Tilly's koffer neergezet en aaide de zwarte kat. Hij wreef zijn kop tegen haar hand en liet zich toen luid spinnend op zijn zij vallen.

Tilly wilde net neerhurken om de kat te aaien toen iets ach-ter het raam haar aandacht trok. Door de ranken van de kam-perfoelie heen zag ze een klein vierkant bordje waarop 'VOL' stond. Ze zouden dus ergens anders een plekje moeten gaan zoeken. Het stelde haar een beetje teleur dat ze niet zou gaan logeren in dit mooie grijze huis met de schitterende bloemen en de uiterst beminnelijke bewoner met zijn zwarte bontjasje.

Tilly vroeg zich af of ze iets moest zeggen over het bordje

waar 'VOL' op stond, toen Emma de kat een laatste aai gaf en overeind kwam. Ze hief een deurklopper in de vorm van een leeuwenkop en sloeg vijf keer achter elkaar kort op de voordeur. Bijna meteen werd die geopend door een vrouw met donkere, diepliggende ogen en een streng gezicht.

'Kan ik u helpen?' vroeg de vrouw.

'Ik wil graag twee kamers,' zei Emma.

'Twee?' vroeg de vrouw op scherpe toon. Dat leek haar te verrassen. Toen viel haar doordringende blik op Tilly. 'O,' zei ze, en ze trok haar wenkbrauwen op. 'Twee kamers. Maar natuurlijk.' De vrouw zwaaide de deur wijd open. 'Komt u maar verder.'

'Maar... op het bordje staat...' sputterde Tilly. Ze snapte er niets van. Waarom had de vrouw hen twee kamers aangeboden als op het bordje in het raam duidelijk stond dat het hotel vol was? Na enige aarzeling volgde Tilly de twee vrouwen en de kat over de drempel naarbinnen.

Het duurde een halve minuut voor Tilly's ogen waren gewend aan het gedempte licht. Ze leek zich in de receptieruimte te bevinden. Op de vloer lag versleten, donkerrood tapijt en de muren waren bedekt met behang met een ouderwets patroon. Aan Tilly's linkerhand stond een lage mahoniehouten tafel met een oude, doorgezakte bank en een paar leunstoelen eromheen. In een van de stoelen zat een oudere man die leek te worstelen met de financiële bijlage van de krant. Recht voor haar was een lift met een nogal dof goudkleurig hekwerk ervoor, en aan Tilly's rechterhand, achter de receptie, stond de nogal angstaanjagende vrouw die de deur had geopend.

Ze was tenger gebouwd en had een licht getinte huid. Haar gladde zwarte haar werd strak naar achteren gehouden door een haarband, en ze droeg een zwarte zijden jurk in Chinese stijl met grote rode bloemen erop. De ogen van de vrouw, de meest doordringende die Tilly ooit had gezien, waren op Emma gericht, terwijl de twee vrouwen zachtjes met elkaar praatten.

Tilly besloot er maar bij te gaan staan, en de zwarte kat liep met haar mee. Toen ze naderde hield de zwartharige vrouw midden in een zin haar mond. Dit vond Tilly nogal merkwaardig. Ze was er niet aan gewend dat mensen stopten met praten als zij eraan kwam. Meestal praatten ze nog eindeloos verder, zich totaal niet bewust van haar aanwezigheid.

'Mijn naam is mevrouw Elefant,' zei de vrouw tegen Tilly, 'en ik ben de manager van dit hotel. Ik hoop dat je verblijf hier bij ons in Hotel Damper aangenaam is.'

'Eh... dank u,' zei Tilly beleefd. Ze vermeed de blik van mevrouw Elefant, die haar nogal onrustig maakte, en liet haar ogen naar de muur achter de receptie dwalen. Daar zag ze een rij koperen haakjes met nummers erboven van een tot tien. Aan de meeste haakjes hingen grote goudkleurige sleutels.

'Als u zich eerst wilt inschrijven,' sprak mevrouw Elefant kordaat, 'dan krijgt u van mij de sleutel van de kamer.' Ze opende een boek met een doorgestikt leren omslag en schoof het naar Emma.

Op de balie lag, aan een kettinkje, een vergulde vulpen die erg leek op de pen die Emma zo snel tevoorschijn had getoverd in de woonkamer van de Bunkers. Boven aan een lege bladzijde schreef Emma haar naam op in paarse inkt, en toen die van Tilly eronder.

'Uitstekend,' zei mevrouw Elefant. Met haar ene hand sloot ze het boek, en met de andere reikte ze achter zich om twee sleutels van de haakjes te halen. Ze gaf ze aan Emma en zei: 'Jullie kamers zijn op de eerste verdieping. Ik hoop dat alles naar wens is. De lunch wordt geserveerd tussen twaalf en twee.'

Nu er over een maaltijd werd gesproken, liet Tilly's maag opeens luidruchtig van zich horen.

Mevrouw Elefant kneep haar ogen tot spleetjes. 'Heb je trek?' zei ze. 'Heb je niet ontbeten?'

'Nee,' antwoordde Tilly met een klein stemmetje.

'Aha.' De vrouw tilde een koperen bel van de balie en liet hem rinkelen. Een hoog tinkelend geluid echode door de hal, en een moment later kwam een jongeman met een vriendelijke grijns en krullerig oranjerood haar naar buiten door een deur waarop stond 'UITSLUITEND PERSONEEL'.

Tilly vond dat hij er heel netjes uitzag, hoewel zijn zwarte vlinderdasje een beetje scheef zat en er wat kruimels op de voorkant van zijn witte overhemd zaten.

'Een van onze nieuwe gasten heeft behoefte aan een ontbijt,' zei mevrouw Elefant. 'Maak dat meteen in orde, Nathan.'

'Okidoki,' zei de jongeman opgewekt.

Mevrouw Elefant fronste. 'Het moet naar boven worden gebracht.'

'Komt voor elkaar,' zei Nathan, en hij stak zijn duim op.

'Het moet worden gebrácht,' herhaalde ze met nadruk. 'Naar bóven.'

Een paar seconden keek Nathan haar niet-begrijpend aan. Toen lichtten zijn ogen op, alsof hem plotseling iets te binnen schoot. Hij knipoogde naar mevrouw Elefant.

'Ik snap het,' zei hij, voor hij zich bukte om de langharige zwarte kat op te pakken. 'Kom mee, Pibbels. Werk aan de winkel.'

Tilly keek toe terwijl Nathan wegliep, waarbij het knorrige gezicht van de kat nog net over zijn schouder piepte. Ze vond het allemaal heel spannend. Elke keer dat iemand haar opmerkte of luisterde naar wat ze had te zeggen, kreeg ze een warm gevoel in haar buik (heel anders dan het luide gerommel waarmee haar maag duidelijk had gemaakt dat ze moest eten). Ze vroeg zich af wat Nathan voor haar klaar zou maken. Hopend op worstjes en gebakken eieren pakte ze haar koffer op en volgde ze Emma naar de ouderwetse lift.

Het hekwerk ging piepend open en weer dicht. In de lift zaten twee knoppen, een met 'Begane grond' en een met 'Eerste etage' erop. Tilly drukte op het knopje voor de eerste etage en na een lichte siddering bracht de lift zijn passagiers naar boven. Nieuwsgierig vroeg Tilly zich af waarom er geen knop was voor de tweede etage. Van buitenaf had het geleken alsof het huis nog een verdieping had.

De gang op de eerste verdieping had geen ramen en rook vaag naar gedroogde rozenblaadjes. Een zacht licht scheen uit de kleine schemerlampjes met franjes die aan de muur hingen. De vloer kraakte onder de zolen van Tilly's gympjes terwijl ze langs houten deuren liepen met plastic cijfers erop. Ze vroeg zich af welke kamer de hare zou zijn.

Tot Tilly's verbazing marcheerde Emma langs alle deuren zonder te proberen er een te openen. In plaats daarvan stopte ze voor een manshoge spiegel aan het einde van de gang. Tilly was verrast. Ze had Emma niet ingeschat als een erg ijdel persoon.

'Snel,' zei Emma, naar Tilly wenkend.

Toen Tilly de spiegel bereikte, staarde ze verward naar haar spiegelbeeld. Vervolgens keek ze naar Emma, verwachtend dat die bezig zou zijn haar haren goed te doen. Maar dat was niet het geval. Emma's blik was vreemd genoeg strak gericht op de lege gang achter hen.

'Waar kijk je naar?' vroeg Tilly.

'Ik kijk of de kust veilig is,' zei Emma. Toen boog ze haar rechterknie en schopte tegen de plint.

Emma negeerde Tilly's afkeurende blik en raakte de spiegel voor zich aan. Tot Tilly's verbijstering begon die te draaien. Emma duwde nog wat harder tegen de spiegel en het glazen paneel draaide rond zijn as en onthulde een trap.

HOOFDSTUK 4

P.S.S.S.T.

De koffers gingen eerst. Zonder al te veel lawaai landden ze op het weelderige dikke tapijt achter de spiegel. Nadat Emma hun bagage door de smalle opening had gemikt greep ze Tilly beet en duwde haar langs de draaiende spiegel op de overloop tussen twee trappen in.

Tilly vroeg wat er allemaal gebeurde, maar Emma hield haar lippen stijf op elkaar tot ze de dubbelzijdige spiegel weer in zijn oorspronkelijke positie had gebracht. Tilly hoorde een zachte klik toen de glasplaat weer op zijn plek schoof. De gang op de eerste verdieping was niet meer te zien.

'Sorry dat ik je zo haastig naar binnen schuif,' zei Emma, zich bukkend om haar koffertje te pakken. 'Maar ik wil niet gezien worden door een van de hotelgasten. Het bestaan van deze trap moet namelijk strikt geheim blijven.'

'Waar zijn we?' vroeg Tilly, verward om zich heen kijkend. De aankleding was zo anders dan aan de andere kant van de spiegel, dat Tilly zich afvroeg of ze zich nu misschien in het aangrenzende pand bevonden. Het dikke tapijt was zwartblauw, en de muren waren in een chic romig wit geschilderd. 'Zijn we in het huis naast het hotel?' vroeg ze, opkijkend naar de schitterende kroonluchter.

'Nee,' zei Emma. 'We zijn nog steeds in het hotel – alleen in een deel waar maar weinig mensen van afweten. Je bent net door een geheime ingang gegaan. En die trap daar,' zei ze, wijzend naar een trap die omhoog leidde, 'brengt je naar het hoofdkwartier van P.S.S.S.T.'

Tilly kon haar oren niet geloven. 'Bedoel je dat P.S.S.S.T. hier is, in dit hotel?'

'Ja. Onze kantoren beslaan de hele tweede verdieping.'

'Echt?' vroeg Tilly, die nauwelijks kon accepteren wat Emma zojuist had verteld. Het leek haar zeer onwaarschijnlijk dat een afdeling van een geheime inlichtingendienst gevestigd was op de bovenste etage van een bescheiden hotelletje.

'De verschillende afdelingen van S.T.I.L. zitten verspreid over heel Londen, op onverwachte plekken,' zei Emma. 'Elke locatie is een goedbewaard geheim, en de afdelingen zijn alleen toegankelijk voor degenen die weten waar de geheime ingangen zijn.'

Tilly duwde tegen de spiegel. Toen leunde ze ertegen met haar volle gewicht, maar het ding gaf niet mee.

'Hoe laat je hem opengaan?' vroeg ze.

'Zie je die spijker daar in de plint?' vroeg Emma, wijzend naar een uitsteekseltje vlak onder de spiegel. De kop van de spijker was zo groot als een kersenpit en was in precies dezelfde kleur geverfd als het stuk hout waarin hij was geslagen, waardoor hij keurig werd gecamoufleerd.

'Eh... ja,' zei Tilly, die er met toegeknepen ogen naar tuurde. 'Met moeite.'

'Een flinke klap op die spijker zorgt ervoor dat de deur gaat draaien,' zei Emma.

'En aan de andere kant zit zeker ook een spijker?' vroeg Tilly.

'Precies,' zei Emma. Ze keek op haar horloge en bukte zich toen om het handvat van Tilly's koffer vast te pakken. 'Het is al bijna halftien. We moeten een beetje opschieten, Tilly. De anderen vragen zich vast af waar we blijven.'

Tilly volgde Emma de trap op. Toen stopte ze, en boog zich over de trapleuning. Het was een heel eind naar beneden, naar de onderste trede. Ze vroeg zich af of er misschien nog meer geheime ingangen waren op de andere verdiepingen van het hotel, aangezien de trap helemaal tot in de kelder leek te leiden. Toen Tilly erover begon tegen Emma, ontdekte ze dat ze gelijk had.

'Er is er een in de keuken,' zei Emma. 'Een muur in de voorraadkast gaat open als een schuifdeur, als je weet welke weckpot je moet verplaatsen.'

Boven aan de trap was een smalle gang, waarvan de vloer met hetzelfde luxueuze blauwe tapijt was bedekt. Tilly liep door de gang, afgeleid door een aantal deuren aan de linker- en rechterkant. Op elke deur zat een koperen plaatje met opschriften als 'Vervalsing en Namaak' en 'Verhulling en Vermomming'. De deur met 'Codes en Hulpmiddelen' stond op een kier, en Tilly ving een glimp op van een verkreukeld jasje met krijtstreep dat over de leuning van een stoel was gegooid.

Ze draafde langs 'Rekrutering van Agenten' en 'Zeer Geheime Missies' tot ze weer bij Emma was, die op haar stond te wachten voor een deur met 'Administratieve Zaken'. Achter de deur hoorde Tilly een razendsnel getik, af en toe onderbroken door een zachte 'ping'.

Emma klopte luid op de deur.

'Kom binnen!' zei iemand afgemeten.

Tilly hield even halt om haar kousen op te trekken en deed toen wat haar gezegd was.

In een keurig kantoor, tussen twee dossierkasten, zat een

vrouw heel rechtop met haar knieën onder een bureau. Ze had ingevallen wangen, een mager gezicht, wenkbrauwen zo dun als een potloodstreepje en een grote neus. Haar bruine haar zat in een middenscheiding en was achter in haar nek samengebonden met een fluwelen lint. Ze zat zo stil dat Tilly haar voor een wassen beeld zou hebben aangezien, als haar vingers niet over het toetsenbord van een ouderwetse typemachine hadden gevlogen die voor haar op het bureau stond. Ze ging zo op in haar werk dat ze geen aandacht schonk aan de twee mensen die net waren binnengekomen.

Emma schraapte haar keel. 'Goedemorgen, Thea,' zei ze, en ze liet haar hand op Tilly's schouder rusten. 'Mag ik je voorstellen aan onze nieuwste aanwinst: Tilly Bunker.'

Thea bleef nog een minuut of wat doortypen voor ze haar vingers van het toetsenbord haalde en naar Tilly keek. Haar dunne wenkbrauwen schoten omhoog.

'Mijn hemel,' zei ze. 'Ik dacht dat je een tiener zou meebrengen – niet zo'n piepkuiken als dit. Wat zal Red wel niet zeggen, als hij haar ziet? Dat kind is hoogstens acht jaar oud.'

Emma kneep even in Tilly's schouder. 'Tilly, dit is Thea Hart. Onze secretaresse.'

'Hallo,' zei Tilly. 'Ik ben trouwens geen acht. Ik ben elf.'

Thea ging verder met typen. 'Ping' deed de typemachine als ze aan het einde van een regel kwam. 'Elf!' zei ze vol minachting, op de toetsen hamerend. 'Dat is veel te jong om spion te zijn. Dit hele plan is gedoemd te mislukken. We raken allemaal onze baan kwijt, en dan vinden we Angela nooit meer terug.'

Emma zuchtte diep en nam Tilly bij de hand. Ze leidde haar naar een andere deur in de kamer waarop een koperen bordje zat met 'Hoofd van P.S.S.S.T.'. Ze schonk Tilly een bemoedigende glimlach en klopte snel op de deur.

'Kom maar binnen,' klonk een joviale stem.

Net toen Emma de deurklink naar beneden wilde duwen, liet Thea een boze kreet horen en woedend rukte ze het vel papier uit haar typemachine. 'Allemaal fouten!' zei ze, terwijl ze het papier tot een bal verfrommelde en in de prullenbak mikte. 'En dat is jouw stomme schuld,' zei ze tegen Tilly. 'Je hebt me uit mijn concentratie gehaald. Nu moet ik die brief aan het Hoofd van P.F.F. helemaal opnieuw doen.'

'Let maar niet op haar,' fluisterde Emma terwijl ze de deur opendeed en Tilly de naastgelegen kamer binnen leidde.

Het was een knus kantoor, zo slordig en ongeordend als dat van Thea netjes en kaal was. Van de vloer tot het plafond waren er planken vol boeken en rommeltjes en de vensterbank werd ingenomen door potten vol zebragras. Te midden van al die spullen zat een kleine, gedrongen man wiens gezicht nog het meest weghad van dat van een tuinkabouter. Hij zat achter een bureau op een met groen leer beklede stoel en sprong overeind toen hij Tilly zag.

'Eindelijk!' riep hij verheugd.

Dat verbaasde Tilly nogal. Ze had verwacht dat het hoofd van P.S.S.S.T. eruit zou zien als een schooldirecteur of een bankmanager. Op zijn minst had ze toch wel verwacht dat hij een donker pak en een das zou dragen. Maar deze man had geen pak aan, en zijn das was handgebreid en knalrood. Hij droeg een geruit overhemd met korte mouwen dat in een ribfluwelen broek zat gepropt, en aan zijn voeten zag ze sandalen.

'Aangenaam kennis te maken, juffrouw Bunker,' zei de man, terwijl hij om zijn bureau heen liep. Hij boog zich naar voren en schudde Tilly voorzichtig de hand, alsof hij bang was haar vingers te breken. 'Eh... vind je het goed als ik je Tilly noem? Ik heet Redmond Jelsen. De meeste mensen noemen me Red. En ik ben de baas van deze tent.'

'Hallo, Red,' zei Tilly, en ze plofte neer op de dichtstbijzijnde stoel. Het was een opluchting om zo hartelijk te worden begroet, na de vijandige ontvangst van Thea.

Red keek haar stralend aan en ging op het hoekje van zijn bureau zitten. 'Weet je, Tilly,' zei hij, 'ik begon de moed al te verliezen. Toen ik Emma vroeg om een kind te zoeken met spionagetalent wist ik dat het een moeilijke klus zou worden. En toen ze na twee volle weken zoeken op allerlei scholen nog niemand was tegengekomen, dacht ik dat ik de hele operatie maar moest afblazen.'

'Het was puur geluk, eigenlijk,' zei Emma, die haar koffertje opende. 'Ik was op weg naar weer een nieuwe school toen Tilly toevallig voor mijn auto de straat overstak. Zodra ik haar zag, wist ik dat zij degene was die we zochten.'

'Nou, prima gedaan, hoor. Echt klasse,' zei Red, terwijl zijn ogen over het contract vlogen dat Emma uit haar koffertje had gepakt en hem in zijn handen had geduwd. 'Mooi zo. Ondertekend door beide ouders, zie ik. Dat ziet er allemaal goed uit. Uitstekend.' Hij legde het contract weg en keek even op de klok op zijn bureau. 'Ik heb de anderen gevraagd om klokslag tien uur naar Zeer Geheime Missies te komen,' zei hij tegen Emma. 'Zorg jij ervoor dat alles klaar is voor de bijeenkomst?'

'Natuurlijk,' zei ze. Ze draaide zich op haar hakken om en verliet de kamer.

'Die dame is een verdraaid goede personeelsfunctionaris,' zei Red, en hij glimlachte Tilly vriendelijk toe. 'Tweeëntwintig pas, net afgestudeerd aan de Hogeschool voor Heimelijkheid.

Ze wilde eigenlijk bij A.H.U.M. werken, maar ze wezen haar af – die domkoppen! Daar profiteren wij toch maar mooi van, vind je niet?'

Tilly knikte maar wat, op goed geluk. Ze had geen idee waar hij het over had.

'Ach, wat ben ik ook een sukkel!' zei Red, zichzelf vermanend. 'Emma heeft vast geen tijd gehad om je alles te vertellen over S.T.I.L. en de verschillende afdelingen. Ik kan het je maar beter uitleggen, nietwaar?'

'Ja, graag,' zei Tilly gretig.

Red wreef bedachtzaam over zijn roodbruine baard. 'S.T.I.L. is natuurlijk een afkorting,' begon hij. 'Die letters staan voor Strikt Topgeheim Instituut voor het Landsbelang. Een organisatie die de veiligheid van ons land moet waarborgen. Het voornaamste doel is het verzamelen van geheime informatie waarmee Engeland beschermd kan worden tegen zijn vijanden...'

Voor hij kon verdergaan, kraakte de deur van zijn kantoor en begon toen langzaam open te zwaaien. Het was een spookachtig gezicht, alsof het vanzelf ging. Met grote ogen keek Tilly toe. Toen verscheen er op enkelhoogte een katachtig hoofdje, en Pibbels wandelde de kamer binnen. Hij had een vastberaden uitdrukking op zijn snoet, en aan het tuigje om zijn rug zat een klein, uitpuilend pakketje gebonden.

'Ha, Pibbels,' zei Red. 'Wat heb je bij je? Ik verwachtte eigenlijk niets.'

De kat negeerde hem en liep naar Tilly's stoel, waarbij het pakketje op zijn rug heen en weer wiebelde. Hij ging naast haar gympjes zitten en miauwde hartstochtelijk.

'Kennelijk is het voor jou,' zei Red. 'Had jij iets besteld?'

Tilly was verbijsterd. 'Is dit... is dit mijn ontbijt?' Ze boog zich voorover en maakte het pakketje voorzichtig los. Toen legde ze het op haar schoot en pakte twee sandwiches met gebakken bacon uit. 'Heel erg bedankt, Pibbels,' zei Tilly. Ze aaide de kat over zijn zijdezachte zwarte kop, en een luid gespin rommelde diep in zijn keel. 'Wauw!' zei Tilly, terwijl ze de sandwich oppakte. 'Ik had nooit verwacht dat mijn ontbijt zou worden gebracht door een kat!'

'Tja, het kan niet anders,' zei Red. 'Het personeel van het hotel mag niet op deze verdieping komen. Pibbels is echt heel nuttig. Hij brengt 's ochtends de post, en ook kleine kantoor-spullen en lichte maaltijden kan hij aan. En hij hoeft niet, zoals wij mensen, de geheime ingangen te gebruiken. Op de een of andere manier loopt hij onder de houten vloeren door. Hij kan zichzelf door het kleinste gaatje wurmen en de moeilijkste sprongen maken. Ja, onze Pibbels is een zeer gewaardeerd lid van P.S.S.S.T.'

'Goed, waar was ik?' Red fronste zijn voorhoofd. 'O, ja. Ik was je aan het vertellen over S.T.I.L. – dat is onderverdeeld in verschillende kleinere afdelingen, en daar is P.S.S.S.T. er een van. Elke afdeling heeft een eigen specialisme, maar het heeft wel allemaal met spionage te maken. Je weet wel wat spioneren is, toch?'

Tilly knikte. 'Mm, mm,' zei ze, met haar mond vol zacht brood en knapperige bacon.

'In totaal zijn er zes afdelingen. Drie ervan houden zich bezig met wat wij het "veldwerk" noemen. Dat wil zeggen dat ze hun eigen groep spionnen in dienst hebben die ze regelmatig op pad sturen. De andere drie afdelingen opereren meer achter de schermen, zeg maar. Ze voorzien de eerste drie afdelingen van informatie en alle spullen die spionnen nodig hebben om hun missie met succes te kunnen voltooien.'

'En wat voor soort afdeling is P.S.S.S.T.?' vroeg Tilly, terwijl de boter over haar kin droop.

'Een "veldwerk"-afdeling, zei Red, 'net als A.H.U.M. en J.O.E.H.O.E.'

'P.S.S.S.T., A.H.U.M. en J.O.E.H.O.E.,' herhaalde Tilly in zichzelf.

'A.H.U.M. staat voor de Aanvoer van Hoogst Uitzonderlijk Materiaal,' legde Red uit. 'Hun team van spionnen verzamelt allerlei belangrijke informatie. En dan heb je nog J.O.E.H.O.E., de Jacht op Ongewenste Elementen en Hinderlijke Obstructieve Eenheden. Hun spionnen proberen spionnen van de vijand tegen te werken en te voorkomen dat ze onze geheimen ontdekken.'

'Hm,' zei Tilly. Ze besefte dat Pibbels zowat over haar gympen kwijlde en stak hem snel een vetrandje van de bacon toe.

'En dan,' zei Red, en trots trok hij zijn wollen das recht, 'heb je nog P.S.S.S.T., het Project tegen Sluwe Spionnen en Stiekeme Types. Want zie je, Tilly,' zei Red, en zijn stem daalde tot een gefluister, 'niet iedereen is trouw aan zijn of haar land. Sommige mensen zien geen enkel bezwaar om hun medeburgers te verraden en onze vijanden te helpen.'

'Waarom doen ze dat dan?' vroeg Tilly.

'Ach, om allerlei redenen,' zei Red. 'Sommigen zijn teleurgesteld in dit land, sommigen worden gechanteerd... en sommigen zijn gewoon hebberig. Als je iemand een dik pak geld onder zijn neus houdt, kan dat heel overtuigend werken. Die mensen noemen we sluwe spionnen en stiekeme types, en het is onze taak om ze op te sporen.'

'Wat voor soort mensen zijn dat dan?' vroeg Tilly.

'O, daar zit van alles bij,' zei Red serieus. 'Het is treurig, Tilly, maar verraders en spionnen vind je bijna overal – sommigen zijn er zelfs in geslaagd om bij S.T.I.L. binnen te dringen! En als er binnen S.T.I.L. een verrader rondloopt, kan dat heel gevaarlijk zijn. Stel je eens voor, Tilly. Dan kunnen ze onze dossiers in handen krijgen, de geheime locaties van de afdelingen doorspelen en er zelfs voor zorgen dat een missie mislukt.

Nog maar twee jaar geleden hebben we de baas van S.T.I.L.'s secretaresse betrapt, Manon Hammer, die probeerde vertrouwelijke documenten het land uit te smokkelen. Voor ze het wist zat ze achter de tralies, en het zal nog wel even duren voor ze het daglicht weer ziet. Geloof me, Tilly, leden van S.T.I.L. die overlopen, dat zijn onze allerergste vijanden. Die zijn vreselijk sluw en heel moeilijk te pakken.'

'Ik denk dat ik het begrijp,' zei Tilly. Haar hersens begonnen pijn te doen. 'A.H.U.M. spioneert voor de goeien, J.O.E.H.O.E. probeert te voorkomen dat de slechteriken de goeien bespioneren en P.S.S.S.T. probeert de slechteriken te pakken die doen alsof ze bij de goeien horen.'

'Ja, dat is het wel, in een notendop,' zei Red. Hij leek tevreden.

'Dus wat doen die andere drie afdelingen dan?' vroeg Tilly, en ze kietelde Pibbels onder zijn kin. 'Is P.F.F. er ook een? Daar had Thea het over. Ik geloof dat ze iemand een brief aan het schrijven was.'

'Ja, aan Diana Franken,' zei Red, met een warme glimlach. 'Het hoofd van die afdeling. Diana en ik zaten in dezelfde klas op de Hogeschool voor Heimelijkheid. Lang, lang geleden.'

'Hogeschool voor Heimelijkheid?'

'Yep,' zei Red. 'Dat is een opleiding voor schoolverlaters die graag carrière willen maken bij s.t.i.l. Hoe dan ook, Diana was nogal een studiebol. Altijd met haar neus in de boeken. Ze zoog als een spons informatie op. Ik had al zo'n voorgevoel dat ze het nog ver zou schoppen bij p.f.f. Die afdeling doet namelijk onderzoek,' verklaarde Red. 'p.f.f. staat voor de Presentatie van Fascinerende Feiten.'

'En die andere twee?' vroeg Tilly.

'c.l.i.c.k. staat voor de Creatie van Lachwekkend Ingewikkelde Codes die Kloppen. De medewerkers bedenken allerlei manieren waarop spionnen geheime boodschappen kunnen versturen. En ten slotte hebben we nog p.o.e.h. – Productie van Onmisbare Eersteklas Hulpmiddelen. Die afdeling is verantwoordelijk voor het uitvinden van ongelooflijke apparaten en handige snufjes waarmee spionnen beter hun werk kunnen doen.'

'Is het moeilijk om spion te zijn?' vroeg Tilly, die zich afvroeg wat voor vakken er werden gegeven op de Hogeschool voor Heimelijkheid.

Red gaf geen antwoord. 'Ben je klaar met ontbijten?' vroeg hij.

'Bijna,' zei ze.

Red wachtte tot ze haar laatste hap had weggeslikt. Toen wenkte hij haar naar het raam.

'Kijk eens naar beneden, Tilly. Wat zie je daar?'

'Eh...' Tilly aarzelde. Ze was er niet aan gewend om zo op de proef te worden gesteld. 'Een man, die een zakje chips eet.'

'Goed zo,' zei Red. 'Wat nog meer?'

'Een oude vrouw met een boodschappentas. En een... een vrouw met een kinderwagen.'

'Heel gewone mensen,' zei Red, 'die gewone dingen doen.'

'Ja,' beaamde Tilly.

'Negenennegentig van de honderd keer zijn het inderdaad gewone mensen,' zei Red. 'Maar dan is er toch nog die ene procent.'

'Wat bedoel je?' vroeg Tilly.

'Die mensen die je net beschreef zouden allemaal een spion kunnen zijn,' zei Red, en hij ging weer op het puntje van zijn bureau zitten. 'Spionnen zijn nou eenmaal heel slim en sluw. Alleen zeer bijzondere personen kunnen naadloos in hun omgeving opgaan en de indruk wekken dat ze heel gewoon zijn en daar thuishoren. Oppervlakkig gezien lijken spionnen volkomen normale, onopvallende mensen, maar in feite zijn ze compleet namaak. Het enige wat ze interesseert is het uitvoeren van hun missie.'

'Duurt het heel lang voor je geleerd hebt een spion te zijn?' vroeg Tilly. Ze ging weer zitten en tilde Pibbels op haar schoot.

'Tja,' zei Red. 'Dat is een goede vraag.' Er verschenen rimpels op zijn voorhoofd. 'Naar mijn bescheiden mening worden spionnen geboren, niet gemaakt. Iemand kan zijn leven lang studeren aan de Hogeschool voor Heimelijkheid, en toch nooit slagen. Aan de andere kant kan ik iemand van straat plukken die het allemaal binnen de kortste keren onder de knie heeft. Dat hangt ervan af hoeveel talent iemand heeft!' Red maakte een dakje van zijn handen en keek Tilly betekenisvol aan.

Ze draaide onrustig heen en weer op haar stoel en voelde haar wangen rood worden.

'Emma vertelde me dat ik ben uitgekozen om spion te worden.'

'Ja, dat klopt,' zei Red. 'En je hoeft niet zo angstig te kijken, hoor. Je hebt enorm veel talent. Ik heb zelfs nog nooit iemand gezien die zo geschikt was voor dit beroep als jij. Goed,' vervolgde Red, nu op zakelijke toon, 'we hebben nog een paar minuten voordat ik je aan de anderen ga voorstellen. Heb je misschien nog vragen?'

'Eh,' begon Tilly. Zonder iets te zien, staarde ze naar Reds tenen die uit zijn sandalen staken, en probeerde ze iets intelligents te bedenken. Als Red dacht dat ze slim genoeg was om spion te worden, kon ze nu maar beter niet met een domme vraag aankomen. 'Waar zijn de kantoren van S.T.I.L. en J.O.E.H.O.E. en P.F.F. en A.H.U.M. en C.L.I.C.K en P.O.E.F.?'

'Het is P.O.E.H., geen P.O.E.F.,' zei Red.

'O... oké,' stamelde Tilly. 'Emma heeft me verteld dat ze over heel Londen verspreid zitten, op onverwachte plekken.'

'Dat klopt,' zei Red. 'Ze zitten verstopt in allerlei gebouwen. J.O.E.H.O.E. is bijvoorbeeld gevestigd in een theater, en A.H.U.M. zit weggestopt in een tamelijk beroemd museum.' Red tikte tegen de zijkant van zijn neus en knipoogde. 'Hou dat wel voor je, Tilly. Al die adressen zijn goedbewaarde geheimen.'

'Waarom?' vroeg ze.

Reds uitdrukking werd ernstig. 'De informatie die binnen deze muren ligt opgeslagen zou een goudmijn zijn voor onze vijanden,' zei hij. 'En hetzelfde geldt voor alle andere afdelingen van S.T.I.L. Bij P.S.S.S.T. houden we de dossiers bij van alle medewerkers, en natuurlijk hebben we hier de gegevens van elke missie waarbij P.S.S.S.T. ooit betrokken is geweest. En daar komt nog bij dat we hier regelmatig bezoek krijgen van spionnen. Als onze vijanden weten hoe die eruitzien, zijn onze missies gedoemd te mislukken. Je kunt niet met succes ergens undercover aan het werk gaan en spioneren als je gezicht bekend is.'

'Ik snap het.' Voordat Tilly een nieuwe vraag had kunnen bedenken, begon een ouderwetse zwarte telefoon op het bureau van Red luid te rinkelen. 'Wil je me even excuseren?' vroeg Red. Hij nam de hoorn van de haak. 'Met Jelsen,' sprak hij monter in de telefoon. Zijn gezicht betrok. 'Natuurlijk, baas. Yep. Ik neem alle verantwoordelijkheid op me. De situatie is volledig uit de hand gelopen? Nou, nee hoor. Dat is een beetje overdreven.' Red probeerde luchtig te klinken. 'Het komt allemaal in orde.'

Tilly voelde zich weinig op haar gemak. Normaal gesproken vond ze het leuk om de gesprekken van andere mensen af te luisteren, maar alleen als die niet beseften dat ze alles kon horen. Ze nam Pibbels in haar armen en liep naar het raam.

Aan de overkant van de straat probeerde een jongen zijn hond weg te trekken bij een lantaarnpaal. De jongen werd steeds roder, terwijl hij uit alle macht aan de riem van zijn huisdier rukte. Tilly bedacht dat de hond een indrukwekkend stel spieren onder zijn ruige vacht moest verbergen. Dat, of hij was gewoon extreem koppig, want hij weigerde een poot te verzetten. De jongen gaf de strijd op en leunde tegen een hekje aan. Toen keek hij naar de overkant, naar Hotel Damper, en zijn ogen vonden het raam waar Tilly stond. Ze verstijfde. Red zou het waarschijnlijk niet erg waarderen als ze door iemand gezien werd. Snel deed ze een stap achteruit en wierp ze een schichtige blik op Red, die nog steeds in gesprek was met de persoon aan de andere kant van de lijn.

'Maar baas,' zei Red sussend, frunnikend aan het koord van de telefoon, 'het is heus niet nodig om ons alweer zo snel te komen opzoeken. U was hier een paar weken geleden nog. Dat doet me eraan denken – ik neem aan dat u niet van gedachten bent veranderd over mijn bescheiden verzoekje... Het is dus nog steeds "nee", begrijp ik? S.T.I.L. kan helemaal geen extra fondsen beschikbaar stellen... Mijn eigen schuld? Slordig en chaotisch? Ik smijt met geld alsof het aan de bomen groeit?' Hij haalde zijn vinger langs zijn boord om die wat losser te maken en slikte een paar keer moeizaam.

Tilly hoorde een blikkerig getetter uit de hoorn komen. Het klonk nogal kwaad.

'Yep,' zei Red plechtig. 'Het budget voor hulpmiddelen? O, eh... Ik denk dat we net genoeg hebben... Een briefje van vijf. Aha. U hebt gelijk, baas. Yep. Dat betekent inderdaad dat we een beetje een probleem hebben. Ik neem aan dat u niet...' Red trok een grimas en hield de hoorn op een armlengte afstand toen er een scheldkanonnade uit kwam stromen. Na ongeveer een minuut hervatte hij het gesprek. 'Dus u gelooft werkelijk niet dat Murdo Mak... Die zaak is gesloten, wat u betreft. Goed, ik begrijp het. Dus hoe stelt u zich dan voor dat ik leiding geef aan deze afdeling, baas? O, dat is míjn probleem. Aha. Maar het geld moet toch ergens vandaan komen... Misschien moet ik wát overwegen?' Red sprong op van zijn bureau. 'GEEN SPRAKE VAN!' bulderde hij. Toen keek hij naar Tilly, en hij bedekte de hoorn even. 'Ik ben zo klaar,' fluisterde hij.

Tilly hurkte neer en probeerde Pibbels te kalmeren. Hij was uit haar armen gesprongen toen Red zijn stem had verheven en zat weggekropen onder haar stoel. Zijn staart zwiepte woest heen en weer.

'Dat zal zeker niet nodig zijn,' zei Red vastberaden tegen de persoon aan de andere kant van de lijn. 'Ja, dat weet ik zeker, baas. Ik heb zelfs al iets op stapel staan. Maar als u me nu wilt excuseren, ik heb zo dadelijk een belangrijke vergadering... Tot ziens. En mijn oprechte dank voor uw telefoontje.'

Red legde de hoorn weer op de haak en grinnikte schaapachtig naar Tilly. 'Dat was de baas van S.T.I.L.,' zei hij. 'Philippa Killerman. We... eh... zijn het niet altijd met elkaar eens.'

Hm, dacht Tilly, die indruk kreeg ik inderdaad al.

Red pakte het klokje van zijn bureau. 'Oeps, kijk nou,' zei hij. 'Het is al vijf over tien. We zijn te laat voor de vergadering. Laten we dan maar snel gaan, hè? De rest zit vast al op ons te wachten.'

HOOFDSTUK 5

De spion die niet terugkeerde

Terwijl ze naar Zeer Geheime Missies toeliepen streek Tilly haar haren glad en knoopte ze haar vest dicht. Ze wilde er op haar best uitzien als ze werd voorgesteld aan het verzameld personeel van P.S.S.S.T. Omdat haar was verteld dat deze afdeling verantwoordelijk was voor het opsporen van alle sluwe spionnen in Engeland, nam ze aan dat er een hele menigte mensen in de kamer verzameld zou zijn.

Ook verwachtte ze dat de werknemers van P.S.S.S.T. allemaal hardwerkende, dynamische mensen waren, van het soort dat veel rumoer maakte. Maar afgaand op het gebrek aan lawaai aan de andere kant van de deur hielden ze zich deze keer kennelijk rustig. Waarschijnlijk zaten ze allemaal klaar met hun blocnotes in de aanslag, wachtend tot de vergadering zou beginnen.

Red deed de deurknop naar beneden, en toen de deur op een kier opende, hoorde Tilly een stem verkondigen: 'Eenennegentig, tweeënnegentig, drieënnegentig...' Het klonk alsof iemand de koppen aan het tellen was. De deur ging nog wat verder open, en Red en Tilly stapten de kamer binnen.

Die was praktisch leeg. De lange rijen stoelen die Tilly had verwacht ontbraken, en ook was er geen mensenmenigte. Aan een tafel midden in de kamer zaten welgeteld zes personen. Tilly zag dat Emma en Thea er ook bij waren. Beiden hadden een rode blos op hun wangen, en ze leken vastbesloten elkaar niet aan te kijken, alsof ze net ruzie hadden gehad. In plaats van een blocnote hield ieder persoon een porseleinen theekopje vast, op één bejaarde vrouw na die zat te breien, en een kale man die in slaap leek te zijn gevallen.

'Achtennegentig, negenennegentig...' zei de oudere vrouw, die onder het breien haar steken telde. Haar naalden bleven in rap tempo doortikken, tot ze toevallig opkeek en zag dat er twee nieuwkomers waren. Toen liet ze haar breiwerk in de steek om haar sluimerende collega tussen zijn schouderbladen te porren. 'Bikram! Word eens wakker! Ze zijn er. De vergadering gaat beginnen.'

De slapende man trok even met zijn hoofd en maakte een soort snurkgeluid, voor hij zijn hoofd hief en met wazige ogen naar Tilly staarde. 'Is zij het?' vroeg hij. 'Ze is niet erg groot, hè?'

'Alle goede dingen komen in kleine verpakkingen,' zei de breiende mevrouw, die Tilly scherp opnam. Het was een krom-gebogen oud dametje met grijze wapperharen en oorbellen die op knopen leken. Aan een gevlochten koord om haar nek hing een speldenkussen, bij wijze van ketting. 'Hallo, meissie,' zei ze vriendelijk. 'Ik ben Izzie Min. Ik heb een plekje voor je vrijgehouden.'

Ze klopte even op de stoel naast haar. 'Emma, lieverd, zit er nog thee in de pot?'

Terwijl Tilly van haar kopje geurige lapsang souchong nipte, stelden de mensen rond de tafel zichzelf voor. Izzie Min legde uit dat zij de kleermaakster van p.s.s.s.t. was, en dat het haar taak was om allerlei outfits te maken die de spionnen droegen op hun geheime missies. (Ze onthulde ook dat de vormeloze wollen lap tussen haar breinaalden uiteindelijk een bivakmuts zou worden.)

De kale man die in een staat van coma over de tafel had gelegen stelde zich voor als Bikram Pappachan. Hij toonde Tilly zijn lange, elegante vingers die vol inkt zaten en vertelde dat hij een vervalser was, dat hij binnen een kwartier een vals paspoort kon verzorgen en dat hij elke handtekening ter wereld kon namaken.

Een magere oude man met een tanig gezicht en een ruige stoppelbaard zei dat zijn naam Socrates Smit was. Tot een paar jaar eerder was hij als spion actief geweest, en nu was hij in dienst als specialist in vakkennis. Het was zijn taak de huidige ploeg spionnen van p.s.s.s.t. instructies te geven en te adviseren, en ze te laten zien hoe je de nieuwste hulpmiddelen, codes en andere handige snufjes kon gebruiken.

Dat Emma en Thea bij de vergadering aanwezig waren verbaasde Tilly niets, maar een persoon die ze niet had verwacht was mevrouw Elefant.

Tilly wist inmiddels dat het hotelpersoneel niet op de tweede verdieping mocht komen, maar al snel begreep ze dat er op deze regel een uitzondering was. Want Edith Elefant was, zoals ze zelf uitlegde, niet alleen de manager van Hotel Damper, maar ook het hoofd van de veiligheidsdienst van p.s.s.s.t. Zij bepaalde welke mensen het kantoor binnen mochten, en ze moest er ook voor zorgen dat de gewone hotelgasten niet doorkregen dat p.s.s.s.t. zijn hoofdkwartier in het gebouw had.

'Dus dit zijn alle medewerkers?' zei Tilly, die probeerde niet al te teleurgesteld te klinken. Ze kon maar moeilijk aanvaarden dat p.s.s.s.t. net groot genoeg was om een volleybalteam te vormen. Hoe kon zo'n klein groepje mensen genoeg zijn om elke sluwe spion en verrader in het land op te sporen,' vroeg ze zich af.

'Nou, niet helemaal,' zei Red, vanaf zijn plekje aan het hoofd van de tafel. 'Er zijn een paar afwezigen. Nathan Slipper, bijvoorbeeld.'

Heel even dacht Tilly dat ze Ediths mond zag vertrekken, toen de naam van de jongeman werd genoemd.

'Nathan is net afgestudeerd aan de Hogeschool voor Heimelijkheid,' zei Red opgewekt.

'Met zeer middelmatige cijfers,' voegde Edith eraan toe, haar gezicht een onbewogen masker.

'En ik heb hem ingehuurd als assistent van Edith,' zei Red, zorgvuldig een stapel papier voor hem op de tafel bestuderend. 'Op tijdelijke basis, uiteraard.'

'Hij heeft drie maanden om te bewijzen dat hij het werk aankan... anders vliegt hij eruit,' zei Edith streng.

Red selecteerde een blauwe dossiermap uit de stapel voor hem. 'Als ik besluit om Nathan een vaste aanstelling te geven, zal hij net als de rest van ons vrije toegang krijgen tot de tweede verdieping. Maar tot die tijd is deze etage strikt verboden terrein voor die jongen. Goed,' zei hij, door de stapel papieren in de dossiermap bladerend. 'Ik denk dat we maar eens moeten beginnen.'

'En de anderen dan?' vroeg Socrates knorrig. 'Er ontbreken er nog drie, vergeet dat niet. Het wordt tijd dat je dat kind vertelt over Milos, Bob en Angela.'

Bij het noemen van die drie namen viel er een stilte in de kamer.

Red fronste. 'Dat wilde ik net gaan doen,' zei hij.

'Ja, hoe is het toch met de jongens?' vroeg Izzie, en ze vlocht haar vingers door elkaar. 'Ik hoop dat ze aan de beterende hand zijn.'

'Milos heeft zijn benen nog in het gips, maar zijn toestand is stabiel,' antwoordde Red. Zijn uitdrukking werd ernstiger. 'Bob is helaas nog niet hersteld. De artsen zeggen dat het maanden kan duren.'

'Wat is er aan de hand met Bob?' fluisterde Tilly in Izzies oor.

'Het arme schaap is letterlijk met stomheid geslagen,' zei Izzie zachtjes. 'Hij ligt daar maar in het ziekenhuis naar het plafond te staren. Geen woord komt eruit. Het is afschuwelijk.'

'Ik zal er geen doekjes om winden,' zei Red, terwijl hij overeind kwam. Hij liep naar een grote plattegrond die op de muur geprikt zat. 'Een van onze spionnen wordt vermist, en de andere twee mogen van geluk spreken dat ze nog leven. Ik krijg de indruk dat we met een geduchte vijand te maken hebben, en we kunnen niet uitsluiten dat de boosdoener die we zoeken Murdo Mak is...'

'Lariekoek!' onderbrak Socrates, met een boze frons. 'Mak is al tien jaar dood. Ik was erbij toen hij zijn noodlot tegemoet sprong. Jij was er ook, Red – of ben je dat plotseling vergeten?'

'Nee, natuurlijk niet,' antwoordde Red nors. 'Maar ik kan niet zomaar negeren wat Angela heeft gezegd, vlak voordat ze verdween. Hoe idioot het ook klinkt, we zullen toch de mogelijkheid moeten overwegen dat Murdo Mak nog vrij rondloopt.'

Socrates maakte een onbeleefd geluid. 'Je bent niet goed snik,' mompelde hij toen.

Red, die besloot de opmerking van de oude man te negeren, vroeg nu ieders aandacht voor de grote plattegrond van een dorp die achter hem aan de muur hing.

'Doddington,' sprak hij duister. 'Daar zullen we de antwoorden vinden, en ik zal jullie precies uitleggen hoe ik van plan ben dat aan te pakken.'

De vergadering leek uren te duren, en Tilly zat bijna al die tijd met haar benen stijf over elkaar geslagen omdat ze enorm nodig naar de wc moest. Het was een vergissing geweest om die kop thee te drinken, besefte ze nu. Elke vijf minuten stak ze haar hand op om toestemming te vragen de kamer te verlaten, maar niemand onderbrak de vergadering om haar te vragen wat ze wilde.

Red stond al die tijd bij de plattegrond, met in zijn ene hand een krijtje en een papier uit de blauwe dossiermap in zijn andere. Af en toe krabbelde hij wat woorden op een schoolbord. Speciaal voor Tilly legde hij uit welke gebeurtenissen hadden geleid tot de mysterieuze verdwijning van een spion die Angela heette en wat haar collega's Milos en Bob een paar dagen later was overkomen.

Angela Britten zat al bijna veertig jaar in het spionagevak, en van de drie spionnen die in dienst waren bij P.S.S.S.T. had zij verreweg de meeste ervaring. Volgens Red had ze meer missies met succes voltooid dan Tilly in haar hele leven warme maaltijden had gegeten. Ondanks die indrukwekkende prestaties leek het erop dat iemand haar eindelijk toch te slim af was geweest. Want vierentwintig dagen eerder, op de eerste juli, was Angela spoorloos verdwenen.

De eerste juli was een zaterdag geweest, en Tilly herinnerde zich die dag nog goed. Die ochtend had ze doorgebracht met het aanleggen van een hindernisbaan voor de mierenfamilie in de achtertuin. En 's middags was ze met haar vader mee geweest naar een rommelmarkt. Hij had een oud polshorloge gekocht en zelf had ze een rood zadeltje voor Balk op de kop getikt – dat hij helaas had geweigerd te dragen.

Terwijl Tilly druk bezig was met het bouwen van tunnels gemaakt van krulspelden, ladders van plastic rietjes en diverse andere obstakels op miergrootte, was Angela net teruggekeerd van een missie in Dover, in Kent. Daar had ze een vooraan- staand lid van de regering gevolgd omdat hij zich al een tijd- lang extreem verdacht gedroeg. Maar er was een heel onschul- dige verklaring voor zijn stiekeme gedoe geweest. Hij was bezig geweest een feest te organiseren als verrassing voor zijn vrouw, voor haar veertigste verjaardag. Het zou een uitbundige toe- stand worden in het kasteel van Dover, waarbij alle gasten in middeleeuwse kleren moesten komen.

Toen Angela eenmaal had ontdekt waar de minister mee bezig was, was ze in haar auto gesprongen (een Volkswagen Kever) en aan de terugreis naar Londen begonnen. Helaas begon de motor van haar Kever al na een paar kilometer te sputteren. Nadat ze aan de kant van de weg was gestopt, de motorkap had geopend en wat aan de motor had gerommeld, had ze besloten dat haar auto het met een beetje geluk misschien net zou halen tot het volgende dorp. En daar zou vast wel een garage of iets dergelijks zijn. Ze nam de eerstvolgende afslag en ging op weg naar het dorpje Doddington.

Angela had haar auto de laatste paar honderd meter moe- ten duwen, maar uiteindelijk had ze het gered en een garage gevonden met een sympathieke monteur die Gerry heette. Die had, na een blik op de kaduke Kever, aangekondigd dat het zo'n beetje de hele middag zou kosten om hem te repareren. En dat Angela de tijd misschien kon doden door Doddington te verkennen, waarbij ze vooral de jaarlijkse Tuinshow niet moest overslaan, die op dat moment aan de gang was in een aantal grote tenten op het grasveld midden in het dorp.

Om vijf over twaalf had Angela Red gebeld, even met hem gekletst en hem verteld dat ze, dankzij haar kapotte auto, de rest van de dag zou rondhangen in Doddington. 'En het is ook eigenlijk hoog tijd dat ik eens een middag vrij heb,' had ze toegevoegd.

Het volgende telefoontje dat Red van Angela had gekregen, anderhalf uur later, was heel anders geweest. Haar stem had ademloos en paniekerig geklonken en ze had maar een paar woorden kunnen uitbrengen. Het was routine dat alle telefoongesprekken van Red werden opgenomen. Die conversaties werden vervolgens uitgetypt door Thea en gearchiveerd, waarna de bandopnames werden gewist. Maar omdat het zo'n vreemd en verwarrend telefoontje was geweest, had Red de laatste opname van Angela's stem bewaard. Nu haalde hij het bandje uit zijn zak en speelde het af op een dictafoon, zodat iedereen het kon horen.

'Murdo Mak. Ik heb net zijn stem gehoord – glashelder. Hij zei: "Ik zie dat de komkommer van mevrouw Arbel weer de eerste prijs heeft gewonnen." Hij is niet dood! Hij staat hier, in de tent met groenten. MURDO MAK!'

Angela had daarna niet meer gebeld. En ze was ook niet komen opdagen bij P.S.S.S.T. De medewerkers hadden een paar dagen later een ansichtkaart van haar ontvangen – maar Bikram had vastgesteld, na nauwkeurig onderzoek, dat het een vervalsing was.

Red haalde de kaart uit de blauwe dossiermap en liet hem aan Tilly lezen. Geschreven in blauwe ballpoint stond er:

74

Mijn beste collega's,

Ten onrechte heb ik jullie laten geloven dat ik de stem had
gehoord van een oude vijand van ons. Uiteraard heb ik die
helemaal niet gehoord. Ik vrees dat ik een beetje getikt aan
het worden ben, en ik denk dat het tijd is mijn baan op te zeg-
gen en te gaan rentenieren op Barbados. Ik houd niet zo van
afscheid nemen, dus ik hoop dat jullie me vergeven dat ik niet
persoonlijk gedag kom zeggen.

Met vriendelijke groet,
Angela

Red had meteen de baas van s.t.i.l. geraadpleegd. Die was er,
net als de andere mensen van p.s.s.s.t., van overtuigd geweest
dat Angela onmogelijk Murdo Mak kon zijn tegengekomen,
aangezien die al tien jaar dood was. Maar toen de baas hoorde
van de nepkaart moest ze toegeven dat het misschien toch verstandig was een andere spion naar Doddington te sturen, om
te kijken of er nog een spoor van Angela te vinden was.

Milos Spar had een valse identiteit gekregen (Ted Teds) en
een namaakberoep (glazenwasser). Vervolgens was hij naar het
dorp gestuurd met de opdracht alles in het werk te stellen om
een spoor van Angela te vinden. Helaas kwam er twee dagen
later een einde aan zijn carrière als glazenwasser, en daarmee
aan zijn missie, toen hij van zijn ladder viel en allebei zijn
benen brak.

Bob Collier was de volgende spion die naar het dorp werd
gestuurd. Hij deed zich voor als een kunstenaar die Hugo Best
heette, en doorkruiste op zijn eerste dag heel Doddington, op
zoek naar aanwijzingen. Die avond werd hij echter aangetrof-

fen in een telefooncel, waar hij helemaal hysterisch in een hoekje zat weggedoken, en sindsdien was hij niet meer in staat geweest een begrijpelijke zin te uiten.

Op dat moment was het er werkelijk heel somber uit gaan zien. Er was nog steeds geen spoor van Angela, en er waren geen spionnen meer over om op pad te sturen. En daarbij begon het geld van P.S.S.S.T. ook snel op te raken. Red had besloten een beroep te doen op de baas van S.T.I.L. en te vragen om wat extra geld, zodat ze hun zoektocht naar Angela voort konden zetten. Maar Philippa Killerman had zijn verzoek afgewezen. Ze had geconcludeerd dat Milos en Bob gewoon onhandig waren geweest, en daardoor in het ziekenhuis waren beland, en dat daar helemaal niets duisters of geheimzinnigs aan was. Toen Red volhield dat er kwade opzet in het spel was, had Philippa daar vol spot op gereageerd.

Red had het echter niet opgegeven. Hij bedacht dat hij, als hij een paar bezuinigingen doorvoerde op zijn afdeling, net genoeg geld bij elkaar kon schrapen om nog een keer een spion op een missie te sturen. Een echte eersteklas agent kon hij zich niet veroorloven – en trouwens, alle spionnen die voor J.O.E.H.O.E. en A.H.U.M. werkten waren al bezig met eigen missies – en dus voerde hij wat gesprekken met pas afgestudeerden van de Hogeschool voor Heimelijkheid, in de hoop dat er een echte uitblinker tussen zou zitten. Maar helaas had geen van de kandidaten aan zijn wensen voldaan.

Toen begon hij de hoop te verliezen. Hij wist dat dit de laatste kans van P.S.S.S.T. zou zijn om erachter te komen wat er met Angela in Doddington was gebeurd. Steeds meer raakte hij ervan overtuigd dat haar verdwijning, Milos' ongeluk en Bobs merkwaardige toestand op de een of andere manier verband met elkaar hielden. Hij móest gewoon een spion vinden die vaardig genoeg was om resultaat te boeken. Maar vervolgens besefte hij dat Milos en Bob allebei zeer ervaren spionnen waren, en dat er toch iemand in Doddington was geweest die ze meteen door had gehad en ze allebei had uitgeschakeld. En Angela was al bijna veertig jaar spion en toch was ze zomaar in rook opgegaan.

Red had besloten dat het dus zinloos zou zijn om nog een spion te sturen met dezelfde strategie. Hij zou een andere manier moeten vinden om het probleem te benaderen. Het nieuwe plan zou onverwacht en origineel moeten zijn. Sterker nog, het zou ronduit geniaal moeten zijn.

Uiteindelijk was het perfecte idee bij hem opgekomen: hij zou een kindspion sturen. Voor zover hij wist had S.T.I.L. nooit eerder in zijn geschiedenis iemand van onder de achttien in dienst genomen. De verdachte persoon die zich in Doddington ophield, zou een kind er nooit van verdenken op de loonlijst van P.S.S.S.T. te staan. Voor een kindspion zou het eenvoudig zijn om te infiltreren in het dorp en uit te zoeken wat er daar nou precies aan de hand was.

Op dat punt in de vergadering aangeland vroeg Red of er nog vragen waren, en onmiddellijk gingen er een stuk of vijf handen de lucht in. Gelukkig sloeg Tilly's hand, die nogal wild omhoogschoot, per ongeluk tegen Reds neus, en dus werd haar verzoek als eerste behandeld.

Op haar weg terug van de wc hoorde Tilly uit de kamer waar vergaderd werd harde stemmen klinken. Toen ze de deur opende, ontdekte ze dat iedereen door elkaar zat te praten. Socrates brulde het hardst en sloeg daarbij zo nu en dan met zijn vuist op tafel. De enige die niet leek mee te doen aan de discussie was Izzie. Ze had haar breiwerk weer opgepakt en zat in zichzelf getallen te mompelen.

'Waar gaat het over?' fluisterde Tilly, terwijl ze naast de oude kleermaakster ging zitten.

Izzie rolde met haar ogen. 'Wie er met jou mee moet gaan, op je missie. Ik vrees dat ik niet mee kan, lieverd. Dan is er thuis niemand om voor Gerald, Twink en Fluf te zorgen.'

'Je katten,' raadde Tilly.

'Nee, lieverd. Mijn tarantula's.'

Socrates ramde nog een paar keer op tafel. 'Het is toch duidelijk dat ik de juiste persoon ben!' riep hij uit, en hij zette een hoge borst op. 'Ik heb heel veel ervaring met undercover-werk. Tilly zou bij mij volkomen veilig zijn. Wat weten jullie nou van veldwerk? Geen ene malle moer!'

'Hij heeft een hekel aan zijn bureaubaantje,' vertrouwde Izzie Tilly toe, iets dichter naar haar toe leunend. 'Nadat hij een kunstheup had gekregen moest hij het spionnenwerk opgeven. Want toen kon hij het niet allemaal meer bijbenen. Hij zou het geweldig vinden als hij mee mag als jouw begeleider. De schat.'

'Ik schep niet graag over mezelf op,' zei Bikram luid, 'maar ik heb enorm veel ervaring met babysitten. Ik heb vijf kleinzoons – en ik ben heel goed in neuzen snuiten, verhaaltjes voorlezen en dat soort dingen.'

'Heel jammer,' zei Izzie vanuit haar mondhoek, 'maar hij is niet geschikt voor deze klus. Die arme Bikram heeft vreselijke hooikoorts. In zo'n dorpje op het platteland zou hij van 's morgens vroeg tot 's avonds laat lopen te niezen.'

'Ik vind dat ik als personeelsfunctionaris,' zei Emma, en ze gooide haar blonde staart over haar schouder, 'de rol moet

krijgen van Tilly's beschermer. We hebben een goede verstand-
houding opgebouwd en ik wil graag degene zijn die haar in de
gaten houdt.'

'Dan zou je moeten doen alsof je haar moeder bent,' sprak
Edith hooghartig, 'en daar ben je veel te jong voor. Terwijl
ík...'

'Compleet getikt ben,' maakte Thea haar zin af, en ze keek
de anderen vol afgrijzen aan. 'Net als jullie allemaal. Kleine
meisjes horen naar pianoles of ballet te gaan. Ze horen níet
undercover te gaan om een gevaarlijke missie uit te voeren. Dit
is een krankzinnig plan! Het gaat nooit werken...'

'Hé!' zei Red, die moeite had om zich verstaanbaar te maken,
met al dat rumoer. 'Kan iedereen nu even stil zijn en naar me
luisteren?'

Niemand lette op zijn woorden.

'STILTE!' brulde Edith, en ze richtte haar vlijmscherpe blik
om de beurt op de anderen. Haar strenge stem en angstaanjagende ogen legden iedereen meteen het zwijgen op.

'Dank je,' zei Red. Afkeurend schudde hij zijn hoofd. 'Al dat
geruzie is pure tijdverspilling. Ik heb allang besloten wie er
met Tilly meegaat op haar missie.'

'Wie dan?' vroegen ze allemaal.

'Jij!' zei hij, en hij wees naar Thea.

HOOFDSTUK 6

Een verhaaltje voor het slapengaan

Nadat Red had onthuld wie met Tilly mee zou gaan hapte iedereen naar adem, en Izzie liet een hele rij steken vallen.

'Ze valt flauw! Vang haar op!' riep Bikram, toen Thea's ogen omhoog rolden en ze van haar stoel begon te glijden.

Emma reageerde het snelst en was als eerste bij het slappe lichaam van de secretaresse. Ze legde Thea's hoofd in haar schoot en vroeg of iemand een glas water kon halen. 'Het zal de schok wel zijn geweest,' zei Emma, terwijl ze Thea's pols voelde. 'Goh, ze ging zomaar onderuit, hè?'

'O, jee,' zei Red. 'Ik dacht dat ze het nieuws iets beter zou opvatten.'

O, jee, dacht Tilly somber, zeg dat wel. Ze was zeer teleurgesteld over Reds keuze – en ze was niet de enige.

'Dat is echt een bereslecht besluit,' zei Socrates boos, en een paar anderen maakten instemmende geluiden. 'Wat mankeert er eigenlijk aan mij, als ik vragen mag?'

Red liep naar het bord en onderstreepte de naam MURDO MAK die hij in grote blokletters had opgeschreven. 'Als,' zei hij, 'deze man nog in leven is, en àls hij zich ergens in Doddington ophoudt, dan herkent hij jullie waarschijnlijk. Dus de hele missie komt in gevaar als jullie ook maar één stap in dat dorp zetten.'

Socrates keek hem woedend aan. 'Murdo Mak is dood,' zei hij. 'Zonder enige twijfel. En trouwens,' gromde hij, 'die nacht

in december was het nog donkerder dan midden in een spoor-
tunnel. Als Mak me al heeft opgemerkt, kan hij me onmogelijk
echt goed gezien hebben.'

'Mijn besluit staat vast,' zei Red koppig. 'Thea gaat met Tilly
mee op de missie, en ik ben van plan ook de hulp van Nathan
in te roepen. We kunnen hem goed gebruiken om boodschappen door te geven.'

'Nathan?' vroeg Edith geschokt. 'Weet je zeker dat je hier
goed over hebt nagedacht? Die jongen is nou niet bepaald een
licht.'

'Ja, ik weet het zeker. Ik heb het volste vertrouwen in hem,'
zei Red. 'En trouwens, ik kan niet een van jullie sturen, dus
veel keuze heb ik niet.' In antwoord op de storm van protest
die vervolgens losbarstte, legde hij het uit. 'Edith moet op haar
post blijven om ons kantoor te beveiligen, Bikram begint al te
snotteren als hij een grassriet ziet, Izzie kan haar spinnen niet
alleen laten, Socrates en ik worden misschien herkend door
Mak en Emma zal het te druk hebben met het overnemen van
Thea's werk.'

'Wat?' zei de secretaresse, die net weer bij bewustzijn was.

'Ik?' zei Emma.

'Zij?' zei Thea wazig. 'Nee! Over mijn lijk!' Moeizaam ging ze
weer rechtop zitten. 'Dan raken al mijn dossiers door elkaar.'

'Ik ben niet bepaald een ster in typen,' zei Emma, en smekend keek ze Red aan. 'Kun je er nog eens over nadenken? Ik wil
echt veel liever naar Doddington worden gestuurd.'

'Nee!' bulderde Red. Hij begon nu aardig overstuur te raken.
'Je bent te jong om voor Tilly's moeder door te gaan, terwijl
Thea de perfecte leeftijd heeft.'

'Maar we lijken helemaal niet op elkaar,' jammerde Thea.

'Nee, misschien niet,' beaamde Red. 'Maar als Izzie eenmaal haar wonderen heeft verricht...'

'Ik weiger mezelf te vermommen als een of andere oude slons,' zei Thea op vlakke toon. 'Ik vind het toevallig wel belangrijk hoe ik eruitzie.'

Is er soms iets mis met wat ik draag, dacht Tilly, omlaag kijkend naar haar bruine vest en comfortabele gympjes. Ze had juist haar best gedaan om er op haar eerste dag bij P.S.S.S.T. leuk uit te zien. Dus begreep ze niet waarom Thea suggereerde dat ze er slonzig uitzag.

'Wat denk je ervan, Izzie?' vroeg Red. Hij wendde zich tot de kleermaakster van P.S.S.S.T. 'Kun jij wat stijlvolle kleren maken voor Thea? Niet al te saai of slordig?'

'Tuurlijk,' zei Izzie, en ze liet haar kraaloogjes op en neer gaan langs Thea's magere lichaam. 'Misschien iets van linnen... en ik heb nog dat mooie materiaal uit dat chique warenhuis. Eens kijken... ja... en dan heb ik nog een stuk of wat bollen kasjmier...'

'Kasjmier? Hm,' zei Thea, en ze trok een dunne wenkbrauw op. Toen fronste ze. 'Nee, nee, nee. Ik weiger mee te doen aan deze idiote onderneming. Het is een volkomen belachelijk idee om een kind op een missie te sturen.'

'Ik noem het liever "gedurfd",' zei Red. 'En als we het niet doen, komen we misschien nooit te weten wat er met Angela is gebeurd.'

'Angela,' herhaalde Thea, op haar lip bijtend. Met een zorgelijke uitdrukking op haar gezicht liet ze zich op haar stoel zakken.

Red schonk zijn secretaresse een bemoedigende glimlach. 'Je bent echt perfect voor deze klus,' zei hij, en voor het geval ze niet besefte hoe 'perfect' hij haar vond, schreef hij het woord op het schoolbord en zette er drie cirkels omheen. 'Je bent intelligent, bekwaam, nuchter...'

'Maar ze is niet bepaald een moederlijk type,' sneerde Socrates. Hij leek nog steeds niet te kunnen accepteren dat hijzelf niet mocht gaan. 'Word je niet geacht warm en liefhebbend te zijn, als ouder? Thea is niet bepaald overtuigend als gezellige mama, als je het mij vraagt.'

Izzie wierp Socrates een strenge blik toe. 'Let maar niet op wat die oude windbuil zegt, Thea,' zei ze. 'Hij is gewoon chagrijnig omdat hij zijn zin niet krijgt. Genoeg moeders zijn stugge, strenge, bazige vrouwen. En ik denk dat je prima voor zo'n moeder door kunt gaan.'

Thea keek haar woedend aan.

'Goed, ga je de uitdaging aan?' vroeg Red zijn secretaresse vriendelijk.

Met tegenzin knikte ze. 'Oké, dan,' zei ze. 'Ik ga wel. Als er zelfs maar een piepkleine kans is dat we Angela vinden, hoe kan ik dan weigeren?'

'Mooi,' zei Red, en hij zuchtte diep. 'Dat is echt een pak van mijn hart.' Hij sloeg zijn handen in elkaar. 'Goed dan, mensen. Luister. Ik ben van plan Tilly zaterdagochtend op haar missie te sturen, dus dat geeft ons iets minder dan vier dagen om haar voor te bereiden.

Emma, ik wil graag dat jij me helpt om valse namen te verzinnen voor Tilly en Thea. Izzie, ik moet je helaas vragen om als een gek aan de slag te gaan met die kleren. Per persoon hebben ze een dozijn setjes kleren nodig. Bikram, kun jij je storten op de valse papieren? En Socrates, jij hebt de belangrijkste taak van allemaal. Jij moet Tilly leren wat een spion allemaal doet.

Dat was het dan, jongens. Aan het werk!'

Na de vergadering liep Socrates met een boze trek om zijn mond de kamer uit. De rest van de dag bracht hij door achter de deur met het bordje 'Codes en Hulpmiddelen'. Hij weigerde iedereen de toegang, behalve Pibbels, die alleen naar binnen mocht toen het tijd was om te lunchen. En dan nog alleen maar als hij de juiste sandwich bij zich had. Het kluizenaarsgedrag van de oude man maakte Tilly nieuwsgierig, en ze vroeg de anderen wat hij aan het doen was. Ze kreeg twee nogal uiteenlopende antwoorden. Red zei dat hij waarschijnlijk druk bezig was met het voorbereiden van Tilly's trainingsprogramma – en Izzie zei dat hij gewoon zat te mokken.

Hoe dan ook, het was niet erg dat Socrates zich zo afzonderde, want Tilly kreeg genoeg aandacht van de andere leden van P.S.S.S.T.

De eerste uren bracht ze door in Izzies gezelschap. In de kamer voor 'Verhulling en Vermomming' bleef ze heel geduldig staan terwijl Izzie een meetlint afrolde en Tilly's maten begon op te nemen. De kamer was volgepropt met lappen in allerlei kleuren en grote rollen stof. Er stond ook een rieten boodschappenmand met bollen wol, en een grote glazen pot met talloze breinaalden erin. Terwijl Tilly opgetogen rondrommelde in een oud tabaksblik dat tot de rand toe gevuld was met knopen, zocht Izzie in een grote stapel kledingpatronen.

Toen Izzie eenmaal druk bezig was om met een grote schaar de patronen uit de stoffen te knippen, verliet Tilly de kamer en ging ze naar Bikram, die huisde bij 'Vervalsing en Namaak'. Ze hielp hem door zijn verfkwasten schoon te maken, zijn potloden te slijpen en zijn camera te voorzien van een nieuw rolletje.

Bikrams kamer was heel fel verlicht. Er hing een enorm prik-
bord aan de muur waarop allerlei documenten hingen, van
rijbewijzen tot buskaartjes. In het midden van de kamer stond
een grote tafel met een schuin aflopend blad, waaraan Bikram
het grootste deel van zijn tijd leek door te brengen, met een bril
op zijn neus en schrijf- of tekengerei tussen zijn lange, met inkt
besmeurde vingers.

Een paar minuten voor vijf begonnen de meeste werknemers van P.S.S.S.T. hun spullen bij elkaar te zoeken en zich klaar
te maken om naar huis te gaan. Als ze eenmaal de trap waren
afgedaald en door de geheime deur de bijkeuken binnen waren
geglipt, verlieten ze via de dienstingang de kelder, zodat het net
leek alsof ze in het hotel werkten – en dat was eigenlijk ook zo.
Emma was de enige die het gebouw ooit binnenging door de
hoofdingang, en dan nog alleen die zeldzame keren dat ze een
gast van een andere afdeling van S.T.I.L. moest begeleiden. Of,
zoals in Tilly's geval, een nieuwe rekruut.

Net toen Tilly de trap af wilde dalen kwam Socrates tevoorschijn uit ' Codes en Hulpmiddelen' . Nogal kortaf deelde hij
haar mee dat ze zich moest verdiepen in een goed handboek
voor spionnen voor hun eerste trainingssessie, de volgende dag.
Toen stopte hij haar een boek in handen dat *Gehuld in schaduwen*
heette, geschreven door Anonymus.

Het begon net te schemeren toen Tilly in bed klauterde. Het
zou nog een half uur duren voor de zon onderging, maar boven
Pimlico had zich een loodgrijze massa wolken gevormd die de
laatste zonnestralen blokkeerde.

Ze had de sleutel van kamer vier gekregen. De kamer, die
twee keer zo groot was als haar kamertje thuis, bevatte een

eenpersoonsbed, een kleine ladekast, een stoel met een rechte rug en een houten klerenkast waarin eekhoorns en eikenbladeren waren uitgesneden. Het zou een zeer prettige plek zijn geweest om de nacht door te brengen, als het er niet zo vreselijk heet was geweest.

Tilly gooide het dekbed van zich af, maar dat bracht haar niet veel verkoeling. Ze liet zich van het matras afglijden en liep op blote voeten over de houten vloer. Haar vingers grepen de onderkant van het zware schuifraam en ze slaagde erin het een paar centimeter omhoog te krijgen. Op de binnenplaats achter het hotel zag ze twee oudere heren die met een pijp in hun mond domino zaten te spelen. Naast Tilly en Emma waren zij de enige gasten in het hotel. De gezette man met de grote krulsnor heette meneer Spark en zijn magere vriend was meneer Holbord.

Edith had uitgelegd dat mensen zo veel mogelijk werden ontmoedigd in Hotel Damper te logeren (vandaar ook het bordje met 'VOL' dat bijna het hele jaar door achter het raam hing). Alleen om de schijn op te houden werden er soms een paar mensen toegelaten – zodat ze konden blijven doen alsof Damper een gewoon hotel was. Maar hoe minder gasten er waren, hoe makkelijker het voor Edith was om te voorkomen dat ze iets te weten kwamen over P.S.S.S.T. op de tweede verdieping.

De donder rommelde in de loodgrijze hemel, en Tilly hoorde de regendruppels tegen de ruiten kletteren. Ze wendde zich van het raam af, en haar blik viel op een wekkertje dat op het tafeltje naast het bed stond. Haar vader had precies zo'n klokje. Sterker nog, hij had er vijftien. Opeens moest Tilly aan thuis denken. Ze voelde zich een beetje terneergeslagen. Wat zou haar familie nu aan het doen zijn? Zou een van hen zich afvragen hoe het met haar ging?

Tilly klaarde weer op toen ze Balk op haar bed zag liggen, met zijn poten alle kanten op gespreid, als een zeester. Ze vermoedde dat hij zich eens flink aan het uitrekken was, nadat hij uren achter elkaar opgepropt had gezeten in haar koffer. Zijn poten verschoven een beetje toen ze op het matras ging zitten. Ze leunde voorover, trok zachtjes aan zijn wollige manen en vertelde hem hoe blij ze was dat hij mee was gegaan – en dat hij de beste ezel ter wereld was. Zoals ze al had verwacht, staarde Balk recht voor zich uit alsof hij haar niet had gehoord. Hij werd altijd een beetje verlegen van dat soort sentimentele opmerkingen. Maar toen Tilly hem nog eens goed bekeek, was ze er vrij zeker van dat zijn geborduurde lach er een extra steekje bij had gekregen.

Eventjes werd de kamer opgelicht door de bliksem. Een oorverdovende donderklap volgde. Tilly keek bezorgd naar Balk, maar die had zich niet verroerd. Hij was niet bang voor onweer.

'En ik ook niet,' zei ze hardop. Ze duwde haar tenen tegen de verfrommelde lakens en dekens en schoof ze helemaal naar het voeteneind van het bed.

Tilly legde haar hoofd niet op het kussen en sloot haar ogen niet. Met dit woeste weer zou het haar toch niet lukken om in slaap te vallen. Ze besloot wat te gaan lezen, en knipte het nachtlampje aan. Ze stak haar hand uit naar haar boek, *Roos de Geitenhoedster*, maar opende het niet. In plaats daarvan legde ze het weer neer en pakte het boek op dat eronder had gelegen. Het was het dikke, beduimelde boek met de titel Gehuld in schaduwen, van Anonymus, dat Socrates haar had geleend.

De titel en de naam van de auteur waren in vette witte

letters gedrukt op een eenvoudig zwart omslag. Althans, Tilly had aangenomen dat de omslag eenvoudig was. Maar toen ze het een beetje schuin hield en er van heel dichtbij naar keek, kon ze net het silhouet van een man in regenjas met hoed onderscheiden die zich nogal verdacht ophield in de rechter-benedenhoek.

Haar nieuwsgierigheid was gewekt, en het onweer negerend dat buiten tekeerging sloeg ze de eerste bladzijde om en begon te lezen.

HOOFDSTUK ZEVEN

Trainingsdag

Socrates gaf Tilly's knokkels geen kans om de deur te raken. Hij zwaaide hem open en riep: 'Aha!'

Tilly was zo verbaasd dat ze haar greep op *Gehuld in schaduwen* verloor, en met een bons landde het op het diepblauwe tapijt. Een beetje angstig keek ze Socrates aan, bang dat hij haar zou uitfoeteren omdat ze zijn boek had beschadigd. Maar tot haar verrassing leek hij helemaal niet boos te zijn. Integendeel, zijn gezicht was één grote grijns.

'Ik hoorde je al aankomen!' verkondigde hij zelfingenomen. 'En ik zag je ook door het sleutelgat. Een spion is altijd alert, Tilly, onthoud dat goed. Ha!' Hij tikte met zijn vinger tegen zijn neus en wierp haar een veelbetekenende blik toe. 'Ik ben dan wel op non-actief gesteld, wat spionnenwerk betreft, maar het gaat me nog uitstekend af!'

Tilly glimlachte en knikte vriendelijk. Ze was veel te beleefd om te zeggen dat Socrates haar had gevraagd zich om negen uur 's ochtends te melden bij 'Codes en Hulpmiddelen', en dat het daarom niet zo heel indrukwekkend was dat hij haar komst had opgemerkt, precies op het moment waarop hij haar verwachtte.

Socrates deed de deur verder open en wenkte haar de kamer binnen. 'Oké, Tilly Bunker,' zei hij kordaat, 'laten we maar eens aan de slag gaan.'

Tilly pakte *Gehuld in schaduwen* op en hield het boek in haar armen. Terwijl ze over de drempel stapte, klopte Socrates vol eerbied op het zwarte omslag.

'Echt een geweldig boek,' zei hij. 'Alles wat een spion moet weten, staat erin. Ik hoop dat je het grondig hebt bestudeerd.'

'Eh... zeker,' zei Tilly. Nou ja, ze was bijna aan het eind van hoofdstuk drie gekomen.

'Mooi.' Socrates rolde de mouwen van zijn overhemd op. Zijn tanige, gespierde armen waren net zo harig als zijn kin. 'Ga daar maar zitten,' zei hij, terwijl hij naar een stoel en een oude schoolbank wees.

Tilly doorkruiste de kamer – wat geen geringe prestatie was. Overal lagen stapels papier en ze moest heel voorzichtig lopen om die allemaal te ontwijken. Ze bedacht zich dat Socrates zijn papieren misschien een beetje zou moeten ordenen. Toen zag ze dat boven op elke stapel een grote steen lag, waarop steeds een andere letter van het alfabet stond. Wat ze had aangezien voor een grote puinhoop was in feite een nogal eigenaardig en ouderwets archiefsysteem.

Tilly stapte over de steen waarop een witte W was gekladderd en ging op een krakende houten stoel zitten. Ze legde *Gehuld in schaduwen* op het tafelblad voor zich, naast een blocnote waar de eerste velletjes vanaf waren gescheurd, een ballpoint, een halve liniaal, een pas geslepen potlood en een gummetje.

'Maak vooral veel aantekeningen,' zei Socrates, en hij zocht zijn weg door de eilanden van papier tot hij een morsige leun-stoel bereikte, waarin hij helemaal wegzakte.

Tilly schreef de datum op de eerste bladzijde van haar bloc-note en onderstreepte die twee keer, zoals juffrouw Pan haar had geleerd. Toen ze opkeek zag ze dat Socrates haar aandach-tig opnam. Hij schudde – een beetje ongelovig – zijn hoofd.

'Je bent echt uniek, Tilly,' zei hij vol bewondering. 'Ik heb in geen jaren iemand gezien die zo veelbelovend was als jij.' Er kwam een dromerige blik in zijn ogen. 'Je doet me een beetje aan Pip denken, weet je. Dat was ook zo'n enorm natuurtalent. Kwam als jonkie van eenentwintig naar P.S.S.S.T. en groeide uit tot een van de beste spionnen met wie ik ooit heb gewerkt. Jij zou net zo goed kunnen worden,' zei hij. 'Misschien nog wel beter.'

'Nou, bedankt. Dat is heel aardig van je,' mompelde Tilly een beetje verlegen.

'Goed.' Socrates schraapte zijn keel. 'Ter zake.'

Terwijl Tilly iets opkrabbelde op de zevenentwintigste bladzijde van haar blocnote werd ze zich bewust van een doffe pijn in haar pols. Ze was al twee uur min of meer onafgebroken aan het schrijven, en in die tijd had ze al ongelooflijk veel geleerd.

Eerst had Socrates alle mythes over spionage ontzenuwd. Anders dan de heer op het omslag van *Gehuld in schaduwen* deed vermoeden, droegen spionnen nooit regenjassen en hoeden. Ook droegen ze geen valse neuzen, opgeplakte snorren of pruiken, en ze deden hun uiterste best om vooral niet tegen lantaarnpalen aan te hangen of zich in portieken op te houden. Socrates zei dat je als spion juist enorm opviel als je je zo gedroeg, en dat iedereen meteen zou begrijpen waar je mee bezig was.

In plaats daarvan probeerden spionnen er zo gewoon mogelijk uit te zien. Door onopvallende kleren aan te trekken in saaie kleuren, door zich natuurlijk te gedragen en niets te doen wat de aandacht trok, konden ze overal komen zonder dat iemand ze opmerkte. Spionnen waren nooit te lang, te klein, te dik of te dun. Ze hadden geen tics, stonden niet zenuwachtig te friemelen, lieten geen boeren en peuterden niet in hun neus. Ze waren zo onzichtbaar als een mens maar kan zijn.

Spionnen waren experts in het uitzoeken van dingen. Hun methodes waren simpel. Ze keken en luisterden tot ze hadden ontdekt wat ze wilden weten. Hoewel spionnen vertrouwden op hun ogen en oren, gebruikten ze ook hun mond, om vragen te stellen. Maar ze letten extreem goed op welke vragen dat waren. Als ze het verkeerde vroegen of te nieuwsgierig overkwamen, zouden andere mensen meteen wantrouwig worden.

Net als bij padvinders werd er bij spionnen ingehamerd dat ze altijd overal op voorbereid moesten zijn. Dat betekende dat ze, als ze deden alsof ze op de bus stonden te wachten, het nummer van de bus en de bestemming moesten weten, voor het geval iemand daarnaar zou vragen. Ze moesten altijd een pen bij zich hebben om iets te kunnen noteren, en ze moesten altijd kleingeld op zak hebben, zodat ze in de pub een rondje konden geven – of een krant konden kopen om zich achter te verschuilen. De plattegrond bestuderen van de omgeving waarin ze aan het werk zouden gaan was ook een belangrijk onderdeel van 'voorbereid zijn'. Spionnen moesten precies weten waar elk voetpad, landweggetje en steegje was.

Socrates pauzeerde even om adem te halen. 'Heb je dat allemaal?' vroeg hij Tilly.

Ze zette een bibberige streep onder 'Wees voorbereid' en knikte toen. Ze dacht dat ze het meeste van wat Socrates had verteld wel had opgeschreven, hoewel haar handschrift hier en daar nogal slordig was. Opgelucht liet Tilly haar pijnlijke pols op het tafelblad rusten.

'Tijd voor wat lekkers!' verkondigde Socrates. Hij liep de kamer uit en kwam even later terug met een zak chips en twee koppen thee.

Tilly had niet echt trek, maar uit beleefdheid nam ze de versnaperingen aan. In een mum van tijd had Socrates zijn deel weggewerkt. Toen trok hij een grimas.

'Niet echt een culinair hoogstandje,' zei hij, 'maar het vult wel het gat in je maag.' Hij zuchtte eens diep en likte toen zijn vingers af. 'Dat is ook iets wat je moet onthouden als je undercover gaat, Tilly. Zorg ervoor dat je altijd iets te eten bij je hebt! Ik heb een keer een hele dag achter een of andere vent aangelopen. En ik had alleen maar drie pinda's en een keelpastille bij me. Mijn maag rammelde zo luid dat ik verbaasd was dat die kerel het niet hoorde en doorkreeg dat hij werd gevolgd.

'Okidoki,' zei hij toen. 'We gaan weer verder.' Hij begon de kamer te doorzoeken tot hij een steen vond waarop een C stond. Eronder lag een stapel papieren, waar hij er een paar tussenuit haalde. 'Laten we maar beginnen met "Communicatie",' zei hij. 'Zo tegen de lunch zijn we wel klaar met een algemeen overzicht, denk ik. Misschien kunnen we zelfs al wat codes, geheimschriften en sleutels doornemen. Je hebt er vast over gelezen in Gehuld in schaduwen...'

'Hm,' zei Tilly, en een steek van pijn schoot door haar pols toen ze haar pen weer oppakte.

Na wat eerder twintig minuten had geleken dan twee uur gebruikte Pibbels zijn eigen vorm van communicatie door vanaf de andere kant van de deur luid te miauwen. Tilly kon niet geloven dat haar lunch nu al was gearriveerd. Ze was helemaal verdiept geweest in wat Socrates haar vertelde, en ze had niet gemerkt dat de tijd zo voorbij was gevlogen. Terwijl ze aan tafel zittend op haar sandwich met kaas en mayonaise kauwde, dacht ze na over alle verschillende manieren waarop spionnen informatie heen en weer konden sturen.

Over het algemeen communiceerden spionnen door brieven per post te versturen, door aantekeningen achter te laten op geheime plekken die bekendstonden als 'dode brievenbussen', waar ze later konden worden opgehaald, en door woorden of morsetekens door de lucht te sturen met speciale radiozenders. (Het morsealfabet was samengesteld uit lange signalen die 'dah's' werden genoemd en kortere die 'dits' heetten.)

Alles wat werd opgeschreven werd eerst gecodeerd. Dat betekende dat een gewone zin kon worden teruggebracht tot een verbijsterende warboel van cijfers of letters die niets betekenden voor iemand die niet bekend was met de gebruikte code. Als spionnen via hun zender communiceerden, waren ze al net zo sluw. Ze zonden alleen uit vanaf verborgen plekken, op van tevoren afgesproken tijdstippen. Daarbij zorgden ze ervoor dat ze hun berichten zo kort mogelijk hielden, zodat vijandige agenten geen kans zouden hebben om te ontdekken op welke frequentie ze aan het uitzenden waren.

Spionnen belden maar zeer zelden vanuit een telefooncel, waar ze immers makkelijk konden worden afgeluisterd. Wel gebruikten sommigen liever mobiele telefoons dan die lastige radiozenders. Socrates had echter niet zo'n hoge pet op van telefoons. Hij vond dat telefoongesprekken veel te makkelijk konden worden onderschept, en als mobiele telefoons werden gestolen of zoekraakten kon op die manier allerlei gevoelige informatie in handen van de vijand vallen.

C.L.I.C.K (Creatie van Lachwekkend Ingewikkelde Codes die Kloppen) was de afdeling binnen S.T.I.L. die ervoor moest zorgen dat de spionnen alles kregen wat ze nodig hadden om in het geheim berichten te kunnen doorgeven.

De medewerkers van c.l.i.c.k waren allemaal schakers en kruiswoordpuzzelaars met het soort brein dat helemaal opbloeit als het een ingewikkeld vraagstuk mag oplossen. Zij waren degenen die alle codes en geheimschriften bedachten die de spionnen gebruikten om hun berichten te verhullen. Een code was een systeem waarbij het ene woord werd vervangen door een ander woord, terwijl bij een geheimschrift de letters werden vervangen door andere letters. Om een code of geheimschrift op te lossen had je een sleutel nodig – niet eentje van metaal waarmee je dingen open en dicht kon draaien, maar een vertrouwelijk stukje informatie waarmee je de boodschap kon ontcijferen.

Tilly slikte de laatste kruimel van haar tweede sandwich door en wiebelde ongemakkelijk op haar stoel. Haar Schotse rok spande nogal strak om haar middel. En het was niet alleen haar maag die vol aanvoelde: haar hoofd zat zo volgepropt met feiten dat ze betwijfelde of er nog iets bij kon.

Terwijl Socrates haar had zitten vertellen over geheimschriften en sleutels waren haar ogen helemaal wazig geworden. Het was allemaal zo vreselijk ingewikkeld. Ze kon een zucht van opluchting niet onderdrukken toen hij een kleine kartonnen doos van een plank haalde en aankondigde dat ze de rest van de middag zouden besteden aan een praktijkles. Tilly schoof haar blocnote en pen opzij toen Socrates de doos voor haar neerzette. Ze haalde het deksel eraf, en meteen begonnen haar ogen te glimmen.

Er zaten potjes met inkt in (blauw, zwart en paars), schrijf-blokjes, kaarten, postzegels, briefpapier, enveloppen, een vergulde vulpen, iets wat leek op een roestig koekblik en een boek met een rode kaft dat bijna net zo groot was als een telefoongids.

Tilly haalde het boek er als eerste uit. Het heette C.L.I.C.K'S *Compendium* en zag eruit alsof het erg vaak was gebruikt. Iemand had een paar repen zwart plakband over de rug geplakt om zo de bladzijden nog enigszins bij elkaar te houden. Tilly sloeg het omslag om, waarop twee etiketten zaten met 'ECHT HEEL ERG GEHEIM' en 'NIET UIT DEZE KAMER MEENEMEN, WANT ANDERS...', en ontdekte dat dit al de negenendertigste uitgave van het boek was.

Ze begon het door te bladeren en zag dat het vol stond met verschillende soorten codes en geheimschriften, die allemaal een eigen naam hadden. Je had 'Circus' (een ingewikkeld geheimschrift waarin met letters werd gejongleerd), 'Eland' (waarin de boodschap letter voor letter was verborgen voor elke 'e'), 'Boodschappenlijst' (waarin allerlei dagelijkse benodigdheden stonden voor bepaalde woorden) en 'Slootwater' (een brief die zo saai was dat de lezer het lang voor het eind zou opgeven, en daardoor de boodschap zou missen die heel slim in de P.S. zat verstopt).

Terwijl Tilly *C.L.I.C.K's Compendium* doornam, zag ze dat een paar bladzijden ezelsoren hadden. Socrates legde uit dat op die pagina's de vijftien codes en geheimschriften stonden die ze van hem uit haar hoofd zou moeten leren. Ze besefte dat ze nog geluk had. Er stonden in totaal meer dan negenduizend codes en geheimschriften in het boek, dus vijftien was een redelijk bescheiden aantal om te moeten leren.

Ze ging meteen aan het werk en begon de codes over te nemen in haar blocnote. Socrates gaf haar een paar zinnen op die ze moest versleutelen, en dat ging aardig goed, hoewel ze wel een paar fouten maakte. Hij vroeg of ze niet liever de vergulde vulpen wilde gebruiken, en gretig wisselde ze haar ballpoint in voor de vulpen, die aangenaam zwaar in haar hand lag. De punt vloog bijna als vanzelf over het papier.

Tilly had al gauw door dat de blauwe en de zwarte inkt heel normaal waren, maar dat de paarse langzaam begon te vervagen zodra ze de woorden op papier had gezet. Na een kwartier waren ze helemaal verdwenen. Ze herinnerde zich nu dat Emma ook paarse inkt had gebruikt toen ze hun namen had opgeschreven in het gastenboek, beneden aan de receptie. Toen ze dit opmerkte knikte Socrates wijs, en vertelde haar dat alle mensen die voor s.t.i.l. werkten altijd paarse inkt gebruikten als ze een gastenboek van een hotel moesten tekenen. Zo konden ze overkomen als normale gasten, terwijl er geen bewijs achterbleef van hun verblijf.

In het roestige blik hadden misschien ooit koekjes gezeten, maar nu zat er een bizarre verzameling voorwerpen in. Een grote moer, een wc-rolhouder, een metalen punt, zoals je ook wel ziet boven op hekken, een deurknop en – het gekst van alles – een stenen vinger waar mos op groeide. Tilly snapte er niets van. Ze kon niet begrijpen waarom die spullen bij elkaar in het blik waren gestopt, of wat ze te maken hadden met geheime methodes om te communiceren. Socrates legde het haar allemaal uit. Hij vertelde haar dat het voorbeelden waren van 'dode brievenbussen', waarin spionnen hun berichten konden verstoppen. En terwijl hij de voorwerpen om de beurt optilde, liet hij zien hoe ze losgeschroefd konden worden zodat een holte zichtbaar werd, waarin een zorgvuldig opgevouwen stukje papier kon worden geplaatst. Tilly was diep onder de indruk.

De stenen vinger was haar favoriete brievenbus. Kennelijk had hij ooit toebehoord aan het standbeeld van een jongen, ergens in een Londens park.

Toen Tilly de inhoud van het blik goed had bestudeerd, stopte Socrates alles weer terug in de kartonnen doos en zette die op de plank. Hij wierp een blik op zijn horloge en ademde scherp in.

'Oei. Nog maar een uur,' zei hij. 'Gelukkig net genoeg om nog een laatste ding met je door te nemen.'

Hij legde een ingewikkelde route af tussen alle stapels papier door tot hij een kast bereikte. De sleutel viste hij uit het zakje van zijn gilet met krijtstreep. Hij opende de deuren van de kast, bukte zich en trok er een grote houten kist uit waarop etiketten zaten met de namen van allerlei verre landen. Hij wenkte Tilly en ze haastte zich naar hem toe.

'Deze is nog van mijn tante Florrie geweest,' zei hij, en hij klopte even op de kist alsof het een trouwe hond was. 'De hele wereld heeft hij afgereisd, en nu staat hij hier maar wat te staan in mijn kast.' De sloten sprongen onder zijn vingers open. 'Dit is mijn snufjeskist.'

Hij tilde het deksel op en Tilly tuurde er nieuwsgierig in. 'Oh,' zei ze teleurgesteld, 'hij is leeg.'

'Waaaaaat? Dat kan niet!' sprak Socrates stellig. Zijn hoofd verdween uit zicht terwijl hij rondrommelde op de bodem van de kist. Toen hij weer sprak, klonk zijn stem gedempt en een beetje hol. 'Ik wist wel dat we niet zoveel meer hadden,' zei hij, terwijl zijn vingernagels over de binnenkant van de kist schraapten, 'maar ik had toch durven zweren dat er nog wel iets over was. Wacht even – wat is dit?' Hij dook weer op uit de kist en duwde iets in Tilly's handen dat eruitzag als een grote schelp. Het ding was glad, wittig van kleur, leek een beetje op een gedraaid ijshoorntje en zat vol met donkerbruine bobbeltjes en vlekken. Vol verbazing bekeek ze het.

'En dit is een handig snufje?' vroeg Tilly twijfelachtig.

'Natuurlijk,' zei Socrates. 'Dat is een schelpofoon.'

'Een soort telefoon?' vroeg ze, terwijl ze het ding van alle kanten bestudeerde.

'Mm, mm. Goed, hè?'

'En gebruik je die net als een gewone telefoon?' vroeg Tilly, terwijl ze verbijsterd naar de schelp staarde. 'Komt dat niet een beetje... vreemd over, als iemand je dan ziet?'

'Nee, hoor. Het is een wulk... je weet wel, het huisje van een zeeslak. Zo'n schelp die je aan je oor zet om het geruis van de zee te horen. Dus het ziet er heel natuurlijk uit, als je die tegen je hoofd houdt.'

'Aha,' zei Tilly met een glimlach. 'Dat is goed bedacht.'

'Ja, ja. De mensen van P.O.E.H. zijn behoorlijk slim. En ze maken hun naam zeker waar. Dit is wel wat je noemt een Onmisbaar Eersteklas Hulpmiddel.' Socrates pakte de schelp uit haar hand, keek ernaar met toegeknepen ogen en drukte zijn vinger op een paar bobbeltjes. Hij zuchtte. 'Alleen jammer dat hij het niet doet. Die ligt waarschijnlijk al jaren op de bodem van de snufjeskist. Weet je wat, Tilly, ik neem hem vanavond mee naar huis, en dan ga ik er wel een beetje aan prutsen. Kijken of ik hem weer aan de praat krijg.'

'Graag,' zei Tilly. 'Dank je.'

Socrates stopte de schelp in zijn broekzak en begon weer in de kist te rommelen. 'Hier heb ik wat!' zei hij na een halve minuut. Hij haalde een sigaret en een luciferdoosje tevoorschijn.

'Ook snufjes?' vroeg ze onzeker.

'Zeker weten,' antwoordde Socrates. Hij schudde het doosje lucifers heen en weer, maar in plaats van gerammel was er helemaal niets te horen. 'Minicamera,' zei hij, grijnzend naar Tilly. Het ging niet open als een klein laatje, zoals de meeste luciferdoosjes. Dit exemplaar klapte aan het ene uiteinde open waardoor een miniatuurlens, een sluiterknopje en een spoeltje waar de film zich omheen wond zichtbaar werden.

Tilly was gefascineerd. 'Ongelooflijk,' zei ze. 'Maar die maakt dan vast ook heel kleine fotootjes. Heb je dan geen vergrootglas nodig om die te kunnen bekijken?'

'Inderdaad,' zei Socrates, 'dat heb je goed gezien. Dit is een heel slim dingetje. Hij maakt geen gewone negatieven, zoals de meeste camera's. Hij spuugt een stripje uit met piepkleine fotootjes die microfoto's heten. Elke microfoto is zo groot als een speldenknop – en om ze te bekijken heb je zo'n ding nodig.'

Hij hield de sigaret tussen duim en wijsvinger van zijn andere hand. 'Dit,' sprak hij, 'is een microfotokijker.' Socrates liet haar zien hoe ze de uiteinden van de sigaret los moest draaien. Van binnen was het net een kleine microscoop. 'Nou kunnen we natuurlijk niet een kind op een missie sturen met een sigaretje en een doosje lucifers – ook al zijn ze namaak. Nee, dat gaat echt niet. Ik zal proberen deze dingen voor je aan te passen, goed?'

'Ja, graag,' zei Tilly.

'Goed, wat hebben we nog meer?' Hij zette zijn zoektocht in de snufjeskist voort. 'Wat is dit, verdorie?' zei hij, en hij haalde een sombrero en een paar castagnetten uit de kist.

'Dat zijn zeker ook handige snufjes?' vroeg Tilly.

'Eh... nee. Dat denk ik niet,' zei Socrates, en hij bekeek de spullen nog eens goed. 'Die zijn vast nog van mijn tante Florrie. Zeker van een van haar reizen meegenomen.' Hij gooide ze opzij en deed nog een laatste wanhopige poging iets uit de kist op te diepen. 'Nou, dat was het, ben ik bang,' zei hij. 'We hebben bijna geen cent meer over voor nieuwe snufjes en hulpmiddelen. Dus tot Red de baas van s.t.i.l. kan overhalen om onze afdeling meer geld te geven – en eerlijk gezegd reken ik daar niet op – kunnen we geen bestellingen meer doen bij p.o.e.h.'

'Net alsof je moet bedelen om meer zakgeld, hè?' zei Tilly met een zucht.

Socrates grinnikte. 'Precies. Je kunt smeken wat je wilt, maar het helpt allemaal niets. Philippa Killerman zal nooit bereid zijn nog meer geld uit te delen aan p.s.s.s.t. Die dame is keihard. Ze stelt jaarlijks voor elke afdeling de toelage vast, en dan moet elk afdelingshoofd er maar voor zorgen dat het genoeg is, vindt ze. Even onder ons, Tilly, maar volgens mij heeft ze iets tegen p.s.s.s.t. Red weigert te zeggen hoe hoog onze toelage dit jaar was, maar volgens de geruchten was het echt een fooitje.'

'Zit Red nu in de problemen?' vroeg Tilly, die zich het heftige telefoongesprek herinnerde tussen Red en de baas van s.t.i.l., waarvan ze een dag eerder getuige was geweest.

'Dat denk ik wel,' zei Socrates droevig. 'Straks raakt hij zijn baan nog kwijt. En als het echt tegenzit worden we misschien allemaal wel de laan uitgestuurd. p.s.s.s.t. moet per jaar minstens tien sluwe spionnen en stiekeme types vangen. Maar tot nu toe hebben we er nog maar een paar kunnen pakken. En als we dat aantal niet halen...' Hij trok zijn vinger langs zijn hals en maakte het geluid van iemand die de keel werd afgesneden.

'O,' zei Tilly, en ze beet op haar lip.

Socrates glimlachte. 'Maar maak jij je daar maar geen zorgen over. Je hebt nu al meer dan genoeg aan je hoofd, met die toets.'

'Toets?' vroeg Tilly, en haar ogen sperden zich wijd open. 'Wat voor toets?'

'De toets over spionagetechnieken dat ik je morgen ga afnemen.'

HOOFDSTUK 8

Een nieuwe identiteit

'Aardappel,' zei Tilly vastberaden, terwijl ze haar rechtergymp op de onderste blauwe trede zette. 'Botervloot, Chili, Doedelzak,' vervolgde ze, steeds een woord uitsprekend bij elke nieuwe trede. Ze fronste haar voorhoofd voordat ze verder klom. 'Eh... Egel, Fluitketel, Gifkikker... wat kwam er nou ook weer na Gifkikker?' Ze kon nog net 'Hoera' uitbrengen, voordat haar mond zich uitrekte in zo'n enorme gaap dat er met gemak een ijsje met twee bolletjes naar binnen had gekund zonder zelfs maar haar lippen te raken.

Tilly greep zich vast aan de trapleuning en knipperde slaperig met haar ogen. Ze was tot diep in de nacht opgebleven om te repeteren voor de toets van Socrates, en hoewel ze Gehuld in schaduwen van voor naar achter had doorgenomen, was ze nu zo moe dat haar hoofd helemaal wazig was. En dat was niet echt handig, nu ze probeerde het speciale fonetische alfabet op te zeggen dat door spionnen werd gebruikt om letters duidelijk uit te spreken over de radio. Het werd het Calandro-alfabet genoemd, naar de uitvinder, een nogal onbeduidende medewerker van c.l.i.c.k die Steven Calandro heette. Steven had het alfabet bedacht toen hij op een zondagmiddag in de wasserette zat te wachten tot zijn kleren waren gestopt met eindeloos rondjes draaien (dit werd vermeld in de voetnoot onder aan bladzijde honderdzes van Gehuld in schaduwen).

Tilly was wel gewend aan toetsen, aangezien haar eigen juf

op school daar bijzonder fanatiek in was. Juffrouw Pan bracht haar klas meestal ruim van tevoren op de hoogte als er een toets of een proefwerk aankwam, zodat ze genoeg tijd hadden om zich voor te bereiden. Maar soms vond ze het leuk om ze te overvallen met een overhoring, zonder enige waarschuwing. Tilly was er aardig bedreven in geraakt om te voorspellen wanneer deze spontane proefwerken zich zouden voordoen. Het gebeurde vaak op vrijdagmiddag. Dan hield juffrouw Pan eerst midden in een zin op met praten om dromerig uit het raam te staren. Vervolgens wierp ze een blik op haar horloge, gevolgd door een diepe zucht. En ten slotte leunde ze dan opzij om in haar tas te rommelen. Als haar hand er dan weer uitkwam met een haaknaald of puzzelblaadje, wist Tilly dat het volgende moment een overhoring zou worden aangekondigd. Dan zouden zij en haar klasgenoten een halfuur zwoegend doorbrengen met hun hoofden over een vel met vragen gebogen, terwijl juffrouw Pan flink opschoot met haar nieuwe vest of zich vastbeet in een cryptogram.

Tilly kon niet alleen heel goed aanvoelen wanneer haar klas zou worden onderworpen aan zo'n onaangename verrassing, ze was er ook heel handig in geworden te raden welke vragen zouden opduiken op het proefwerkblad, en welke onderwerpen ze dus maar beter zo goed mogelijk in haar hoofd kon stampen. En toen Tilly het Calandro-alfabet had ontdekt in *Gehuld in schaduwen* had ze meteen zeker geweten dat ze daarover vragen zou krijgen.

'Idioot,' zei Tilly, terwijl ze op de volgende traptrede stapte. Ze was vastbesloten om het hele alfabet op te zeggen voor ze bij de deur van 'Codes en Hulpmiddelen' was. 'Jokkebrok, Klokhuis, Lampenkap, Muesli... Hé!' Ze struikelde toen Pibbels tussen haar benen doorschoot met een bundeltje enveloppen op zijn rug gebonden. 'Goeiemorgen, Pibbels!' riep ze hem na. 'O, nee, nou ben ik vergeten waar ik was gebleven. Het was iets wat je bij het ontbijt eet. Marmelade misschien... Nee, Muesli. Dat was het. En volgens mij was het woord voor "N" iets met een vogel...'

Zodra Tilly had bedacht dat het Nachtegaal was, ratelde ze de volgende woorden op indrukwekkende snelheid af. 'Oliebol, Pudding, Quarantaine, Ringweg, Saucijs, Trainingspak, Ukkepuk... eh... eh...' Ze hield even halt boven aan de trap, een beetje buiten adem, en trok haar kniekousen op. 'Voodoo,' zei ze plotseling.

De gang was leeg, op Pibbels na, die druk bezig was iemands aandacht te vragen voor zijn aanwezigheid buiten de deur van 'Administratieve Zaken'. Tilly liep langzaam over het dikke tapijt en dwong haar hersens zich de laatste paar letters van het Calandro-alfabet te herinneren.

'Woensdag, X-benen, eh... eh...' Ze stopte voor 'Codes en Hulpmiddelen' en op dat moment begon de deurklink naar beneden te draaien. 'Yoga... Zeepdoos,' flapte Tilly eruit, een halve seconde voor Socrates' verweerde gezicht verscheen.

De jongen met de morsige hond stond weer op straat. Toen Tilly hem de dag ervoor had gezien, had hij geprobeerd zijn hond bij de lantaarnpaal vandaan te sleuren. Vandaag waren de rollen omgekeerd. Nu leek de jongen wortel te hebben geschoten op de stoep tegenover Hotel Damper en rukte de hond aan de riem, omdat hij snel verder op onderzoek wilde gaan in de rest van de straat.

Tilly hield ze allebei in de gaten, terwijl ze op en neer ijsbeerde voor het raam in 'Codes en Hulpmiddelen'. Ze had bijna de hele ochtend achter haar tafel gezeten, en ze had dringend behoefte aan wat beweging om haar ledematen een beetje los te schudden. De toets was behoorlijk lastig geweest, en haar lichaam had de hele ochtend strak gestaan van de concentratie.

Er waren vragen geweest over bijna elk aspect van spionage, van het achtervolgen van verdachten in het donker tot het openen van sloten met een pincet. Ze had duidelijke zinnen gecodeerd zodat het wartaal was geworden, en complete onzin ontcijferd zodat er opeens iets heel begrijpelijks stond. Vraag drieënzestig had een glimlach op Tilly's gezicht getoverd. De vraag was welke van de volgende woorden niet thuishoorden in het Calandro-alfabet: Egel, Badlaken, Trainingspak, Pudding. Zonder te aarzelen had ze Badlaken onderstreept.

Tilly wierp een blik op Socrates, die in zijn leunstoel zat met haar toets op een klembord op zijn schoot. Zijn uitdrukking was ernstig. Om de paar seconden markeerde hij, met een snelle polsbeweging, haar antwoorden als goed of fout. Af en toe blies hij zijn wangen op, zuchtte hij diep of haalde hij een hand door zijn borstelige grijze haar. Tilly vermoedde dat ze wel een paar fouten had gemaakt, maar ze was er vrij zeker van dat ze een redelijke score had behaald.

'Houd daarmee op!' klonk een jongensstem op straat.

Tilly keek weer uit het raam. De jongen had zijn elleboog om een hek gehaakt en probeerde te voorkomen dat hij omver werd getrokken door de hond, die met zijn nagels fanatiek over de stoeptegels krabbelde. 'Zit, Humperdinck!' riep de jongen, de wanhoop duidelijk nabij. Tot Tilly's verbazing leek de hond het bevel van de jongen op te volgen – alleen kon je het niet echt 'zitten' noemen, want de hond had zijn achterwerk maar een paar centimeter laten zakken. Eigenlijk was het meer een soort hurken. Een moment later werd duidelijk dat de hond niet zat, en ook niet hurkte. Hij was alleen maar bezig zijn spieren aan te spannen voor een enorme sprong. Als een overbehaarde hazewindhond aan het begin van een race schoot hij naar voren. De riem glipte uit de hand van de jongen, en de hond sjeesde de straat uit, gevolgd door zijn verschrikte eigenaar die hem op zijn spillebenen nauwelijks kon bijhouden.

'Wegrennen,' mompelde Socrates.

'Eh... ja,' zei Tilly aarzelend. 'Dat hebben ze net gedaan.' Ze vroeg zich af hoe Socrates het incident met de jongen en zijn hond vanuit zijn leunstoel kon hebben gezien.

Hij keek haar verbaasd aan en tikte met zijn pen op het papier. 'De laatste vraag,' sprak hij luid. '"Wat moet een spion doen als hij zeker weet dat iemand hem doorheeft en als iemand achter hem aankomt?" Jij hebt geantwoord: "Een beetje harder lopen en proberen niet bang te kijken." Maar dat is natuurlijk niet voldoende, hè?'

'Nee, ik denk het niet,' zei Tilly langzaam. Haar hersens hadden aangevoeld als een bol watten, toen ze eindelijk bij de laatste vraag was gekomen, en ze wilde best toegeven dat ze er niet al te lang over had nagedacht.

'Als je gesnapt bent en er iemand achter je aanzit, moet je wegrennen,' zei Socrates. 'Zo snel als je kunt. Je moet jezelf nooit laten pakken.'

'Goed,' zei Tilly.

'De kans is groot dat er een keer iemand achter je aankomt, en dan moet jij ervoor zorgen dat je hem afschudt. Daarom is het zo belangrijk dat je de omgeving op je duimpje kent. Als je er moeite mee hebt om iemand kwijt te raken, zoek dan een grote mensenmenigte op en duik er middenin. Dat heeft voor mij altijd gewerkt.'

'Oké,' zei Tilly.

'Los van die laatste blunder,' zei Socrates, die haar punten optelde, 'heb je verder maar een paar kleine foutjes gemaakt. Alles bij elkaar heb je het er helemaal niet slecht vanaf gebracht. Prima gedaan, Tilly.' Hij pakte de leuningen van zijn stoel beet alsof hij overeind wilde komen, en leek zich toen te bedenken. Snel en handig vouwde hij Tilly's blad met antwoorden tot een vliegtuigje en wierp het haar toe.

Ze ving het met een hand op, vouwde het open en bekeek een golvende verticale lijn van rode kruisjes en krullen. In de marge had Socrates allerlei opmerkingen gekrabbeld en helemaal onder aan het papier stond een omcirkeld cijfer.

'Een achteneenhalf!' bracht Tilly verbaasd uit. Ze voelde zich enorm trots. 'Dat is toch wel een paar bonuspunten waard!'

'Wat zit je haar leuk,' zei Red goedkeurend.

'Dank je,' zei Tilly. Na de toets was ze naar 'Verhulling en Vermomming' geroepen en had ze als lunch wat boterhammen met banaan weggewerkt, terwijl Izzie haar haren knipte met een kleine zilveren schaar. Nu had ze in plaats van een hoofd met slap, nogal slordig halflang haar, een chic kort kapsel met een paar plukjes op haar voorhoofd. Het was absoluut niet opvallend, maar Tilly had haar ogen wijd geopend toen Izzie haar een spiegel had voorgehouden. Nooit eerder had haar haar zo stijlvol gezeten.

'En wat zie je er leuk uit,' zei Emma.

'Ja, hè?' zei Tilly, toen ze over de drempel van Reds kantoor stapte. Ze voelde zich een beetje kaal zonder haar beige knie-kousen en oude trouwe gympen, maar ze moest toegeven dat haar nieuwe witte sandalen (compleet met enigszins gebar-sten bandjes en versleten hakken, zodat ze eruitzagen alsof ze ze al eeuwen had) haar voeten lekker koel hielden. En haar nieuwe donkerblauwe korte broek was ook een stuk geschikter voor de zomer dan de wollen Schotse rok die ze de dag ervoor had gedragen. Haar nieuwe lichtgele T-shirt was echter haar favoriete kledingstuk. De mouwen, met geschulpte uiteinden, waren heel mooi, maar dat was niet waarom ze er zo blij mee was. Het was de kleur die Tilly zo aansprak. Het was bijna pre-cies dezelfde kleur geel als die van de voordeur van Molenzicht nummer 8.

'Je ziet er perfect uit,' zei Emma.

Tilly glimlachte – nog breder dan toen Bikram even daar-voor een foto van haar had genomen. Ze had op een stoel geze-ten bij 'Vervalsing en Namaak' terwijl hij erop los klikte met zijn camera en een heel rolletje vol schoot. Waarschijnlijk was hij het nu aan het ontwikkelen. Ze was enorm benieuwd naar de foto's van zichzelf, na haar metamorfose.

'Ik voel me een beetje als een nieuw iemand,' zei ze.

'Mooi,' zei Red, die naar voren leunde in zijn groene leren stoel, dat is ook de bedoeling!' Hij wreef in zijn handen en begon toen door een stapel papier op zijn bureau te bladeren. 'Ik denk dat het tijd is...'

'Sorry, maar Thea is er nog niet,' zei Emma.

Red zuchtte. 'Verdorie. Zonder haar kunnen we niet begin-nen. Waar blijft ze nou?'

'Volgens mij zijn ze bezig met haar nieuwe kleren.'

'Nog steeds?' Red leek verbijsterd. 'Mijn hemel! Het kost toch niet meer dan een paar minuten om wat spullen aan te trekken.' Nerveus begon hij op zijn nagels te bijten. 'We moeten nog een hele hoop doornemen. Emma, wip jij even de gang op, als je wilt, en vraag of Thea onmiddellijk hierheen komt.'

'Met genoegen.'

Voor Emma kon opstaan klonk het geluid van een deur die openging in de naastgelegen kamer. Kordate voetstappen kwamen naar Reds kantoor langs het bureau waaraan Thea haar typewerk deed, en het volgende moment klopte er iemand krachtig op de deur.

'Kom binnen,' zei Red. 'O, ben jij het, Thea. Mooi zo. Nee maar, wat zie jij er leuk uit.'

'Leuk' was niet het woord dat Tilly zou hebben gekozen. En Thea leek het ook niet erg eens te zijn met die omschrijving. Ze stond in de deuropening, gekleed in een bruine broek, een simpele katoenen blouse en een honkbalpet. Op haar gezicht lag een moordlustige uitdrukking.

'Ik neem ontslag,' zei ze.

Er viel een stilte. Toen barstte Red in lachen uit. 'Wat heb je toch een geweldig gevoel voor humor,' zei hij bewonderend. 'Vind je niet, Emma? Wat een grapjas!'

'Eh... ik heb zo het gevoel dat ze het serieus meent,' zei Emma.

'Ha, ha, ha! Nou, dat denk ik niet, hoor!' Red legde de papieren op zijn bureau recht. 'Goed,' zei hij, nu weer ernstig. Hij wierp een blik op het bovenste papier. 'Jullie willen vast heel graag weten welke valse namen jullie...'

'Ik weiger op deze missie te gaan als ik eruitzie als een voddenbaal,' zei Thea, en ze sloeg haar armen uitdagend over elkaar. 'Je had me beloofd dat ik stijlvolle kleding zou krijgen.

Toen het woord kasjmier viel dacht ik aan een mooie coltrui – en niet,' zei ze, en ze tilde een broekspijp op, 'aan een paar sokken. Je kunt niet van me verwachten dat ik me in het openbaar in deze afgrijselijke outfit vertoon. Ik zie er verdorie uit als een boerenknecht.'

Red en Emma keken elkaar aan en hun lippen krulden in een glimlach.

'Je zit aardig in de buurt,' zei Red.

'Ik volg het niet,' zei Thea boos.

'Sandra Wilson – dat is de naam die we voor je hebben uitgekozen. Oorspronkelijk zag ik Sandra voor me als iemand die cursussen bloemschikken gaf, zo'n grijze muis... Maar Emma had een veel beter idee.'

'O, is dat zo?' vroeg Thea, met haar gezicht op onweer.

'Yep. Met boerenknecht zat je er niet ver naast. Het beroep dat we hebben gekozen voor Sandra heeft wel iets te maken met landbouw... of zou ik moeten zeggen tuinbouw?' Red grijnsde trots. 'Je wordt hovenier.'

Thea trok een grimas. 'En dat houdt in...'

'Gras maaien,' zei Red, 'schoffelen, onkruid wieden, hier en daar wat snoeien. Een perfecte baan voor iemand die undercover werkt. Op die manier kun je talloze tuinen binnendringen en – dit is nog wel het mooiste – Tilly kan je erbij helpen! Het is zomervakantie, je bent een alleenstaande moeder en niemand zal het raar vinden als je je dochter meeneemt naar je werk... en terwijl jij je ding doet in de bloembedden, kan Tilly uitgebreid rondneuzen. Slim bedacht, vind je niet?'

'Misschien,' gaf Thea met tegenzin toe. 'Maar ik vind nog steeds dat ik niet de juiste persoon ben voor deze opdracht.' Ze stak haar gladde, bleke handen uit met de knalrood gelakte nagels. 'Zien die eruit als de handen van een hovenier?'

'Nee, op dit moment niet,' beaamde Emma. 'Maar daar kunnen we heel makkelijk iets aan doen. Als Izzie je nagels heeft geknipt en er wat vuil onder heeft gestopt...'

Thea kreunde. 'Ik hoop wel dat ik na deze missie salarisverhoging krijg.'

'We zullen zien,' zei Red, en hij stopte haar een paar papieren in haar hand. 'Dit is je persoonlijke legenda.'

'Mijn wat?' vroeg Thea.

'Details over je nieuwe identiteit: je geboortedatum, je familieachtergrond, je favoriete popgroep, enzovoort.'

'En hier is de jouwe, Tilly,' zei Emma, en ze gaf het meisje een paar bladzijden die met een paperclip aan elkaar zaten.

'Ik wil dat jullie alles uit je hoofd leren,' zei Red, met een blik op het klokje op zijn bureau. 'Je krijgt een kwartier de tijd.'

'Je naam, alsjeblieft,' zei Red. 'Voor- en achternaam.'

'Katherina Anna Wilson,' zei Tilly. 'Maar iedereen noemt me Kitty.'

'Leeftijd?'

'Tien jaar, vijf maanden en negen dagen,' zei Tilly nauwkeurig. 'Mijn verjaardag is de achttiende februari. Ik ben geboren op een dinsdag.'

'Waar?' vroeg Red.

'In een plaatsje dat Clacton heet. Ik woog precies zeven pond.'

'Uitstekend,' zei Red, en hij vinkte wat punten af op een lijst. 'Vertel me nu eens wat meer over jezelf, Kitty.'

'Ik ben enig kind,' zei Tilly. 'Mijn moeder heet Sandra. Ze is eenenveertig en ze onderhoudt de tuinen van mensen. Zij en mijn vader, Peter, zijn gescheiden toen ik nog klein was. Eh...'

'Je doet het prima,' fluisterde Emma.

'Mijn hobby's zijn postzegels verzamelen en turnen,' zei Tilly, en ze kneep haar ogen tot spleetjes in opperste concentratie. 'Mijn lievelingskleur is lichtroze, ik lees graag boeken over kostschoolmeisjes, ik houd van chips en kwarktaart, maar van marsepein word ik misselijk... en als ik later groot ben, wil ik lerares worden.'

'Ik ben onder de indruk,' zei Red. 'Laten we dan nu maar je moeder gaan ondervragen.'

Thea deed het lang niet zo goed als Tilly. Ze had Sandra's geboortedatum verkeerd onthouden en kon zich haar favoriete film niet herinneren. Maar Red leek toch te denken dat ze de volgende ochtend helemaal klaar zou zijn voor de missie, met wat extra training.

'Spannend, hè?' zei Tilly, die verrukt was over haar eigen foutloze prestatie. 'Ik denk dat ik het best leuk vind om te doen of ik iemand anders ben.'

Thea bromde. 'Die afschuwelijke kleren kan ik wel verdragen, en een beetje tuinieren vind ik ook niet erg, maar als ik zie dat mijn dossiers door elkaar liggen als ik terugkom...'

'Maak je geen zorgen,' zei Red kalm. 'Volgens mij heb ik al gezegd dat Emma je taken zal overnemen tijdens je afwezigheid. En jij bent niet iemand die er een rommeltje van maakt, toch, Emma?'

'Absoluut niet,' zei Emma.

'Tssk,' zei Thea. 'Je kon anders niet eens Bobs dossier op de juiste plek terugstoppen, of wel?'

'Begin je nou weer?' antwoordde Emma boos. 'Dat heb ik niet gedaan.'

'Nou, het was anders ook niet een van de anderen. Ik heb het ze gevraagd.' Thea richtte haar volgende opmerking aan Red. 'Vorige week merkte ik dat het dossier niet op zijn plek zat. Het was niet alleen op goed geluk ergens in de dossierkast teruggestopt... wacht even,' zei ze, en ze marcheerde in de richting van haar kantoor. 'Ik zal het wel even pakken. Dan kun je zelf zien wat ermee is gebeurd.'

Binnen een halve minuut was Thea terug met een grijze kartonnen dossiermap. Ze deed hem open en haalde er een dik vel paars papier uit met gouden randjes, dat erg leek op het document waarop Tilly's contract was getypt. Boven aan het papier zag Tilly de naam Robert Alfred Collier staan, en daaronder stonden zijn persoonlijke gegevens.

Terwijl Thea het papier voor zich hield, kon Tilly net een paar woorden lezen door haar nek helemaal te verdraaien. Bob was drieëndertig. Hij werd omschreven als 'sluw, vastberaden en onverschrokken'. Hij had meer dan honderd valse namen, en zijn lijst met 'bijzondere vaardigheden', waaronder aikido en slangen bezweren, was indrukwekkend lang.

'Zie je!' zei Thea, en ze wees naar de rechterbenedenhoek van het document – of althans, de plek waar die had moeten zitten. 'Het is afgescheurd!'

'O, jee,' zei Red, en hij bestudeerde het rafelige randje, waar een klein driehoekje van het paarse papier was verwijderd. Tilly zag dat hij met zijn vinger langs de onderste regel tekst gleed. Naast de categorie 'Aversies, allergieën en fobieën' had iemand het woord 'geen' getypt. 'Ik geef toe,' zei hij tegen Thea, 'dat iemand nogal slordig is geweest, maar ik denk niet dat er veel schade is aangericht. Voor zover ik kan zien is er geen informatie verloren gegaan.'

'Hoe dan ook, het kan maar beter niet nog eens gebeuren,' zei Thea, die het stuk papier uit zijn handen rukte en nadrukkelijk in Emma's richting staarde.

'Jeetje, is het al zo laat?' vroeg Red met een blik op de klok. De kleine wijzer had bijna de vijf bereikt. 'Tijd om er voor vandaag een eind aan te breien.' Hij opende een lade in zijn bureau en haalde er een gids voor tuinieren uit. 'Hier, iets om straks in bed te lezen,' zei hij, en overhandigde hem aan Thea.

'Dank je,' mompelde ze.

'En wat mijn jonge spion betreft,' zei Red vriendelijk, zich tot Tilly wendend, 'ik denk dat jij wel een avondje vrij hebt verdiend. Socrates vertelde me dat je heel hoog hebt gescoord bij je toets, vanmorgen.'

Tilly voelde haar wangen rood worden.

'Goed, Kitty Wilson,' zei Red. 'Nog maar één dag te gaan. En dan moet je al die dingen die je hebt geleerd in de praktijk gaan brengen.'

HOOFDSTUK 9

Problemen beneden

'Operatie Vraagteken?' vroeg Red, met een verwarde blik. Hij keek nog wat beter naar het stuk papier dat hij in zijn hand hield. 'Ik kan me niet herinneren dat ik het zo genoemd heb...'

'Toch is het zo,' zei Thea korzelig. 'Dat heb je opgeschreven. Je hebt me je aantekeningen gegeven en ik heb ze woord voor woord uitgetypt. Als er een fout in zit, heb ik die niet gemaakt.'

'O!' Red sloeg zichzelf tegen zijn voorhoofd. 'Ik weet al wat ik gedaan heb. Ik probeerde een codenaam te verzinnen voor de missie, maar ik kon nergens opkomen. Toen heb ik "Operatie" opgeschreven met een vraagteken erachter, en besloten om er nog eens goed over na te denken. Ik ben het kennelijk helemaal vergeten,' zei hij. 'Heeft iemand een suggestie?'

Er viel een stilte in de kamer, terwijl iedereen diep nadacht. Dat wil zeggen, iedereen behalve Tilly.

Ze had het veel te druk met de vlinders in haar buik om zich druk te maken om de naam van de missie. Haar missie. De missie waaraan ze morgen zou beginnen. Ze sloeg haar armen om zich heen, terwijl het gefladder in haar buik steeds erger werd.

Red had deze bijeenkomst 'De Definitieve Briefing' genoemd. Op vrijdagochtend had hij alle medewerkers van P.S.S.S.T. 's morgens vroeg bijeen laten komen bij 'Zeer Geheime Missies'. Bij binnenkomst had Tilly meteen opgemerkt dat er allerlei plattegronden en foto's aan de muur hingen. Het leek wel een soort tentoonstelling. Er hing een zeer gedetailleerde kaart van Doddington, waarop alle weilanden en voetpaden te zien waren en waarin punaises in allerlei kleuren waren gestoken. Ernaast hingen luchtfoto's van het grasveld midden in het dorp, de kerk, de winkels en een vervallen landhuis. Drie zwart-wit-portretten bleken foto's te zijn van de onfortuinlijke spionnen van P.S.S.S.T.: Milos Spar, Bob Collier en Angela Britten.

Hoewel Tilly de muur van plafond tot vloer afspeurde, kon ze geen foto vinden met het onderschrift 'Murdo Mak'.

Red had Tilly verrast door zich formeler te kleden dan anders. Hij had een nieuwe bruine das met gele strepen omgedaan, zijn sandalen verruild voor een paar keurige veterschoenen en zijn pluizige rode baard bijgeknipt. Ook had hij een uiterst serieuze uitdrukking op zijn gezicht.

Eigenlijk, dacht Tilly, terwijl ze de kamer rondkeek waar de P.S.S.S.T.-medewerkers het hoofd zaten te breken om een goede naam te verzinnen voor de missie, zagen ze er allemaal nogal grimmig uit.

'Operatie Skippybal,' zei Izzie plotseling.

'Skippybal? Puh! Dat is iets voor kinderen,' sneerde Socrates.

'Daarom kom ik er ook mee,' zei Izzie. 'Het leek me wel passend om een naam te gebruiken die je in verband brengt met kinderen – ter ere van onze kleine Tilly. Dit is de eerste keer dat we een kind op pad sturen, vergeet dat niet.'

'Nee, natuurlijk ben ik dat niet vergeten,' gromde Socrates. 'Maar Operatie Skippybal klinkt veel te braaf. We moeten iets krachtigers hebben, een woord dat je inspireert om moedige dingen te doen... zoals Pijl of Kromzwaard of Donderbus...'

Reds gezicht klaarde op. 'Operatie Donderbus, dat klinkt wel goed...'

'Wat is dat toch met jullie mannen,' zei Izzie scherp, en er verscheen een frons op haar kabouterachtige gezicht. 'Ik wil niet dat jullie wéér een missie noemen naar een of ander akelig wapen. Waarom kunnen we niet iets aardigs kiezen, iets wat niet bedoeld is om mensen te verwonden.'

'Wat dacht je van Operatie Proppenschieter?' zei Bikram. 'Propjes doen niet echt pijn. Die prikken alleen maar een beetje.'

Socrates kreunde en legde zijn hoofd in zijn handen.

'Haasje-over,' zei Izzie. 'Dat is een enig kinderspel. Operatie Haasje-over.'

Red schudde zijn hoofd. 'Ik denk het toch niet, Izzie. Die naam is niet erg stimulerend.'

'Wat dacht je van Operatie Wespensteek?' zei Emma.

'Operatie Zonnesteek, zul je bedoelen,' mompelde Thea. 'Want die krijg ik vast en zeker, als ik de hele dag gazons moet maaien en weet ik veel wat nog meer, in deze afschuwelijke hitte.'

'Wespensteek... hm,' zei Red. 'Dat is niet slecht.'

Socrates hief zijn hoofd en trok een grimas. 'Ik vind het niks.'

'Operatie Springtouw.'

'Operatie Hellebaard.'

Red en Izzie wierpen elkaar een vernietigende blik toe.

'Operatie Naamloos,' zei Edith onbewogen.

Een half uur later was de discussie voorbij. Red klapte in zijn handen. 'Goed, mensen. We zijn eruit. Het wordt Operatie Vraagteken.'

De ventilator aan het plafond ratelde als een oud karrenwiel boven Tilly's hoofd. De bladen draaiden langzaam rond. Het ding verplaatste hoogstens een paar stofjes; veel verkoeling bracht het niet. In de loop van de ochtend was het aardig benauwd geworden in de kamer, maar een raam opendoen was uitgesloten. Wat Red te vertellen had was uiterst geheim, dus konden ze het risico niet lopen dat iemand in de tuin van het hotel of een van de buurtuinen iets zou opvangen.

Toen hij klaar was met praten over 'doelstellingen' en 'strategieën' ging Red naast de grote kaart van Doddington staan en wees hij met een lange houten aanwijsstok op de punaises in verschillende kleuren. Elke punaise stond voor een locatie die relevant was voor Tilly's onderzoek. Het puntje van de stok raakte ze allemaal – van de rode punaise die de plek aanduidde van de telefooncel waar Bob als een zielig hoopje was aangetroffen, tot de gele punaise die toonde waar Tilly en Thea zouden logeren.

Ten slotte deed Red een bekentenis. Hij had de baas van S.T.I.L. niet ingelicht over Operatie Vraagteken, en dat was hij ook niet van plan. De enige mensen die op de hoogte waren van Tilly's missie waren de leden van P.S.S.S.T., en zo wilde hij het graag houden.

'Je bedoelt dat er geen officiële toestemming is voor deze missie?' Thea keek geschokt.

'Philippa Killerman zou er meteen een stokje voor hebben gestoken,' zei Red, 'als ik zo dom was geweest het haar te vertellen. Ze denkt dat Milos en Bob gewoon onhandige sukkels zijn, en ze weigert te geloven dat Murdo Mak misschien nog leeft. En ze zou nóóit instemmen met het inhuren van een spion die pas elf jaar oud is.'

'Weet je zeker dat het verstandig is om dit achter haar rug om te doen?' vroeg Izzie. 'De baas gaat compleet uit haar dak als ze erachter komt waar we mee bezig zijn.'

'Hoezo, "als"?' zei Bikram, en hij richtte zijn droevige ogen op zijn collega. 'Philippa komt hier zeker achter – en dan staan we allemaal op straat.'

'Dat gebeurt toch wel,' zei Red. 'Ook als we niet doorgaan met Operatie Vraagteken.'

'Waaaat?' zei Izzie.

'Deze afdeling zit zwaar in de nesten,' zei Red ernstig. 'We hebben nog lang niet genoeg sluwe spionnen en verraders gepakt dit jaar, en ons geld is bijna op. Ik heb de rest van ons koekjesbudget moeten gebruiken om Tilly te kunnen betalen, en we hebben nog maar een heel weinig over voor snufjes en hulpmiddelen. Philippa Killerman wil dat ik serieuze bezuinigingen ga doorvoeren, en dan bedoelt ze dat ik mensen moet ontslaan.'

'Dus wie is de sigaar?' vroeg Socrates somber.

'Niemand,' antwoordde Red, 'als het aan mij ligt. Luister, als Murdo Mak zich in dat dorp bevindt en het lukt ons hem op te pakken, is dat de grootste vangst die we ooit gedaan hebben. Denk je eens in hoe blij de baas dan zal zijn. Ik denk niet dat ze het dan ooit nog over bezuinigingen zal hebben.' Opeens verscheen er een verraste uitdrukking op Reds gezicht. 'Pibbels – wat is er aan de hand?'

De zwarte kat, die uit het niets leek te zijn opgedoken, was op tafel gesprongen en wierp zichzelf nu op Red. Zijn klauwen glommen als parels terwijl hij, met zijn vier poten uitgespreid, door de lucht zeilde en met uiterste precies op Reds geruite overhemd landde, waarbij zijn nagels diep wegzonken – ook in Reds huid, afgaande op de enorme brul die uit zijn mond ontsnapte.

'Wel verdorie,' zei Socrates. 'Zoiets heb ik Pibbels nog nooit zien doen.'

'Er is iets mis,' zei Edith, en ze kwam overeind.

'Kijk! Hij heeft een bericht bij zich!' zei Tilly, en ze wees op een stukje papier dat onder het tuigje van de kat was gestopt en dat maar net zichtbaar was onder zijn buik. Ze rende om de tafel heen en pakte het papiertje, terwijl Emma heel voorzichtig Pibbels' klauwen losmaakte. Red zei daarbij minstens twaalf keer 'Au!' – plus nog wat andere dingen.

'Van wie is het?' vroeg Socrates ongeduldig, terwijl Red het briefje van Tilly aannam en het openvouwde. Dit ging niet zo heel snel, aangezien hij steeds aan zijn borstkas bleef voelen, met een van pijn vertrokken gezicht.

'Arme schat,' zei Emma, met Pibbels in haar armen. 'Zijn hartje klopt als een razende... en kijk eens naar zijn staart.' De kattenstaart was twee keer zo dik als normaal, en zwiepte en kronkelde heen en weer als een enorme, harige rups.

Red ademde scherp in en hield het briefje omhoog, zodat iedereen het kon zien.

Eerst dacht Tilly dat er een doodgeslagen insect midden op de bladzijde zat. Maar toen ze nog eens goed keek, besefte ze dat het een enkel woord was, dat erg slordig was opgeschreven met zwarte inkt. Er stond:

Nootgeval!

'Nathan,' zei Edith meteen, en ze liep naar de deur. 'Die jongen kan absoluut niet spellen. Jullie blijven allemaal hier. Ik ga kijken wat er aan de hand is...'

'Ik ga met je mee,' zei Red. 'Misschien kun je het niet in je eentje af...'

Ediths rug verstijfde. Tilly keek met ingehouden adem toe hoe Edith haar kin hief en Red het soort blik gaf waarmee Medusa de Gorgoon in het oude Griekenland mensen in steen had veranderd. In plaats van Red onomwonden te vertellen dat ze uitstekend in staat was om elke situatie in haar eentje af te handelen (de preek die Tilly en waarschijnlijk iedereen in de kamer verwachtte), knikte ze beleefd en zei: 'Dank je. Je hulp is welkom.'

Er werden ongemakkelijke blikken uitgewisseld in de kamer, maar niemand zei iets tot de voetstappen van Edith en Red waren weggestorven.

'O, jee,' zei Izzie, bezorgd haar handen wringend. 'Wat zou er aan de hand zijn? Ik hoop toch niet dat die jongen een grap met ons heeft uitgehaald.'

'Doe niet zo idioot,' gromde Socrates. 'Zo dom is dat joch nou ook weer niet. Nathan is misschien een beetje onnozel, maar hij is niet compleet achterlijk. Het zal wel een echte noodsituatie zijn.'

'Een brand kan het niet zijn,' zei Bikram, 'want dan zou het alarm zijn afgegaan.'

'Misschien,' zei Thea, 'is de baas net gearriveerd voor een van haar "verrassingsbezoekjes". Je weet hoe leuk ze het vindt om hier onaangekondigd te verschijnen en ons allemaal te overvallen.'

'Denk je dat iemand haar heeft verteld over Operatie Vraagteken?' vroeg Emma angstig.

'Nee. Ik weet niet waarom Nathan zo in paniek is, maar het

is niet vanwege de baas,' zei Socrates. 'Want laten we eerlijk zijn: een bezoek van Hare Majesteit is behoorlijk irritant, maar een noodgeval zou ik het toch niet willen noemen.'

'Ach, ik weet het niet,' zei Thea. 'Nathan is als de dood voor haar. En ik trouwens ook.'

'Dat is het niet, geloof me nou!' zei Socrates. 'Er moet iets anders zijn.'

Tilly luisterde maar half naar de theorieën van haar P.S.S.S.T.-collega's. Ze was uit haar stoel opgestaan en stond nu bij de deur, die Red en Edith op een kier hadden laten staan. Als ze heel goed luisterde, kon ze iets opvangen. Het klonk ver weg en gedempt, maar wel duidelijk heel dringend.

Onopgemerkt door de anderen stapte Tilly de kamer uit. Ze liep over de gang, onstuitbaar en met een wazige blik, als een slaapwandelaar, terwijl ze haar oren tot het uiterste inspande om het onafgebroken geschreeuw in de verte te kunnen horen. De deur naar Thea's kamer stond open, en zodra ze binnenstapte klonk het geluid een stuk harder. Om de paar seconden hoorde ze een soort klaaglijke gil. Riep er iemand om hulp? Tilly wist het niet. Hoe dichter ze bij het raam kwam, hoe minder het geschreeuw klonk alsof het van een mens afkomstig was, en hoe meer het leek op...

Tilly maakte het raam los en schoof het omhoog. Helemaal vergetend dat ze geen aandacht mocht trekken, stak ze haar hoofd naar buiten en keek ze omlaag. Daar was hij! Hij zat op de stoep pal onder haar en zijn riem zat aan het hek vastgebonden. Het was de ruige harige hond die ze eerder had gezien – en hij zat aan een stuk door te blaffen.

Vanaf deze hoogte vond Tilly het dier nog het meest op een voddenbaal lijken. Het enige wat ze kon zien was een warrige grijze vacht en af en toe een flits roze en wit, als hij zijn snuit naar de hemel hief en een oorverdovend gejank produceerde. Tilly keek nerveus de straat af. Er stonden mensen stil om naar het dier te kijken, en ze zag her en der de gordijnen bewegen. De jongen met de spillebenen, van wie ze aannam dat hij de eigenaar was, zag ze nergens.

'Hé!' riep Tilly naar de hond. 'Ssst. Maak niet zo'n herrie!'

Haar verzoek werd genegeerd – net zoals diverse minder vriendelijke opmerkingen van andere mensen in de straat. De hond bleef niet alleen aan een stuk door blaffen en janken, hij was nu ook overeind gekomen en kwispelde wild met zijn pluimstaart. Hij genoot duidelijk van alle aandacht.

'Genoeg!' zei een stem die verwachtte te worden gehoorzaamd, en nu verscheen Edith beneden in de straat. Ze maakte de hond los en sleurde hem mee naar binnen. De hond stopte meteen met blaffen, waarschijnlijk omdat Edith haar hand om zijn snuit had geklemd, iets wat Tilly heel dapper van haar vond.

De rust keerde echter niet terug. Voordat Edith de deur van Hotel Damper kon sluiten, klonk er geschreeuw van binnen in de hal. Deze keer was er geen vergissing mogelijk. De stem was zonder twijfel menselijk – afkomstig van een bijzonder boze jongeman.

'Toch niet weer een?' zei Thea.

Tilly ging op haar tenen staan en rekte haar nek uit, maar ze kon niet zien waar Thea en de rest van de medewerkers van P.S.S.S.T. naar keken. Zodra er voetstappen op de gang hadden geklonken, had iedereen zich uit 'Zeer Geheime Missies' naar buiten gehaast om te zien wat er aan de hand was. Tilly was als laatste op de gang verschenen, en tot haar ongenoegen bleken haar collega's haar het zicht volledig te ontnemen. Ze stonden zo dicht op elkaar dat ze zich niet langs hun heupen kon wringen – en het was onmogelijk om over hun schouders een glimp op te vangen. Uiteindelijk ging ze op handen en knieën zitten en kroop ze tussen hun benen door.

Het eerste wat ze zag (afgezien van het tapijt, van heel dichtbij) waren een paar bruine leren schoenen die een beetje op mocassins leken, en twee gebruinde benen zo dun als bezemstelen. Ze hief haar hoofd, waardoor ze de hele jongen in een keer kon zien.

Hij was niet veel ouder dan dertien jaar, schatte Tilly. De meeste jongens uit haar buurt hadden voetbalkleren aan, als ze niet op school zaten, maar deze jongen was gekleed in een rugbyshirt en een lange, vaalgele bermuda met een heleboel zakken. Hij had warrige zwarte krullen die over zijn voorhoofd hingen, en zijn huid had dezelfde oranjebruine tint als de nieuwslezers op de televisie. Zijn mond was vertrokken tot een boze streep, maar hoe kwaad hij werkelijk was, kon ze niet beoordelen omdat ze zijn ogen niet kon zien. Die zaten verborgen achter een zakdoek die iemand als blinddoek had gebruikt.

'Wie is dit joch, Red?' vroeg Socrates. 'En waarom heb je hem mee naar boven genomen? Wat is er aan de hand? Tilly zei iets over een hond...'

'Eerst een meisje – en nu een jongen,' zei Thea, die bijna stond te schuimbekken van woede. 'Wat voor verrassingen heb je nog meer voor ons in petto, Red? Laat me raden! Vanaf volgende week houden we rondleidingen voor schoolklassen...'

'Mijn naam is Felix Pommerol-Put,' zei de jongen, die zijn

best deed zich los te rukken uit Reds stevige greep. 'En zodra ik hier weg ben, ga ik naar de politie!'

'Dat is niet nodig,' zei Edith, die nu boven aan de trap verscheen. Ze worstelde om de morsige hond in bedwang te houden, die zijn oren omhoog prikte bij het horen van de stem van de jongen. De hond was werkelijk het harigste wezen dat Tilly ooit had gezien. Zijn vacht had de kleur van modder, en hij zag eruit alsof hij in geen maanden was geborsteld. Hij was kleiner dan Tilly had gedacht, met een grote natte neus, een korte, borstelige snuit en een tong zo lang als een reep ontbijtspek.

'Humperdinck!' riep Felix verheugd uit, toen de hond tegen zijn eigenaar opsprong. 'Is alles goed met je?' zei hij, en hij tastte rond met zijn hand tot hij een rafelig oor vond. De hond ging zitten en begon zichzelf te krabben. 'Hebben ze je pijn gedaan? Je weet wat ik je heb geleerd. Een keer blaffen voor "ja", en twee keer voor "nee".'

Humperdinck kwam er kennelijk niet uit. Hij gaapte, ging op het tapijt liggen en knauwde aan een van zijn voorpoten.

'Wat een vlooienbaal,' merkte Socrates op.

'Hoe durf je!' Felix was woest. Hij wierp zichzelf in de richting van Socrates' stem, maar Red hield hem tegen. 'Ik kan je wel vertellen dat Humperdinck een volbloed Tibetaanse terriër is, met een zeer goede stamboom,' zei Felix, bevend van woede. 'Zijn grootmoeder is nog bijna Hond van het Jaar geworden.'

'O, ja. Tuurlijk,' zei Socrates, zijn stem vol minachting. 'Alsof iemand zo'n lelijk mormel ooit een rozet zou opspelden.'

'Wat voor ras het ook is,' zei Edith, die snel tussenbeide kwam voor Felix kon antwoorden, 'je hond is helemaal in orde, dat kan ik je verzekeren.'

'Dat is maar goed ook,' zei Felix, aan zijn blinddoek rukkend met zijn vrije hand. De doek gleed langs zijn neus omlaag en onthulde een paar chocoladebruine ogen en dikke, donkere wenkbrauwen die elkaar in het midden bijna ontmoetten. Hij knipperde een paar keer, wierp een blik op zijn hond en staarde toen naar het groepje mensen voor hem. Tilly kwam overeind en glimlachte. Hoewel hij op dat moment woedend keek, vond ze dat hij best een leuk gezicht had.

'Wie zijn jullie in vredesnaam?' vroeg Felix. Zijn ogen, die snel heen en weer schoten, leken Tilly niet op te merken, hoewel ze pal voor zijn neus stond. 'Hé!' Hij porde Red verwijtend in zijn zij. 'Je zei dat je me zou vertellen wat er aan de hand was, als ik met je meeging. Ik wil weten wat er met mijn oma is gebeurd!'

'Die jongen spoort niet,' zei Socrates.

'Ze is hier ergens, nietwaar?' hield Felix aan. Hij haalde diep adem en bulderde: 'Oma? Kun je me horen? Ik ben het, Jack. Maak je geen zorgen, ik kom je redden!'

'Mijn hemel,' zei Bikram. 'Die knul is wel van slag. Nu is hij zijn eigen naam vergeten.'

'Arm schaap,' zei Izzie. 'Het gaat niet goed met hem.' Ze liep op Felix af en keek hem medelijdend aan. 'Rustig maar... we hebben je oma niet, lieverd...'

'Jawel,' zei Felix, maar nu klonk hij wat minder overtuigd dan eerst. Zijn frons was er nu meer een van verbazing dan van woede. 'Jawel,' herhaalde hij, maar zijn stem begon te trillen. 'De oude mevrouw Motter zag oma vanuit de bus... en dus hebben we eindeloos gelopen... en toen vond Humperdinck haar spoor...'

'Neem me niet kwalijk,' zei Emma, die steeds roder was geworden. Ze keek Red dwingend aan en zette haar handen op haar heupen. 'Ik begrijp echt niet wat er aan de hand is. Waarom heb je die jongen hier boven laten komen? Het lijkt me eerlijk gezegd nogal... roekeloos. Je neemt wel een enorm risico. Wil je uitleggen waar je mee bezig bent? Alsjeblieft,' voegde ze toe. Ze beet op haar lip, alsof ze zich een beetje schaamde voor haar uitbarsting.

'Je hebt helemaal gelijk,' zei Red. Hij slaakte een zucht en wreef vermoeid over zijn voorhoofd. 'Ik heb hem mee naar boven genomen omdat ik zo gauw niets anders kon verzinnen. Die hond en hij maakten genoeg lawaai om heel Pimlico te alarmeren.' Red haalde een beetje hulpeloos zijn schouders op. 'Jullie weten net zo goed als ik dat we dat soort aandacht kunnen missen als kiespijn. De enige manier om hem te kalmeren was hem geven waar hij om vroeg.'

'En dat was een rondleiding door P.S.S.S.T.?' vroeg Socrates vol minachting. Hij wendde zich tot Edith. 'Lekker hoofd van de beveiliging ben jij! Ongelooflijk, dat je je hebt laten overhalen door Red.'

'Nee,' zei Red. 'Je begrijpt het niet. Wat Felix wil is de waarheid.'

'Pommerol-Put,' mompelde Thea, die al een paar minuten niets had gezegd.

'Die naam kwam mij ook bekend voor,' zei Red. 'En ik besefte al snel wie hij is.'

'O, ja? Wie dan?' vroeg Socrates.

'De kleinzoon van Angela Britten.'

De hele gang viel stil.

'Ik vrees,' zei Red, en hij pakte de jongen vriendelijk bij zijn schouders, 'dat er iets is wat je niet weet van je grootmoeder. Ze is al bijna veertig jaar spion.'

HOOFDSTUK 10

Het dossier over Murdo Mak

'Dat kun je niet menen,' zei Felix, en hij snoof minachtend. 'Dat onnozele wicht... dat meisje dat me net een kop thee gaf... die ga je op pad sturen om mijn oma op te sporen? Zoiets idioots heb ik nog nooit gehoord!'

Tilly was blij dat ze de uitdrukking op het gezicht van de jongen niet kon zien. Zijn woorden waren al kwetsend genoeg. Ze had een kop thee voor hem gehaald omdat ze medelijden met hem had. Hij was diep geschokt geweest toen Red onthulde dat zijn grootmoeder een spion was (en niet een schrijfster van boeken over mooie wandelingen, zoals ze hem altijd had doen geloven). Nu wenste ze dat ze de inhoud van het kopje over zijn nare hoofd had gegoten.

Toen Red het woord weer nam, draaide Tilly haar hoofd een beetje om zodat ze met haar ene oog net zijn gezicht kon zien. Het sleutelgat voelde akelig koud en hard tegen haar jukbeen, maar ze was veel te geboeid door wat er gezegd werd om zich druk te maken om het gebrek aan comfort. Red zat met zijn gezicht haar kant op in zijn groene leren stoel. Hij had zijn armen over elkaar geslagen en staarde over zijn bureau naar Felix, en de frustratie was duidelijk in zijn ogen te lezen.

'Tilly is de beste persoon voor deze klus,' zei Red kortaf. 'Neem dat maar van mij aan, jongeman.'

'Ik wil dat je een volwassene stuurt!'

Tilly verlegde haar aandacht weer naar Felix, die nu arrogant met zijn zwarte krullen schudde.

'Ik denk niet dat je beseft hoeveel ik van mijn oma houd. En ik wil niet dat een of andere suffe meid haar redding in de war schopt. Wat dacht je van die knappe blonde vrouw. Of nog beter, die chagrijnige oude vent die op een crimineel lijkt. James Bond is hij bepaald niet, maar hij kan ermee door.'

Tilly was diep beledigd. Ze vond het niet leuk om een ' suffe meid' te worden genoemd, net zomin als ze graag werd uitgemaakt voor 'onnozel'.

Sinds ze bij p.s.s.s.t. was gearriveerd had ze zich nogal goed gevoeld over zichzelf. Het was leuk om voor de verandering eens te worden geprezen en respect te krijgen. De kleinerende woorden van de jongen gaven haar het gevoel dat haar ingewanden eruit werden gezogen – een gevoel dat haar, besefte ze tot haar ontzetting, akelig bekend voorkwam. Het was het nare holle gevoel dat ze elke keer kreeg als ze werd genegeerd of over het hoofd werd gezien. In haar korte leven was ze al helemaal gewend geraakt aan dat onplezierige verschijnsel – zozeer dat het net zo vertrouwd was gaan voelen als haar oude, versleten gympen.

Nu Tilly er sinds een paar dagen van was verlost, merkte ze dat ze het kon missen als kiespijn.

'Mijn besluit staat vast,' zei Red, ongebruikelijk bars. 'Ondanks haar jeugdige leeftijd kan Tilly uitstekend functioneren als spion. Ze had een erg hoog cijfer bij haar toets.'

'Wat voor toets?' vroeg Felix nieuwsgierig. 'Ik ben de beste van mijn klas, in bijna elk vak. Ik kan het vast beter dan zij.'

Felix sprong overeind en Tilly verloor hem even uit het oog, terwijl hij om het bureau heen naar Red liep.

'Als je zo vastbesloten bent om een jonge spion op die missie te sturen,' zei Felix, ademloos van opwinding, 'waarom kies je mij dan niet? Het is míjn oma! Ik zou moeten gaan. Ik kan je mijn schoolrapport laten zien – dan zie je hoe slim ik ben. En ik ben ook goed in sport. Humperdinck kan mee, als mijn hulpje. Het is een zeer intelligente hond en ik weet zeker dat we mijn oma zo gevonden hebben.' Felix grijnsde van oor tot oor, en hoopvol keek hij Red aan.

'Nee!' sprak het hoofd van P.S.S.S.T. streng. 'Ik pieker er niet over.'

'Maar waarom niet?' Felix was compleet uit het veld geslagen.

'Jij zou niet... je hebt niet... je bent gewoon niet geschikt,' zei Red ten slotte. Ongemakkelijk schoof hij op zijn stoel heen en weer.

'Waar heb je het over? Ik zou geweldig zijn! Ik heb honderden spionagefilms gezien. Ik zou precies weten wat ik moest doen.'

'Nee, dat zou je niet,' zei Red vol overtuiging.

'Jawel! En ik heb het al bewezen!' zei Felix. 'Kijk maar!' Hij stak een hand in een van de vele zakken van zijn korte broek en viste er een verkreukelde ansichtkaart uit. Met een zwierig gebaar legde hij hem op het bureau. 'Deze kwam op zes juli. Hij is zogenaamd ondertekend door mijn oma, maar dat klopt niet. Kijk,' zei hij, en hij wees met zijn vinger. 'Hier staat "Lieve Felix", en dat vond ik meteen heel verdacht.'

'Oh ja?' vroeg Red, vermoeid met zijn ogen knipperend.

'Natuurlijk! Oma noemt me altijd "Jack".'

'En waarom doet ze dat?'

'Omdat ik haar dat gevraagd heb! Toen ik vier was weigerde ik iets anders te dragen dan een piratenkostuum, en ik stond erop Calico Jack te worden genoemd. Ik was een heel eigenzinnig kind.'

'Wat een verrassing,' mompelde Red.

'Mijn familie bestaat uit oersaaie lui, behalve mijn oma. Zij was de enige die me bij mijn piratennaam noemde. En dat doet ze nu nog steeds – alleen is het afgekort tot Jack.'

'Aha.'

'Dus daarom wist ik dat zij die kaart niet geschreven had,' zei Felix, en hij hield het ding onder Reds neus. 'En trouwens, ik geloofde ook al niet dat ze zomaar naar Barbados zou vertrekken zonder afscheid te nemen. Dus ging ik naar haar huis, maar daar was niemand. En toen vertelde haar buurvrouw, mevrouw Motter, dat ze oma voor het laatst had gezien toen ze een paar weken geleden een huis binnenging met een grote zwarte voordeur. Mevrouw Motter zat op dat moment in bus veertien, maar ze kon zich niet meer herinneren in welke straat het was. Dus hebben Humperdinck en ik de route van de bus gevolgd, tot hij uiteindelijk het geurspoor van oma oppikte...'

'Weet je zeker dat hij niet gewoon achter onze kat aanzat?' vroeg Red weifelachtig.

Felix keek hem hooghartig aan. Hij vond Reds opmerking duidelijk geen reactie waard. 'Dus op die manier,' vervolgde hij, 'hebben we met zijn tweetjes het mysterie opgelost. Je moet toegeven dat ik een geweldige spion zou zijn.'

'Je bent niet dom,' gaf Red toe. 'Maar om spion te zijn heb je nog wel wat meer nodig dan een goed stel hersens. Je moet heimelijk te werk kunnen gaan, onopvallend zijn... In staat zijn om vijf minuten je klep te houden...'

'Mijn oma is een spion,' zei Felix koppig, 'dus lijkt het me logisch dat ik er ook goed in ben.'

Red overwoog zijn woorden. 'Het is waar,' zei hij, 'dat het talent om spion te worden vaak in de familie zit..., maar in jouw geval niet, helaas.'

Felix stak pruilend zijn onderlip naar voren. Aan de andere kant van de deur grinnikte Tilly opgetogen. Eén angstig moment had ze gedacht dat Felix erin was geslaagd Red over te halen. Ze was enorm blij dat het hoofd van P.S.S.S.T. voet bij stuk had gehouden en nog steeds van plan was Tilly op de missie te sturen.

'Neem me niet kwalijk,' sprak een afkeurende stem. Tilly voelde dat iemand haar op de schouder tikte, en meteen trok ze zich terug van het sleutelgat. Ze rechtte haar rug en draaide zich om.

'Ben je alvast aan het oefenen?' vroeg Thea, en ze trok een wenkbrauw op. Toen stak ze Tilly een dunne kartonnen map toe. 'Het duurde even voor ik hem had gevonden,' zei ze, 'omdat hij op de verkeerde plek was opgeborgen.' Ze slaakte een dramatische zucht. 'God mag weten in wat voor staat mijn archief is als ik weer terugkom.' Ze duwde Tilly de map in handen. 'Pak aan, dan! Dit is waar je om vroeg – alle informatie die we hebben over Murdo Mak.'

PERSOONLIJKE GEGEVENS

Valse naam: Murdo Mak

Echte naam: Onbekend

Leeftijd: Ergens tussen de vijfentwintig en de zeventig (zo ongeveer)

Uiterlijk: ??? (Er bestaat geen foto)

Karakter: Onbetrouwbaar!

Nationaliteit: Te veel om hier op te noemen (zie pagina's 2, 3, 4, 5, 6, 7, 8, 9, 10 en 11)

Laatste bekende verblijfplaats: De bodem van de rivier de Theems

De eerste bladzijde vond Tilly niet bijzonder informatief. Ze legde hem opzij en begon de andere papieren in de map te lezen. Meer dan een half uur had ze er niet voor nodig. Ze kon snel lezen, en omdat ze in haar eentje bij 'Zeer Geheime Missies' zat, kon ze ongestoord haar gang gaan.

Nadat ze het hele dossier had doorgenomen, liet ze haar kin op haar hand rusten en dacht ze na over wat ze net allemaal had gelezen.

Het was duidelijk dat Mak een ongelooflijk sluwe spion was. Hij werd omschreven als 'de plaag van s.t.i.l.'. Zijn specialiteit was het ontdekken van geheimen en die dan doorverkopen aan de hoogste bieder. Hij was verantwoordelijk geweest voor de onthulling van allerlei vertrouwelijke informatie. Tilly wierp een blik op het bovenste vel papier.

Verkocht de blauwdrukken van een supergeheim gevechtsvliegtuig aan een buitenlandse mogendheid.

Ruïneerde de carrière van de minister van Onderwijs met de onthulling dat deze had gespiekt bij al zijn schoolexamens.

Ontdekte het mysterieuze ingrediënt van een wereldberoemd marmelademerk.

Openbaarde het laatste hoofdstuk van het boek waar de hele wereld vol spanning naar uitkeek en verpestte zo het leesplezier van miljoenen lezers.

Ontdekte de geheime locatie van P.S.S.S.T., waardoor de afdeling gedwongen was te verhuizen.

Mak klonk als de grootste verklikker op de planeet. In het dossier werden meer dan tweehonderd gestolen geheimen genoemd, maar er stond bij dat dit waarschijnlijk nog maar het topje van de ijsberg was. De man moest een klein fortuin hebben vergaard.

Tilly vond het heel boeiend om over zijn verraderlijke activiteiten te lezen, maar ze baalde wel dat er zo weinig informatie was over Mak zelf. Hoewel ze alles grondig had bestudeerd, had ze nog steeds geen idee hoe hij eruitzag of hoe oud hij was. Ze wist niet eens de naam die hij bij zijn geboorte had gekregen. Had P.F.F. zijn werk niet goed gedaan? Of was Mak gewoon een ongrijpbaar persoon?

P.S.S.S.T. had hem ooit een keer bijna te pakken gehad. Aan die ontmoeting waren diverse pagina's gewijd. Tilly bladerde door het dossier tot ze die vond. Op elke pagina stond weer een andere versie van wat er was gebeurd, die avond van de negende december, tien jaar eerder. Eerst pakte ze Angela's verhaal.

De poging om Murdo Mak op te pakken

Getuigenverklaring van: Angela Britten

Het was kwart over zeven in de avond, en ik was op weg

naar huis. Ik had langer doorgewerkt, en ik was de laatste die het onderkomen van P.S.S.S.T. verliet (dat zich bevond in de Toverlantaarn Bioscoop). Het was bitter koud buiten en ik weet nog dat ik mijn handschoenen vergeten was – en dus ging ik terug om ze op te halen.

Toen ik terugliep zag ik een man voor de deur van de bioscoop staan. Terwijl ik naderde, draaide hij zich om en zag hij me. Hij zei iets als: 'Verdorie. Nou heb ik de laatste voorstelling gemist van *Meneer Denning Op Reis* en toen liep hij snel langs me heen. Het was donker, en ik zag niet meer dan een dikke jas en een kraag die omhoog stond.

Toen ik de bioscoop binnenging, zag ik een envelop op de deurmat die daar een paar minuten eerder nog niet had gelegen. Hij was geadresseerd aan P.S.S.S.T., en daaronder stonden de woorden: Pijnlijk Stompzinnige Selectie van Sukkels en Tuthola's. Binnenin zat een kerstkaart waarop de initialen M.M. stonden. Ik besefte dat de kaart van Murdo Mak kwam, en dat ik hem waarschijnlijk buiten net was tegengekomen.

Ik haastte me achter Mak aan en, geholpen door het dikke pak sneeuw, kon ik zijn voetstappen volgen tot ik de man zelf in zicht kreeg. Ik belde Red om hem te vertellen wat er aan de hand was. Mak voelde dat ik hem achtervolgde, en hij probeerde me af te schudden, maar ik bleef hem schaduwen tot hij het oude pakhuis bij de rivier bereikte. Tegen die tijd hadden Red en Pip zich bij me gevoegd. We besloten dat ik de hoofdingang in de gaten zou houden, Pip de achterdeur zou bewaken en dat Red naar binnen zou gaan om Mak te zoeken.

Ongeveer vijf minuten later hoorde ik een pistoolschot en het geluid van brekend glas. Pip belde om te zeggen dat Mak

langs haar heen was gevlucht en op weg was naar de voet-
gangersbrug over de Theems. Ik verliet mijn post en rende
daar zo snel mogelijk naartoe. Ik trof Pip en Red midden op de
brug, waar ze in het water stonden te kijken. Socrates kwam
vanaf de andere oever op de fiets over de brug naar ons toe.
Red scheen met zijn zaklamp in het water. Het was zo koud
dat kleine ijsschotsen zich in de rivier hadden gevormd. We
zagen een jas en een sjaal drijven in het water, maar geen
spoor van Murdo Mak...

'Wat lees je daar?'

Tilly hief haar hoofd en zag Socrates op haar aflopen met
een pakje in zijn hand. Ze was zo verdiept geweest in Angela's
verhaal dat ze hem niet had horen binnenkomen.

'O, hallo,' zei ze. 'Ik was net aan het lezen over Murdo Mak.'

'Mak?' Socrates fronste zijn voorhoofd. 'Een sluwe duivel,
dat was hij. Slimmer dan goed voor hem was. Want dat is hem
uiteindelijk wel fataal geworden.'

'Hoe bedoel je?' vroeg Tilly.

'Jarenlang nam hij P.S.S.S.T. bij de neus en verkocht hij overal
geheimen. Hij dacht dat hij te slim was om gepakt te worden.
Maar op een avond werd hij toch iets te brutaal.' Socrates trok
er een stoel bij en ging zitten. 'In die tijd was P.S.S.S.T. nog
gehuisvest in een armoedig bioscoopje, ergens in een achter-
buurt. Op de een of andere manier kwam Mak erachter waar
we zaten, en hij besloot ons in te wrijven wat een slimmerik
hij wel niet was. Hij kwam hoogstpersoonlijk een kerstkaart
afleveren...'

'O, ja,' zei Tilly opgetogen, 'daar heb ik over gelezen.'

Socrates tuurde naar de stapel papier in haar handen. 'Ja...

nou, dan weet je dat Angela hem op heterdaad betrapte. Hij zal wel van haar geschrokken zijn – maar als een echte professional herstelde hij zich meteen en vertelde haar een of andere smoes over een film die hij had gemist. Vergeet niet, Tilly, dat ik je heb verteld dat een goede spion altijd een reden kan geven voor zijn aanwezigheid.'

Tilly knikte enthousiast.

'Maar alles goed en wel, ik denk niet dat Mak zijn klep zou hebben geopend als hij had beseft wie Angela was. Mak hield zijn identiteit heel goed verborgen. Niemand bij s.t.i.l. had ook maar enig idee hoe hij eruitzag. Maar omdat hij iets tegen Angela had gezegd, wist ze nu hoe zijn stem klonk en kon ze die herkennen.'

'En dat deed ze ook, tien jaar later!' zei Tilly.

'Nee, nee, nee.' Socrates schudde heftig met zijn hoofd. 'Ze heeft zich vergist. Murdo Mak is dood! De jonge Pip zag hem van de brug springen en we hoorden allemaal de plons, toen er iets in het water viel.' Socrates begon door de papieren in het dossier te bladeren. 'Ik weet zeker dat het in een van deze rapporten staat...'

'Ja, ik heb ze gelezen,' zei Tilly. 'Jullie stonden allemaal op die voetbrug. Pip, Red en Angela zaten vanaf de ene kant achter hem aan, en jij kwam op ze af fietsen vanaf de overkant.'

'Precies,' zei Socrates. 'En ik viel nog bijna van mijn fiets ook. De bouwvakkers hadden een enorme zooi achtergelaten. De brug was gesloten voor publiek, want hij werd gerepareerd, zie je. Mak zat in de val. Hij kon nergens heen...'

'Behalve naar beneden,' sprak Tilly grimmig.

'Ja,' beaamde Socrates. 'Helemaal naar beneden, naar de bodem van de Theems. Hij viel tien meter omlaag in een ijskoude rivier, en zo kwam hij aan zijn einde.'

'Hoe kun je dat zo zeker weten?' vroeg Tilly. 'Kan hij niet naar de oever zijn gezwommen?'

'Hij is nooit meer bovengekomen,' zei Socrates vastberaden. 'Als onze zaklampen hem hebben gemist, dan hadden we hem toch zeker horen spartelen – en zelfs al had hij de kant gehaald, dan had hij toch nooit tegen die stenen muur omhoog kunnen klimmen?'

'Is zijn lichaam ooit gevonden?' vroeg Tilly.

'Nee, maar de kans is groot dat het naar zee is gedreven.' Socrates fronste. 'We hebben tien jaar niets van Mak gehoord. Hij is zo dood als een pier, geloof me nou maar.'

Tilly trok een grimas. Ze probeerde niet te denken aan het lichaam van Murdo Mak dat door de stroming de zee in werd gezogen, als een stuk drijfhout.

'Hoe dan ook,' zei Socrates, op haar hand kloppend, 'ik ben hier niet gekomen om over Mak te praten.' Hij stak haar het pakje toe dat hij bij zich had. 'Deze zijn voor jou.'

Tilly's hart sloeg over. Ze was er de persoon niet naar om het pakpapier achteloos van een cadeautje af te scheuren, en dus vouwde ze het bruine papier heel voorzichtig open. Binnenin zat de schelpofoon. Socrates zei dat hij hem weer aan de praat had gekregen. En toen liet hij haar zien welke vlekken en bobbeltjes aan de buitenkant ze moest indrukken om P.S.S.S.T. te bellen, om te spreken en om het gesprek te beëindigen.

De andere spullen in het pakje waren een zilveren potlood met een mollig plastic beertje aan het uiteinde en een pakje chocoladerozijnen. 'O,' zei Tilly, en ze nam het potlood en het doosje snoep van hem aan. Onmiddellijk begreep ze wat ze werkelijk in haar handen had. Socrates liet haar zien hoe ze het plastic beertje en de namaakpotloodpunt eraf moest trekken om zo de microfotokijker te onthullen. Het doosje rozijnen ging op dezelfde manier open als het luciferdoosje had gedaan. Ze hield het tegen haar oog en keek door de minuscule cameralens. 'Dankjewel, Socrates. Echt geweldig!'

Tilly's nieuwe bezittingen lagen over haar bed verspreid. In het midden lag een hemelsblauwe koffer die ze van Emma had gekregen. Ze mocht haar eigen oude rode koffer niet meenemen omdat er met viltstift 'Tilly Bunker' stond geschreven aan de binnenkant van het deksel. Vanaf morgen zou ze niet langer Tilly Bunker zijn.

'Mijn naam is Kitty Wilson,' zei Tilly, om haar nieuwe naam uit te proberen.

Kitty. Het was niet bepaald de indrukwekkende naam waar Tilly op gehoopt had, maar er was ook weinig mis mee. Ze was er zeker van dat ze er al snel naar zou luisteren. Het grootste probleem, dacht Tilly, zou zijn om niet te vergeten dat ze Thea 'mama' moest noemen. Thea was in feite een volslagen onbekende voor haar, en ze leek niet erg op kinderen gesteld te zijn.

Tilly moest aan haar eigen moeder denken. Haar ogen werden wazig, en ze liet haar schouders hangen. Opeens had ze vreselijke heimwee.

Ik heb me bedacht, besefte ze in paniek. Ik wil toch maar geen spion zijn. Ik vraag me af of Red heel erg boos wordt, als ik hem vertel dat ik van gedachten ben veranderd.

Wonderbaarlijk genoeg slaagden Tilly's vingers erin om tussen alle spullen op het bed Balk te vinden. Toen ze hem optilde leken zijn geborduurde oogjes haar streng in haar betraande ogen te kijken. En toen ze hem probeerde te knuffelen klapte zijn kop bij haar hals vandaan alsof hij er helemaal geen zin in had.

'Wat is er, Balk?' vroeg Tilly. 'Waarom ben je boos op me? Je vindt dat ik niet moet opgeven... is dat het?'

Balks kop viel naar voren, alsof hij knikte.

'Misschien heb je wel gelijk,' zei Tilly en glimlachte naar haar ezel. Ze voelde haar zelfvertrouwen weer terugkeren. 'Goed dan, Balk, jij je zin. Ik ga wel.'

Tilly pakte de spullen een voor een van het bed en legde ze in de hemelsblauwe koffer. Izzie had kennelijk flink doorgewerkt. Ze had nu allerlei andere kleren, waaronder een spijkerbroek, een tuinbroek, katoenen jurken en zelfs een padvindersuniform. Tilly verbaasde zich erover hoe smoezelig en versleten alles eruitzag. Op de een of andere manier had Izzie ervoor gezorgd dat het leek alsof de kleren al vele malen gedragen waren, terwijl in werkelijkheid alles helemaal nieuw was. Tilly legde een blauwe katoenen jurk en een paar sandalen opzij die ze de volgende dag wilde dragen op hun reis naar Doddington.

In de overgebleven hoekjes stopte ze de rest van haar spullen: kaplaarzen, een toilettas met onder andere een tandenborstel met 'Kitty' erop en een haarborstel waar een paar pinnetjes uit waren, een zaklamp, een lappenpop, een schrijfsetje met de initialen K.A.W. op het briefpapier gedrukt, een pennendoosje waar ze haar microfotokijker in stopte, een blocnote, haar schelpofoon en haar minicamera.

Tegen de tijd dat haar bagage was ingepakt begon de avond al koel te worden. Tilly trok haar pyjama aan en ging op haar bed zitten, met Balk op haar knie. Erg ontspannen voelde ze zich niet. In het hotel was het nu doodstil. De lawaaiige jongen en zijn al even luidruchtige hond waren al uren eerder naar huis gestuurd. Red had hem streng opgedragen geen woord te zeggen over wat hij allemaal had gehoord. Om ervoor te zorgen dat de jongen zijn mond ook echt dichthield had Red toegevoegd dat hij zijn oma nooit meer terug zou zien, als er iets bekend zou worden over Operatie Vraagteken.

Ook alle medewerkers van P.S.S.S.T. waren vertrokken, behalve Edith, die nog steeds beneden rondscharrelde. Tilly had gehoopt dat Emma haar zou helpen haar koffer in te pakken, maar nadat ze samen hadden gegeten was Emma er snel vandoor gegaan, iets mompelend over dingen die ze nog moest kopen. Pibbels was helaas ook afwezig. Ze vermoedde dat hij zich ergens schuilhield en probeerde bij te komen van de schok van die middag, toen een enorme harige luid blaffende hond zijn thuis was binnengedrongen.

'We zijn alleen, Balk,' zei Tilly.

Voor ze onder de dekens kroop vouwde ze al haar oude kleren op en stopte ze in de rode koffer, samen met dertien paar beige kniekousen, *Roos de Geitenhoedster* en de rest van haar spullen. Het was haar verboden iets van zichzelf mee te nemen op de missie. Terwijl ze het deksel sloot wierp ze nog een laatste blik op de spulletjes die van haar waren – alle dingen die waren gekoesterd en in ere waren gehouden door Tilly Bunker. Het voelde bijna alsof ze zichzelf ook opborg. Ze zette de koffer onder in de kast.

Toen klauterde ze in bed. Balks kleine, gebreide lijfje lag over het kussen uitgespreid alsof hij diep in slaap was. Goed idee, dacht Tilly. Morgen is een belangrijke dag. Je moet zorgen dat je goed uitgerust bent.

142

Tilly Bunker gaf niet zoveel om lappenpoppen, en ze besloot dat hetzelfde gold voor Kitty Wilson. Ze wist dat het niet was toegestaan, maar dat kon haar niet schelen. Al moest ze hem meesmokkelen in haar onderbroek – Balk ging met haar mee naar Doddington.

HOOFDSTUK 11

Een paar problemen

Tilly's kaplaarzen klapperden tegen haar kuiten terwijl ze over de gang achter Edith aanliep. Als iemand goed had gekeken, had hij gezien dat een van de laarzen een klein beetje uitpuilde, halverwege de schacht. Terwijl Tilly Edith volgde, het kantoor van Red in, wierp ze een dankbare blik op de regen die tegen de ramen kletterde.

Ze was vroeg wakker geworden en had wel twintig minuten zitten nadenken hoe ze Balk kon vervoeren zonder dat iemand zijn aanwezigheid zou ontdekken. Balk op haar hoofd balanceren en hem verstoppen onder een zonnehoed was niet gelukt – zijn hoeven piepten steeds onder de rand uit. Hem om haar middel wikkelen en zijn poten aan elkaar knopen had ook niet gewerkt. Want hoewel Balks poten heel rekbaar waren, kwamen ze toch niet ver genoeg.

Toen was het begonnen met regenen, en had de oplossing zich op een dienblaadje aangeboden.

'Lang leve het rotweer in dit land!' had Tilly gezegd. Ze schopte haar sandalen uit en stapte in haar kaplaarzen. Ze was er al snel achter dat Balk er precies bij paste.

'Mijn hemel, wat een stortbui!' zei Red, en hij gebaarde Edith en Tilly voor zijn bureau plaats te nemen. Thea was er al. Ze droeg een spijkerbroek, een wit poloshirt en een nogal geërgerde uitdrukking op haar gezicht.

'Heb je de bagage gecontroleerd?' vroeg Red aan Edith.

'Ja,' antwoordde ze, en ze zette Tilly's hemelsblauwe koffer naast haar stoel neer. 'Ik heb hem binnenstebuiten gekeerd. Alles is in orde. Er zit niets in wat van Tilly zelf is.'

'Heilig boontje,' zei Thea zuur.

'Zeg, we gaan niet schelden,' zei Red. Hij knipoogde naar Tilly. 'Ik vrees dat Thea zich niet zo netjes aan de regels heeft gehouden als jij, Tilly.' Hij wees op zijn bureau, waar de smokkelwaar lag uitgestald: een zijden sjaal, een potje nagellak, een paar hoge hakken en zeven lippenstiften. 'Die heeft Emma in Thea's koffer gevonden,' zei Red hoofdschuddend. 'Heel teleurstellend.'

Tilly deed haar best zo geshockeerd mogelijk te kijken. Balks wollen manen kriebelden aan haar been, maar ze probeerde het te negeren.

'Goed,' zei Red. 'Voordat jullie op pad gaan wil ik jullie nog een paar dingen geven.' Hij schudde een envelop leeg, waaruit een hele collectie pasjes, certificaten en documenten tevoorschijn kwam. Hij bood Thea er een paar aan, voor hij zich tot Tilly wendde. Gretig stak ze haar hand uit. 'Hier is je bibliotheekpasje,' zei Red, en hij legde het in haar handpalm. 'En je juniorabonnement voor de bus.' Tilly bekeek ze opgetogen. Op beide pasjes stond de naam Kitty Wilson, in verschillende handschriften, en op de buskaart prijkte een pasfoto van Tilly met haar nieuwe kapsel. Red gaf haar ook nog een schoolrapport, enkele insignes van de padvinderij en een lidmaatschapskaart van de Jonge Ornithologen.

Tilly stopte alle documenten, die stuk voor stuk zeer deskundig door Bikram waren vervaardigd, in een met kralen geborduurd tasje dat ze om haar hals droeg. Red haalde een handvol bankbiljetten en kleingeld uit zijn zak, en Tilly stopte ook het geld in haar tasje.

'Goh, dank je,' zei Tilly.

Red hief zijn hand. 'Ik ben nog niet klaar,' zei hij, en hij tilde een kleine rugzak van de vloer. Hij maakte de gesp los en rommelde in de tas.

Met ingehouden adem keek Tilly toe. Het leek net Kerstmis. 'Een lunchtrommel en een thermosfles!' zei ze.

'Dit is niet wat het lijkt,' zei Red, en hij schroefde de dikke plastic fles open. Binnenin zat een verrekijker. De inhoud van de lunchtrommel was een nog grotere verrassing. Red opende het deksel en onthulde een radiozender compleet met koptelefoon en een klein boekje met de handleiding.

'Wauw!' riep Tilly uit. Ze kon niet wachten om hem uit te proberen.

'En dan hebben we dit nog,' zei Red, en hij haalde een pak speelkaarten uit zijn zak. 'Elke kaart is doodnormaal... behalve de ruitenvijf. P.F.F. heeft elf mensen geïdentificeerd in Doddington die tien jaar of korter in het dorp wonen. Als Murdo Mak de val in de Theems heeft overleefd, moet hij ergens in het afgelopen decennium in dat dorp zijn opgedoken. Deze elf mannen zijn je verdachten, Tilly – en als je het bovenlaagje van de ruitenvijf eraf trekt, vind je hun namen daaronder geschreven.'

Tilly stopte het pak kaarten in haar koffer.

'En nog iets...' Red knikte naar Emma, die achter hem stond en alles rustig had gadegeslagen. Ze hurkte om een grote kartonnen doos op te pakken, bracht hem naar Tilly en zette hem op haar schoot. Tilly begon de vier kartonnen flappen open te vouwen waar tot haar verbazing gaatjes in zaten.

'Achtentachtig procent van de kinderen in Doddington heeft een huisdier,' legde Emma uit. 'Dus vonden we dat jij er ook maar beter een kon hebben. Ik wilde je een konijn geven, maar helaas hadden we daar niet genoeg geld voor...'

Tilly was een beetje teleurgesteld. Ze had altijd een konijn willen hebben – liefst zo'n groot en pluizig exemplaar met hangoren. Ze tuurde in de doos, niet wetend wat ze moest verwachten, en zag tot haar verrukking het snoetje van het meest aaibare lid van P.S.S.S.T. 'Pibbels!' riep ze uit, en ze stak haar hand in de doos om hem achter zijn oor te krabbelen. 'Weet je zeker dat hij met mij mee mag op de missie?'

'Jawel...' zei Emma, met lichte tegenzin. 'Maar hij gaat ook undercover. Dus je moet een nieuwe naam voor hem kiezen, Tilly.' Emma vouwde een vel papier open en bestudeerde het. 'Volgens de gegevens die we van P.F.F. hebben gekregen heet eenentwintig procent van de katten in Doddington Tijger, negen procent heet Vlek, acht procent heet Moortje en zes procent Minoes – en de meeste andere zijn genoemd naar vissen of filosofen of jazzmuzikanten. Jij mag beslissen...'

Tilly kende geen namen van filosofen of jazzmuzikanten, en ze vond het moeilijk om meer dan drie verschillende soorten vissen te verzinnen.

'Wat vind je van Guppy?' vroeg ze uiteindelijk. 'Die heb ik weleens in een aquarium zien zwemmen. Hele grappige kleine visjes zijn dat.'

'Guppy lijkt me prima,' zei Emma glimlachend.

Thea schraapte haar keel. 'Goed, was dat het? Kunnen we nu weg?'

'Nou, er was nog één ding,' zei Red. Hij strekte zijn handpalm uit, waarop twee kleine witte tabletjes lagen.

Tilly en Thea wierpen er een wantrouwige blik op.

'Pepermuntjes voor onderweg,' legde Red uit. 'Meer dan een

per persoon kon ik me helaas niet permitteren. Sorry.'

Tilly hield de kaart met Veel Succes in haar handen en las hem nog een keer. Toen scheurde ze hem doormidden en begon hem op te eten. Ze bood Thea ook een stukje aan, maar de secretaresse bedankte ervoor door kort haar hoofd te schudden.

'Rijstpapier met chocoladesmaak,' zei Tilly. 'Het smaakt echt heerlijk.'

Ze was zeer ontroerd geweest toen Socrates, Bikram en Izzie haar op de gang stonden op te wachten om afscheid te nemen. Iedereen schudde haar de hand, ze kreeg nog een paar omhelzingen, en toen had Socrates haar de kaart aangeboden, getekend (in rode inkt) door alle leden van P.S.S.S.T.

Het had niet veel tijd gekost om de twaalf jaar oude witte gezinsauto in te laden die voor het hotel geparkeerd stond, aangezien Tilly en Thea maar weinig bagage hadden. Hun twee koffers, Tilly's rugzak, een krat met eten en wat tuingereedschap, dat was alles wat ze meenamen.

De kaart met Veel Succes was al bijna verdwenen. Tilly vouwde het laatste stukje dubbel en stopte het in haar mond. Het was een slim idee geweest om haar een eetbare boodschap te geven, zodat niemand hem, als hij eenmaal was opgegeten, nog zou kunnen lezen. Ze zorgde ervoor dat de kartonnen doos met Pibbels stevig op haar knieën stond, voor ze haar riem vastklikte.

Thea startte de motor.

Tilly keek even op naar de met regen bespatte ramen van de tweede verdieping van het hotel om te zien of er nog iemand naar buiten keek. Echt verbaasd was ze niet, toen er niemand bleek te staan. De mensen van P.S.S.S.T. hadden een straffe discipline. Ze zouden niet riskeren dat een voorbijganger ze zag, die

148

zich dan zou afvragen wat er zo bijzonder was aan een meisje en haar moeder die op reis gingen. Tilly keek nog een laatste keer naar het grijze gebouw. De bloemen in de voortuin schitterden van de regendruppels en waren mooier dan ooit.

Pwie-ie-iet. De versnellingspook maakte een geluid alsof er iemand werd uitgefloten.

'Wat een oude rammelbak,' mompelde Thea in zichzelf, terwijl ze worstelde om de auto in zijn één te zetten. 'Daar halen we het einde van de straat niet eens mee, laat staan de honderd kilometer naar Doddington... Aha, daar gaat hij.'

De auto begon naar voren te kruipen en Tilly's hart sloeg over van pure opwinding.

KNAL!

Thea gaf een boze klap op het stuur en zei iets onbetamelijks.

'Wat is er gebeurd?' vroeg Tilly, de kartonnen doos vastklemmend. Vanbinnen klonk een krabbelend geluid. Ze tilde een flap op en zei rustig tegen Pibbels dat er niets aan de hand was.

'Weet ik veel, ik ben geen monteur,' bromde Thea, terwijl ze de motor afzette. 'Maar het klonk als een klapband.' Ze stapte uit de auto, net als Tilly, die de kartonnen doos op haar stoel achterliet.

Ze hurkten bij de voorwielen en prikten met hun vingers in de banden. 'Hm... niets te zien,' zei Thea, en ze krabde op haar hoofd. 'Misschien moet ik even onder de motorkap kijken.'

'Wat is dit?' vroeg Tilly, die zag dat er iets onder de band geklemd zat. Het was plat, oranje en het kraakte toen ze het aanraakte. 'Een verpakking of zo.'

'Niets te zien, hier,' zei Thea, die de motorkap weer dichtsloeg. 'Stap maar weer in, Tilly. Dan probeer ik nog een keer te starten.'

'Ik ben Kitty,' fluisterde Tilly.

'O, doe toch niet zo bijdehand, en stap gewoon in!'

Tilly en Thea namen weer plaats. Deze keer reed de auto zonder horten en stoten weg, en zonder vreemde geluiden.

'Wat een pech dat Red geen betere auto kon lenen,' jammerde Thea, toen ze bij de kruising aan het einde van de straat kwamen. 'Geen zonnedak, geen cd-speler... en,' zei ze, haar raampje opendraaiend, 'hij stinkt naar natte hond.'

Pibbels bleek niet erg van autorijden te houden. De hele reis zat hij te wriemelen en zich in allerlei bochten te draaien, zodat Tilly de doos stevig vast moest houden. En hij bleef aan een stuk door miauwen. Zodra ze de flappen ook maar een fractie opende, schoot er een poot naar buiten en probeerde hij zijn klauw in haar jurk te zetten.

Op de zorgen om haar angstige kat na vond Tilly de reis heel aangenaam. De straten van Londen stonden vol met interessante gebouwen en de stoepen wemelden van de mensen. Tot haar grote tevredenheid had ze bijna tot de rand van Londen met haar pepermuntje gedaan, dat uiteindelijk in het niets oploste terwijl ze door de laatste buitenwijk reden.

Na het verlaten van de hoofdstad reed Thea een lange, brede weg op waar bijna geen bochten in zaten. Aan beide zijden van de weg waren hoge wallen, en hoewel Tilly haar nek uitrekte kon ze niet zien wat er aan de andere kant was. Nu er zo weinig was om naar te kijken besloot ze Reds instructies nog eens in haar hoofd door te nemen. En dus waren ze voor ze het wist in Doddington.

Tilly wist hoe het dorp in elkaar zat, omdat ze de platte-grond en de luchtfoto's goed had bekeken, maar in werkelijk-heid bleek het veel indrukwekkender. De wegen waren smal, zonder markeringen, er waren een heleboel bomen en het gras was zo weelderig en groen dat je er bijna een hap van zou nemen. De gebouwen van Doddington hadden allemaal ver-schillende vormen en afmetingen. Er stonden knusse stenen huisjes met kleine glas-in-loodraampjes, witgekalkte muren en rieten daken, statige huizen van zachtoranje baksteen met een half dozijn schoorstenen, een pub met een leien dak die Halfblinde Hermelijn heette en een grote kerk opgetrokken uit steen met aan één kant een toren, waardoor hij Tilly aan een kasteel deed denken.

Thea minderde vaart toen ze het grote grasveld midden in het dorp bereikten en zei tegen Tilly dat ze goed moest uitkij-ken naar een weg die Fluitenkruidlaan heette. Tilly deed haar best, maar werd afgeleid door het weidse, met gras bedekte stuk grond aan haar rechterhand. Enorme lindebomen en eiken omzoomden het zachtglooiende grasveld aan alle kan-ten en aan het laagste eind was een eendenvijver omringd door treurwilgen. De vijver zwom letterlijk van de gevederde wezens.

'Daar is het!' zei Tilly, die erin geslaagd was haar ogen los te rukken van een paar eendenkuikens, die zo te zien een spel-letje deden waarbij er eentje allerlei dingen deed die de andere moesten nadoen. 'Fluitenkruidlaan.'

Thea deed haar richtingaanwijzer aan en draaide scherp aan het stuur. Tilly hoorde achterin hun koffers omvallen.

De Narcis was een schattig huisje ongeveer halverwege de Fluitenkruidlaan, aan de linkerkant. De muren hadden de kleur van vanille-ijs en het had een witte voordeur met een klein trappetje ervoor. Het gazon in de voortuin was bezaaid met madeliefjes en in de kieren tussen de tegels van het tuinpad groeiden paardenbloemen. Tilly was er meteen helemaal weg van.

'En waar denk jij dat je heen gaat?' vroeg Thea. Zodra de auto stilstond had Tilly haar portier opengegooid en was ze, met de kartonnen doos in haar handen, het tuinpad op gelopen.

'Help je me niet even met de koffers?' vroeg Thea.

'O... sorry.' Tilly zette Pibbels neer en liep naar Thea, die bij de kofferbak stond.

'Wat een prachtig dorpje, hè, Doddington?' zei Tilly. 'Vind je het niet geweldig, de lucht die schoon en fris ruikt? En zijn die huizen niet mooi? Ik heb nooit beseft dat de hemel zo groot is – ik denk omdat ik al mijn hele leven in een stad woon met hoge...'

'Mm,' zei Thea afwezig, en ze klikte de kofferbak open.

Wat er toen gebeurde, was zo verrassend dat Tilly geen woord kon uitbrengen. In tegenstelling tot Thea, die er geen enkele moeite mee had haar schrik te uiten. Ze gilde zo hard ze kon en viel naar achteren, op de weg. Een smerig vloerkleedje leek uit de kofferbak te tuimelen en boven op haar landen.

'Pff, eindelijk!' zei een jongensstem, en een rood aangelopen Felix ging rechtop zitten tussen de twee koffers. Hij kneep zijn ogen dicht tegen het felle licht en schermde ze af met zijn hand. 'Het begon hier een beetje benauwd te worden,' zei hij, en hij klauterde over de krat met eten, met een weekendtas in zijn hand. 'Hallo,' zei hij tegen Tilly, alsof het doodnormaal was om uit de kofferbak van een auto tevoorschijn te komen. 'Waar zijn we eigenlijk?'

'Haal dat harige beest van me af!' zei Thea, en ze gaf Humperdinck een flinke duw. De hond likte haar wang en maakte geen aanstalten van haar af te stappen.

'Humperdinck! Af!' commandeerde Felix. Hij pakte de halsband van zijn hond en trok eraan. 'Kom op, jongen. Laten we maar eens gaan rondkijken.'

'Geen sprake van,' zei Thea, terwijl Humperdinck van haar af sprong en de voortuin in wandelde. 'Jakkes... wat een vies, stinkend monster,' zei Thea, de haren van haar kleren kloppend.

'Wat doe je hier, Felix?' vroeg Tilly, die eindelijk haar stem terugvond. 'Ik... ik dacht dat Red had gezegd dat je niet mee mocht.'

'Ha!' zei Felix. 'Alsof ik me iets aantrek van wat híj zegt! Red was stom genoeg om me te vertellen dat jullie vandaag zouden vertrekken – dus zijn mijn hond en ik extra vroeg opgestaan en hebben we ons om de hoek van het hotel verborgen gehouden, tot jullie naar buiten kwamen. En toen bedacht ik een geniaal plan om jullie af te leiden, zodat we ons in jullie kofferbak konden verstoppen. Ik heb een leeg chipszakje opgeblazen en het open uiteinde onder het wiel van jullie auto gestopt, zodat de lucht erin bleef zitten. En toen de band eroverheen rolde, knalde het.'

'Aha,' zei Tilly. Ze herinnerde zich dat er inderdaad een verpakking had gelegen onder een van de voorwielen. Had ze op dat moment maar beseft wat daar de betekenis van was.

'Ik wilde jullie laten denken dat jullie een klapband hadden,' zei Felix.

'Dat dachten we ook,' zei Tilly.

'Weet ik.' Felix keek erg zelfingenomen. 'Jullie zijn er volledig ingetuind.'

'Haal die arrogante grijns maar van je smoel,' zei Thea, en

ijzig staarde ze Felix aan. 'En ga als de bliksem die auto in, met die afschuwelijke hond van je. Ik breng je terug naar Londen.'

'Mooi niet!'

'Ik duld geen tegenspraak.'

'Sst,' zei Tilly op dringende toon. Ze had gezien dat een oudere vrouw die enigszins mank liep hun kant op kwam. Hoewel het niet meer regende, droeg de kleine, mollige vrouw een regenjas, een regenkapje en rubberlaarzen. In haar ene hand had ze een wandelstok, en in de andere een sleutelring. Twee kleine, kortharige hondjes draafden achter haar aan en vochten met elkaar om een doorweekte lap.

'Hallo daar, luitjes,' zei de vrouw, zwaaiend met haar stok. 'Ik zag jullie aankomen vanuit mijn keuken!' Het gezicht van de oude dame was zacht, roze en bepoederd, en deed Tilly aan een marshmallow denken. 'Ik woon een stukje verderop, in Het Grasklokje. Dat is die villa daar,' zei ze. 'Ik ben mevrouw Mols, jullie hospita, en dit zijn mijn kleine schatjes: Beertje en Lammetje.' De oude dame keek vol genegenheid naar haar honden. Tilly strekte haar hand uit om ze te aaien, maar veranderde van gedachten toen een van hen luid gromde. Het volgende moment klonk er een scheurend geluid, toen de oude lap waar ze om vochten in tweeën spleet. 'Schatjes!' zei mevrouw Mols vermanend. 'Lief zijn voor elkaar.'

'Aangenaam,' zei Thea, en ze stak haar hand uit. 'Ik ben Sandra Wilson, en dit is mijn dochter Kitty.'

Tilly stapte naar voren.

'Kitty, zei je?' vroeg de vrouw. 'O, ja. Ik geloof dat u uw dochter wel genoemd hebt, toen u schreef om te vragen of u mijn huisje kon huren.' Mevrouw Mols liet de sleutelbos in Thea's handpalm vallen, voor ze haar de hand schudde. 'Maar vertel eens, Sandra... wie is die knappe jongeman?'

'Ik ben haar zoon,' zei Felix razendsnel.

'Klopt. Hij heet Walter,' voegde Thea toe.

'Walter?' mompelde Felix, en hij rolde met zijn ogen.

'En je hond?' vroeg mevrouw Mols. 'Eh... het is toch wel een hond?'

'Ja,' zei Tilly snel, voor Felix begon aan zijn anekdote over Humperdincks grootmoeder die bijna Hond van het Jaar was geworden. 'En hij heet... eh... Fred.'

Mevrouw Mols knikte. 'Leuke naam.'

'Sorry dat ik niet heb gezegd dat we Walter en Fred ook mee zouden nemen,' zei Thea gladjes. 'Dat hebben we pas op het laatst besloten.'

'Dat geeft niets, lieverd. Ik begrijp het best. Ik zou er zelf niet over piekeren ergens heen te gaan zonder Beertje en Lammetje. Doe gewoon alsof je thuis bent en als jullie iets nodig hebben – dan bel je maar even. Toedeloe, dan!' Mevrouw Mols draaide zich om en begon de weg weer af te lopen, met haar honden vlak achter zich.

'Ha, ha,' zei Felix, en hij zwaaide zijn tas op zijn rug. 'Nu komen jullie niet meer van me af.'

'Daar zou ik niet op rekenen,' snauwde Thea.

'Toch is het zo. Mevrouw Mols vindt het vast heel raar als ik zomaar verdwijn. Hoe zou je dat dan uitleggen? Misschien denkt ze dan wel dat je me hebt vermoord, of zo.'

'Breng me maar niet op ideeën,' zei Thea.

'Walter!' zei Felix vol afkeer. Hij trok een lelijk gezicht. 'Waarom moest je nou zo'n afschuwelijke naam verzinnen?'

'Ach, ik vond hem wel passend,' zei Thea zuinigjes lachend.

Tilly besteedde niet veel aandacht aan hun gehakketak,

want ze zag dat Humperdinck een beetje te dicht in de buurt kwam van de kartonnen doos die ze op het pad had neergezet. Hij snuffelde eraan en jankte zacht.

'Weg daar!' schreeuwde Tilly. Woedende sisgeluiden klonken uit de doos, maar Humperdinck kwispelde met zijn staart. 'Laat... eh... Guppy met rust!' zei Tilly, en ze liep naar de hond toe. Ze probeerde hem weg te duwen, maar ze had net zo goed kunnen proberen een rotsblok te verplaatsen. 'Roep je hond bij je, alsjeblieft,' zei Tilly, met een woedende blik op Felix. Ze sloeg haar armen beschermend om de kartonnen doos.

'Humperdinck! Hier, jongen!'

'Je moet hem Fred noemen,' siste Thea.

'Geen sprake van!' zei Felix. 'Daar luistert hij niet naar.'

Thea lachte spottend. 'Hij luistert niet eens naar zijn echte naam, dus wat doet het ertoe, hoe je dat hersenloze misbaksel noemt?'

Nu werd Felix woest. 'Neem dat terug!' beet hij haar toe. 'Mijn hond is toevallig uitermate intelligent. Hij kent drieënzeventig verschillende commando's...'

'Praat niet zo hard, verdorie!' blafte Thea. Ze knalde de kofferbak dicht en liep het tuinpad op, met in elke hand een koffer. 'Daar gaat onze poging niet op te vallen,' zei ze, en ze wierp Felix een kwaadaardige blik toe. 'Schiet op, naar binnen.'

Tilly keek een beetje onrustig over haar schouder, terwijl Thea de deur opende. Stond er iemand naar ze te kijken? Had iemand opgevangen wat ze zeiden? Opeens voelde haar hart loodzwaar. Ze had geweten dat Operatie Vraagteken een grote uitdaging zou zijn. Maar nu de onuitstaanbare Felix Pommerol-Put zich bij hen had gevoegd, leek het bijna onmogelijk om de missie te volbrengen.

HOOFDSTUK 12

Langzame vooruitgang

'Waarom zijn er geen narcissen?' vroeg Felix op dezelfde hoog-hartige toon waarop hij commentaar had geleverd op de 'pre-historische ketel', de 'rare spulletjes' en de 'spruitjeslucht' in huisje De Narcis. Hij stak zijn handen in zijn zakken en wandelde over het kleine gazonnetje in de achtertuin alsof hij een grootgrondbezitter was die zijn landerijen inspecteerde. 'Nergens een narcis te bekennen,' merkte hij vol minachting op. 'Wel een hoop onkruid. Misschien moet ik het huisje maar Onkruid noemen.'

'Dat is geen onkruid, dat zijn wilde bloemen,' merkte Thea nonchalant op. 'En het is niet het seizoen voor narcissen. Die bloeien in de lente.'

Tilly stopte met wat ze aan het doen was en keek vol ontzag naar Thea, die duidelijk had zitten blokken op haar boeken over tuinieren. Tot haar verrassing beantwoordde Thea haar blik met een glimlach en een knipoog.

Felix mompelde iets over een glas water en verdween naar binnen.

Een luide miauw herinnerde Tilly eraan dat ze met iets bezig was geweest. Ze had de kartonnen doos op het gras gezet en begon nu een voor een de flappen te openen.

'Kom er maar uit,' zei ze tegen Pibbels.

De kop van de kat kwam uit de doos omhoog en zwenkte van links naar rechts als een periscoop. Tilly probeerde hem op te pakken, maar hij was duidelijk niet in de stemming voor een knuffel. Hij sprong tussen haar armen door, vloog over het gazon en verborg zich onder een hortensia. Gelukkig was Humperdinck zijn baasje naar binnen gevolgd, dus er was geen gevaar dat Pibbels achterna zou worden gezeten.

'Maak je geen zorgen... eh... Kitty,' zei Thea. 'Hij is waarschijnlijk een beetje van slag, na die rit in de auto.'

'Ja,' zei Tilly. 'En ik geloof dat hij ook niet zo blij was om Hump... ik bedoel... Fred weer te zien.'

Thea knikte. 'Die arme Pibbels.'

'Guppy,' waarschuwde Tilly.

'Geen wonder dat hij zich zo opwond, in de auto,' vervolgde Thea, terwijl ze naar de keukendeur liep. 'Waarschijnlijk probeerde hij ons te waarschuwen dat we twee extra passagiers hadden. Konden katten maar praten, nietwaar?'

'Mm, mm,' beaamde Tilly. Het was vernederend geweest om P.S.S.S.T. te bellen en te vertellen dat Felix en zijn hond als verstekeling mee waren gekomen op de missie. Red was erg ontstemd geweest toen Tilly uitlegde hoe Felix zich in de kofferbak had verstopt. Ze vond het vooral heel erg dat ze Socrates zo teleurstelde, na de training die hij haar had gegeven. 'Afgeleid door een chipszakje!' had hij gemopperd. 'Niet te geloven! Dat hij gewoon in die auto kon kruipen, pal onder jullie neus. Een goede spion is altijd alert, Tilly. Vergeet niet wat ik je geleerd heb!'

Red wilde het liefst een smoes verzinnen waardoor Thea de jongen en zijn hond meteen weer terug kon brengen naar Londen. Hij was bang dat de ouders van Felix zouden denken dat hun zoon was weggelopen of ontvoerd was. Als zij dan de politie waarschuwden, zou dat meteen het einde betekenen

van Operatie Vraagteken, en dan zou de mysterieuze verdwijning van Angela Britten altijd een raadsel blijven. Maar Felix
beweerde dat zijn ouders geen idee zouden hebben dat hij er
niet was. Die waren ergens in de bergen van Nieuw-Zeeland
aan het wandelen, en Felix had zijn au pair wijsgemaakt dat
hij een paar weken bij zijn beste vriend Jacob ging logeren. En
dus werd besloten dat Felix zou blijven waar hij was.

Red, die bozer klonk dan Tilly hem ooit had gehoord, stond
erop dat Felix in De Narcis bleef tot er een pakket kon worden
afgeleverd met passende, onopvallende kleding. Ook daarna
zou Felix maar af en toe naar buiten mogen, en het was hem
ten strengste verboden zich met de missie te bemoeien. Tilly
had deze instructies doorgegeven aan Felix, maar ze had er
weinig vertrouwen in dat hij zich eraan zou houden. Hij leek
niet het soort jongen dat ooit deed wat hem verteld werd.

'Kitty!' riep Thea, die weer in de tuin verscheen. Ze had een
boodschappentas en een paraplu in haar hand. 'Ik ga even naar
het postkantoor. Heb je zin om mee te gaan?'

'Ja, leuk... mam,' zei Tilly luid, voor het geval er iemand
meeluisterde aan de andere kant van de schutting. Het was de
eerste keer dat ze Thea als haar moeder had aangesproken. Het
voelde heel vreemd.

Tilly hield haar kaplaarzen aan, maar dacht er wel aan Balk
te verwijderen voor ze op pad gingen naar het postkantoor.
Ze legde de ezel in de vensterbank van haar nieuwe slaapkamer zodat hij uitzicht had op de straat. Met de gretigheid van
iemand die de hele ochtend tegen de binnenkant van een laars
aan had zitten kijken drukte Balk zijn neus tegen de ruit.

Toen Tilly en Thea De Narcis verlieten, lagen Felix en Humperdinck op hun buik op de vloer in de woonkamer met een

schaakbord tussen ze in. Een kast naast de tv puilde uit van de bordspellen. Volgens Felix kon Humperdinck al dammen en mens-erger-je-nieten, en zou hij waarschijnlijk ook in een mum van tijd de regels van het schaakspel doorhebben. Tilly had zo haar twijfels – en daarin stond ze niet alleen.

'Die jongen is niet goed bij zijn hoofd,' zei Thea, terwijl ze de voordeur achter zich dichttrok. 'Iedereen ziet dat die hond de hersens van een vlo heeft, maar Felix blijft hem behandelen alsof hij een genie is. Volgens mij kan Humperdinck nog niet eens een stok apporteren, laat staan dat hij kan schaken.'

'Fred,' fluisterde Tilly.

'O, ja,' zei Thea. 'Sorry.'

Tilly wierp vanuit haar ooghoek een nieuwsgierige blik op Thea. Sinds de onverwachte verschijning van Felix en Humperdinck leek haar houding ten opzichte van Tilly te zijn veranderd. Er was een eind gekomen aan haar scherpe commentaren, haar stem klonk zachter en ze had zelfs een paar keer een poging gedaan om vriendelijk te doen. Tilly was door die plotselinge toenadering een beetje van slag. Misschien beseft ze nu dat ik toch best meeval, dacht Tilly. Vergeleken met Felix, dan.

'Scheren en bijtrimmen?' De vrouw achter de balie in het postkantoor keek op van het kaartje dat Thea haar in de hand had gedrukt. 'Wat voor bedrijf hebt u dan?'

'Ik ben hovenier,' zei Thea.

'O, u bedoelt het scheren van heggen en bijtrimmen van gazons,' zei de mevrouw. 'Ik dacht even dat u een hondensalon wilde beginnen.'

'Nee,' zei Thea vastberaden.

Ik zie het al voor me, dacht Tilly.

'Dus jullie doen ook aan wieden, graven, snoeien en maaien?' vroeg de vrouw, en haar ogen dwaalden over het kaartje waarop Thea in een paar zinnen had geschreven welke diensten ze aanbood. 'Dat is wel zwaar werk.' Ze keek Thea doordringend aan, alsof ze wilde zien uit welk hout ze was gesneden. 'Weet je wel zeker dat je dat allemaal aankunt, lieverd? Je bent een beetje aan de magere kant. Ik zie jou nog niet zo snel een gat graven, met zo'n zware schop.'

'Ik ben sterker dan ik eruitzie,' hield Thea vol, en haar vingers klemden haar paraplu nog wat steviger vast.

Tilly was bang dat Thea haar geduld zou verliezen en de vrouw ermee op haar hoofd zou timmeren.

'Nou...' De vrouw leek het allemaal even te laten bezinken. Toen haalde ze een hand door haar koperkleurige haar. 'Ik kan je kaartje wel achter het raam hangen... tegen een kleine vergoeding.'

Thea legde een briefje van vijf op de balie. Toen greep ze Tilly's hand en trok haar mee over de geblokte vloer naar een hoekje van het postkantoor, driftig mompelend over 'waar sommige mensen het lef toch vandaan haalden'. Tilly draaide zich om toen ze het belletje boven de deur hoorde rinkelen, om te zien wie er net was binnengekomen. Thea bleef sputterend en mokkend achter bij een draaimolen vol wenskaarten.

Behalve de tengere jongeman in kaki overall die al minutenlang hetzelfde pakje enveloppen stond te bestuderen, en de oudere man met een keurig wit baardje die bezig was een pakketje dicht te binden, was er nu nog een nieuwe klant in het postkantoor. Het was een dame van middelbare leeftijd met rouge op haar wangen en een puntige neus. De overhangende rand van een grote strohoed verborg haar ogen. Ze droeg een wijde, lavendelkleurige zomerjurk, en om haar ene arm hing een boodschappenmand.

'Goedemorgen, mevrouw Arbel,' zei de mevrouw van het postkantoor.

Meteen spitste Tilly haar oren. Mevrouw Arbel! Toen Angela Britten de stem van Murdo Mak had herkend, had hij iets gezegd over de prijswinnende komkommer van de vrouw die zojuist naar binnen was gelopen! Tilly griste een kleurboek van een plank en bladerde er nonchalant in, klaar om met elke vezel van haar lichaam te luisteren naar de nu volgende conversatie.

'Een goede morgen is het zeker, mevrouw Flint,' zei mevrouw Arbel, en de rand van haar hoed golfde mee terwijl ze sprak. 'Dat was een flinke regenbui. Ik denk niet dat ik vandaag mijn gieter nog hoef te pakken.'

'U zult in elk geval weinig hulp nodig hebben van onze nieuwste inwoner,' zei mevrouw Flint, de vrouw van het postkantoor. Tilly vond haar nogal zelfingenomen klinken.

'Hoe bedoelt u, mevrouw Flint?' vroeg mevrouw Arbel.

'Sandra Wilson,' zei juffrouw Flint, en haar vierkante kaak begon overuren te maken. 'Pas gearriveerd in Doddington. Ze is hovenier, ziet u. Ik heb net haar kaartje achter het raam gehangen. Laten we maar hopen dat ze niet zulke groene vingers heeft als het op komkommers aankomt. Nietwaar, mevrouw Arbel? Hoeveel jaar achter elkaar hebt u die prijs nu al gewonnen?'

'Negen,' zei de man met het witte baardje, en hij zette zijn pakketje op de balie. 'Dat klopt toch, Betty?'

'Eh... tien, eigenlijk,' zei mevrouw Arbel bescheiden.

'Een geweldige prestatie,' zei de man. 'En als ik het mag zeggen, Betty, je stond werkelijk prachtig op de foto.'

'Jij ook, Leo,' zei mevrouw Arbel. 'Ik zou zo graag een keer meedoen aan het onderdeel "groenten met gekke vormen", maar het lukt me maar niet om een mislukte komkommer te kweken. Het was vast niet eenvoudig om een suikerbiet in de vorm van een stoomwals te laten groeien.'

'Het was toeval, echt,' zei Leo.

'Ik vind het zo jammer dat ik de show dit jaar heb gemist,' zei mevrouw Flint. 'Niets leuker dan op een mooie zomermiddag allerlei planten en groenten te bekijken. Maar ja, dit jaar viel het op mijn verjaardag, en Nelson had me een romantisch uitje beloofd. Een bezoek aan een legermuseum was niet helemaal wat ik had verwacht, maar daarna hebben we heerlijk gepicknickt.'

'Ja, spijtig dat je niet bij de show kon zijn,' zei Leo. 'Maar gelukkig hangen er mooie foto's van die dag in het dorpshuis. Misschien kun je daar gaan kijken, als je even tijd hebt.'

'Hangen die foto's er nog steeds?' vroeg mevrouw Flint, een geeuw onderdrukkend. 'Het wordt toch wel tijd dat ze die eens weghalen, vind je niet? Iedereen heeft ze nu toch wel gezien.'

Er viel een ongemakkelijke stilte.

'Goed, ik ga maar weer eens,' zei Leo, en hij schudde even met de inhoud van een papieren zak in zijn hand. 'Tijd om de eendjes te voeren! Ik zou het erg fijn vinden als mijn pakketje met de middagpost mee kan, Diana.' Hij knikte beleefd. 'Tot ziens, dames.'

'Tja, dat was wat, hè?' zei Diana Flint, zodra de bel boven de deur was gestopt met rinkelen. 'Echt vreselijk.'

'Ik vrees dat ik je niet meer volg,' zei Betty Arbel.

Diana Flint gebaarde naar de deur waardoor de man met de witte baard zojuist was verdwenen. 'Leo, meneer Tweems, was totaal overstuur toen bleek dat er een eend uit de vijver was verdwenen.'

'Ik neem aan dat ze de boosdoener nooit gepakt hebben...'

'Nee,' zei Diana Flint, 'maar er waren wel geruchten.' Ze leunde over de toonbank naar Betty Arbel en schermde op een samenzweerderige manier haar mond af met haar hand (wat nogal zinloos was, aangezien ze niet eens probeerde zachtjes te praten). 'Ik heb gehoord dat er plotseling sandwiches met geroosterde eend op het menu stonden bij een zekere pub, niet lang nadat die oude woerd was verdwenen.'

'Lariekoek!' zei Betty Arbel. Ze was duidelijk geshockeerd. 'Ik geloof nooit dat de baas van de Halfblinde Hermelijn zich met zoiets zou inlaten.' Ze grabbelde in haar mand en haalde haar portemonnee tevoorschijn. 'Vijf postzegels alstublieft, mevrouw Flint,' zei ze afgemeten.

'Zoals u wilt,' zei de vrouw van de post mokkend. Ze pakte een vel zegels en begon er een hoek af te scheuren. Zonder op te kijken bulderde ze: 'Sam Loper! Ben je nou nog steeds aan het twijfelen over die enveloppen? Beslis eens wat. Wil je ze wel, of wil je ze niet?'

De man in de overall hapte naar adem, en gooide het pakje neer dat hij in zijn handen had. In zijn haast de deur te bereiken struikelde hij over zijn eigen veters en knalde tegen wat potten lijm aan die aantrekkelijk waren uitgestald in de vorm van een piramide. Zonder te stoppen om ze op te rapen rukte hij de deur open en ging ervandoor.

'Nou, bedankt, hè?' riep Diana Flint, op de toon van iemand die helemaal niet dankbaar was. Ze begon te mopperen over vieze vingers op haar enveloppen en de harteloze vernieling van haar kunstige stapel lijmpotten.

Betty Arbel betaalde haar postzegels en vertrok bijna net zo snel als Sam Loper.

'Laten wij ook maar gaan,' zei Thea, en ze stootte Tilly's elleboog aan. 'Als ik nog één seconde naar die bemoeial moet luisteren, sta ik echt niet meer voor mezelf in.'

Wauw, wat een geluk, het is open! dacht Tilly, terwijl ze op het dorpshuis afliepen. Het was een oud gebouw van rode baksteen met boogramen en twee zware eikenhouten deuren. Buiten zat een oudere man met een plastic emmer op zijn schoot. Uit zijn mondhoek stak een tandenstoker. Tilly stopte om een poster te lezen die aan een van de deuren geplakt was.

'Kunnen we alsjeblieft even gaan kijken bij de tentoonstelling?' vroeg Tilly aan Thea.

'Ga vooral je gang,' antwoordde ze. 'Maar ik heb niet zoveel met aardappelstempels. Weet je wat, ik ga even lekker op dat bankje bij de vijver zitten, terwijl jij de tekeningen bekijkt.'

'Goed, mam.'

Thea glimlachte zwakjes en liet Tilly's hand los. Ze zag er bleek, gespannen en moe uit. Tilly wist precies hoe ze zich voelde. Het was enorm uitputtend om te doen alsof je iemand anders was. Ze wenste dat ze haar hersens een tijdje uit kon schakelen en lekker met Thea in de zon kon gaan zitten, maar helaas ging dat niet. Er was werk aan de winkel.

'Ik wil graag de tentoonstelling zien,' zei Tilly, en ze liet een muntje in de emmer van de man vallen.

Hij kauwde op zijn tandenstoker, knikte vaag en wuifde haar naar binnen.

Tilly liep een paar minuten op en neer om de kunstwerken van de schoolkinderen uit Doddington te bewonderen. Vanuit haar ooghoek zag ze wat foto's die waren vastgeprikt op een groot vel geel papier ergens in een hoekje achteraf, en terwijl ze in haar zak naar haar minicamera tastte, liep ze zo onopvallend mogelijk die kant op.

Iemand had veel moeite gedaan om de woorden 'Grote Tuinshow' zo mooi mogelijk op te schrijven, met als gevolg dat het nauwelijks leesbaar was. De foto's waren in een cirkel om het opschrift opgehangen, waardoor Tilly telkens haar hoofd schuin moest houden om ze goed te kunnen bekijken. Op elke foto stonden personen breed te grijnzen met een trofee of rozet in de ene hand en een bijzonder mooie pompoen, een bos fraaie lathyrus of een potje jam in de andere.

Al snel vond Tilly de foto van Betty Arbel. Ze droeg een hoed met een smalle, stijve rand, een jurk met een kanten kraag en een paar witte handschoenen. In haar armen hield ze een zeer indrukwekkende komkommer, veel groter en groener dan de exemplaren die je in de supermarkt zag.

Tilly klapte het ene uiteinde van het doosje chocoladerozijnen open, hield het op dezelfde hoogte als de foto van Betty Arbel en drukte af. Toen deed ze hetzelfde met de andere foto's. Op een van de afbeeldingen stond Leo Tweems, die een zeer merkwaardig gevormde suikerbiet omhooghield, zijn gezicht stralend van trots. Sam Loper, de man die zo gehaast het postkantoor had verlaten, stond op vijf verschillende foto's. Hij was nogal slordig gekleed en leek steeds naar iets op de grond te staren.

Toen ze klaar was, stak ze de minicamera terug in haar zak en wandelde naar buiten. Dat ging alvast gesmeerd, dacht ze, blij dat haar fotosessie zo soepeltjes was verlopen.

Tilly had verwacht dat Thea slapend op het bankje zou liggen, of zou zitten kijken hoe de eenden zo snel mogelijk door de vijver naar Leo Tweems zwommen, die broodkruimels stond te strooien. Tot haar verbazing bleek haar 'moeder' gezellig te zitten babbelen met Sam Loper. Thea en Sam zaten ieder aan een uiteinde van het bankje, met Thea's boodschappentas tussen hen in.

Sam liet zijn hand op een straatvegerskarretje rusten. Aan een van de handvatten zaten een stoffer en blik vastgebonden, en aan de voorkant van het wagentje prijkte een smerige speelgoedpanda. De panda keek zelfverzekerd de wereld in, hoewel hij nogal rafelig was en een oor miste. Hij deed Tilly denken aan het boegbeeld van een schip.

'Kauwgum is het ergste,' zei Sam met een grimas.

Thea knikte meelevend.

'Je kunt het niet weghalen als het nog plakt, zie je. Je moet wachten tot het helemaal keihard is geworden. Ja, kauwgum kun je het beste aanpakken op een mooie, koude ochtend. Door de vrieskou wordt het zo hard als steen. Dan pak ik mijn krabbertje en geef ik er een tik tegen. Dan heb je het er zo af... net een oude korst.'

'Aha, dus zo doe je dat,' zei Thea.

Sam kuchte bescheiden. 'Het is makkelijk, als je weet hoe het moet.'

'En hoe lang ben je al straatveger?'

'Officieel,' zei Sam, 'heet ik "afvaltechnicus". Ik doe dit werk nu al... wacht eens, komende dinsdag is het precies negen jaar. Daarvoor werkte ik als schoonmaker op een cruiseschip. Ik ben de hele wereld over geweest.'

'Wat geweldig,' zei Thea. 'Dan heb je vast heel wat gezien.'

'Meer braaksel dan me lief was,' zei Sam. 'Als het stormde.'

Thea knikte, en keek een beetje benauwd. Toen zag ze dat Tilly op hen af kwam.

'Kijk, daar is mijn dochter,' zei ze, er niet helemaal in slagend haar opluchting te verbergen. 'Was de tentoonstelling leuk, Kitty? Goed, meneer Loper...'

'Noem me maar Sam.'

'Het was aangenaam kennis te maken... Sam. Maar ik moet er nu echt vandoor.'

'O, ja. Ik ook,' zei hij haastig. 'Er ligt daar een plastic beker op de grond die ik gewoon móet oprapen. Misschien spreken we elkaar later nog eens.' Hij kwam overeind en wendde zich tot Tilly. 'Dag, kleine meid.'

Even kon Tilly geen antwoord geven, omdat ze zo verbaasd was. Van een afstand leek Sam een jaar of vijfentwintig, maar nu ze hem van nabij kon bestuderen, zag ze de kraaienpootjes rond zijn ogen en de rimpels bij zijn mondhoeken – dus was hij minstens tien jaar ouder dan ze eerst had aangenomen. Ze besloot dat ze, zodra ze terug was in De Narcis, op de ruitenvijf zou kijken of hij ook op de lijst van verdachten stond.

Thea's stem zweefde naar boven. 'Wat zei je nou, Tilly? Nathan? Op een brommer? Weet j het zeker?'

Tilly plantte haar ellebogen op de vensterbank van haar slaapkamer en wierp Balk een vragende blik toe. Haar ezel staarde strak terug, en dat was genoeg bevestiging voor Tilly.

'Yep,' antwoordde ze. 'Het is hem echt.'

Toen ze het lawaaiige gegier van een brommer abrupt had horen stoppen voor De Narcis had ze het boekje met de handleiding van de radiozender weggelegd en was ze van haar bed opgesprongen om zich bij Balk te voegen, die voor het raam zat.

Buiten had ze een slungelige jongeman gezien op een brommer met grote kist achterop. Hij zette net zijn helm af, waaraan de achterkant een telefoonnummer op stond. Meteen had ze vermoed dat de brommerrijder Nathan was, hoewel hij een outfit droeg die ze niet kende: een rood-wit gestreepte broek en een T-shirt met daarop de tekst 'Pizza Perfecto'.

'Mijn hemel. Volgens mij heb je gelijk,' zei Thea, die naast Tilly verscheen. 'Wat doet hij hier nou?'

'Hij komt iets afleveren, denk ik,' zei Tilly, terwijl ze Nathan, die de kist opende en er drie platte dozen uithaalde, nauwlettend gadesloeg. Vrolijk fluitend stopte hij ze onder zijn arm en maakte hij het tuinhekje open.

Beneden klonk lawaai. Het was het soort geluid dat je hoort als iets zich op hoge snelheid beweegt door een huis vol kastjes, tafeltjes en snuisterijen.

'Felix!' zeiden Tilly en Thea tegelijk, met paniek in hun ogen.

Tegen de tijd dat ze bij de voordeur waren had Felix die al wijd opengegooid. Hij stond op het stoepje en staarde naar de dozen die Nathan bij zich had. 'Ik hoop dat er een met salami bij is,' zei hij, aan zijn lippen likkend.

'Dat kan nog weleens tegenvallen,' antwoordde Nathan, en hij legde de dozen in de uitgestrekte armen van Felix.

'Bedankt, tot ziens,' zei Thea kortaf, en ze trok Felix weer naar binnen.

Tilly bleef nog even op het stoepje staan, want Red had gezegd dat hij Nathan als boodschapper zou gebruiken.

'Heb je me nog iets te vertellen?' fluisterde ze.

'Deze keer niet,' zei hij. Net voor hij zich omdraaide, voegde hij geheimzinnig toe: 'Izzie heeft als een idioot zitten beulen. Dus zorg er wel voor dat hij het aantrekt.'

Tilly snapte er niets van. Ze glimlachte naar Nathan en sloot de voordeur.

'Wat een goed idee, pizza voor de lunch,' zei Felix grijnzend. 'Ik ben echt uitgehongerd.' Hij begon een van de dozen open te maken. 'Ik ben benieuwd wat voor een hier in zit... Salami is mijn favoriet, maar een lekkere pizza met gekruide kip gaat er ook wel in, of...' Zijn brede grijns maakte plaats voor een blik vol teleurstelling. 'Het is een T-shirt!' zei hij.

'En een spijkerbroek en een trainingspak,' zei Tilly, die de inhoud van een andere doos bekeek. Nu begreep ze waar Nathan op had gedoeld. 'Dit zijn je nieuwe kleren, van P.S.S.S.T.'

Felix leek er niet erg van onder de indruk. 'Dus die jongen wás helemaal geen pizzabezorger?'

'Precies,' zei Tilly. 'In een keer goed. Herkende je hem dan niet? Dat was Nathan!'

'Wat zit er in deze?' vroeg Thea, die aan de onderste doos trok. Ze maakte het deksel open. 'O. Sokken en ondergoed.'

'Blijf af!' snauwde Felix, en hij griste de doos uit haar handen.

'Izzie moet zich helemaal rot hebben gewerkt om dit voor elkaar te krijgen,' zei Thea. 'Ga je maar meteen verkleden.'

'Straks misschien,' zei Felix, met een boze blik. Hij zette de dozen op het tafeltje in de gang. 'Ik wil eerst wat eten.'

'Mij best,' zei Thea. 'Maar waag het niet om het dorp in te gaan voor je je verkleed hebt.'

Tilly zette haar lunchtrommel op een boomstronk en keek schichtig om zich heen. Ze stond midden in een bosje jonge berkenbomen. Door het netwerk van dunne takjes en broze bladeren heen zag ze Felix aan de rand van een weiland staan, die met een serieus gezicht met een stok in een bos brandnetels stond te poken. Ze vermoedde dat hij alweer op zoek was naar aanwijzingen, hoewel hem tijdens deze avondwandeling niet minder dan vijf keer was verteld dat hij al het spionage- en speurwerk aan Tilly moest overlaten.

Nu kwam Thea ook in beeld, die vastberaden op Felix af draafde. Zelfs op deze afstand kon Tilly horen dat ze hem op scherpe toon een bevel gaf. Hij stopte met waar hij mee bezig was, gooide de stok op de grond en veegde zijn handen af aan de voorkant van het verschoten blauwe T-shirt dat hij uiteindelijk, na urenlange protesten, had aangetrokken.

Tilly wendde haar blik af, omdat ze niet nog meer tijd wilde verspillen. Het zou al snel gaan schemeren – en er was iets wat ze nog moest doen.

Op de grond knielend opende ze voorzichtig haar lunch-trommel waarin de radiozender heel slim zat weggewerkt. Ze staarde even naar de knopjes en wijzertjes, stak toen haar hand in de trommel en begon een stuk draad af te winden waaraan een kleine antenne zat. In de handleiding stond dat ze die zo hoog mogelijk neer moest zetten – en dus balanceerde ze hem op een gevorkte tak van een boom die vlakbij stond. Vervolgens zette ze de koptelefoon op en draaide ze aan een grote zwarte knop om de juiste frequentie te vinden. Ze keek op haar hor-loge. Het was kwart over negen. Het P.S.S.S.T.-team zou al klaar-zitten voor haar bericht.

'Hallo, hier Garnaal aan Mossel,' sprak ze zachtjes in de

microfoon, de codewoorden gebruikend die Red haar had meegegeven. 'Mossel... antwoord, alsjeblieft.'

Er klonk gekraak. Tilly draaide de grote zwarte knop een beetje naar links. 'Garnaal,' zei iemand in haar koptelefoon. De stem klonk een beetje wollig, maar Tilly herkende Reds stem. 'Hier Mossel,' zei hij. 'Wat heb je te melden? Over.'

Niet veel, dacht Tilly schuldbewust. Maar ze was niet bereid dat toe te geven. Omdat ze wanhopig graag haar eerdere blunder, waardoor ze nu opgescheept zaten met Felix, goed wilde maken, deed ze haar best om de resultaten van haar eerste dag zo gewichtig mogelijk te laten klinken.

'Ik heb twee verdachten van de lijst geschrapt,' zei Tilly. 'Geen van beiden was op de Tuinshow, dus kunnen ze Murdo Mak niet zijn.' Ze hoorde Red zijn keel schrapen. 'O. Eh... over,' voegde ze haastig toe, zichzelf vervloekend omdat ze het woord vergat dat aangaf dat ze klaar was met spreken.

'Kun je ze identificeren? Over,' zei Red.

'Hun namen zijn Nelson Stinder en Martin Gebbel. Nelson was in een legermuseum met zijn vriendin Diana Flint, en Martin was een weekendje vissen. Zijn vrouw zegt dat hij min of meer getrouwd is met zijn hengel,' zei Tilly. 'Ik heb vanavond even met haar gepraat, toen ze haar stoep stond te vegen. Ik eh... heb ook contact gelegd met twee andere verdachten, maar ik heb ze nog niet uit kunnen sluiten. De ene is Sam Loper, de andere is Leo Tweems. Over.'

'Verder nog iets? Over,' zei Red.

'Niet echt,' zei ze zwakjes. Voor ze 'Over' kon zeggen keek ze toevallig om, en zag ze de bladeren achter zich hevig schudden. Meteen besefte ze dat die beweging niet werd veroorzaakt door de milde avondbries. Haastig deed ze haar koptelefoon af, en terwijl ze dat deed hoorde ze duidelijk dat er iemand aankwam.

'Garnaal!' klonk Reds stem uit de koptelefoon, die Tilly snel in de lunchtrommel had gegooid. 'Garnaal! Meld je alsjeblieft!'

'Over en uit,' fluisterde Tilly in de microfoon, voor ze een knop omzette en het contact verbrak. Terwijl ze de antenne uit de boom griste, zag ze in de verte Thea door het weiland marcheren met Felix achter zich aan. Tilly's hart klopte wild. De andere persoon in het bosje moest dus een volslagen vreemde zijn, en als ze haar lunchtrommel niet binnen twee seconden sloot, zou haar carrière als spion van erg korte duur zijn.

HOOFDSTUK 13

Een paar aanwijzingen

Felix sloeg zijn armen om zijn hond. 'Volgens mij had Humperdinck oma's geur gevonden,' zei hij, Tilly boos aankijkend. 'Hij deed zijn best om het spoor te volgen, maar jij moest er weer zo nodig tussenkomen.'

Tilly lag op de grond als een omgedraaide schildpad, alsof ze net tegen de grond was gekwakt door een of ander woest beest en zo geschrokken was dat ze niet meer overeind kon komen (en dat was ook precies wat er was gebeurd). Haar lichaam was als verlamd, maar haar ogen vlogen wild van Felix naar Humperdinck en weer terug. Ze probeerde te bedenken wie van de twee ze het meeste haatte.

'Ga nou niet... Tilly... de schuld.... geven,' bracht Thea uit, die nog steeds buiten adem was van de sprint die ze net had getrokken, vanaf het weiland.

Hoewel Tilly het zich niet kon herinneren, had ze blijkbaar een angstig geluid gemaakt, vlak voor Humperdinck tegen haar aan knalde met de kracht van een stormram. Ze wist niet of het een gil of een schreeuw was geweest, of iets daartussenin, maar het had er in elk geval voor gezorgd dat Felix en Thea meteen waren komen aanrennen.

'Is mijn radio nog heel?' vroeg Tilly, en ze draaide haar hoofd om te zien waar het ding neer was gekomen, nadat hij plotseling uit haar handen was gevlogen.

Gelukkig was de val van de lunchtrommel gebroken door

een zacht bed van mos, en toen Thea hem optilde zag ze tot haar verbazing dat hij nog geen deukje had opgelopen.

Poeh, dacht Tilly, terwijl ze zich op haar andere zij rolde. Dat is een pak van mijn hart! Ik denk dat Red me van de missie had gehaald, als er nog iets fout was gegaan.

'Heb je ergens pijn?' vroeg Thea, naast Tilly neerknielend. Haar toon was streng, maar Tilly waardeerde het dat ze aardig probeerde te zijn. 'Heb je iets gebroken?' hield ze aan.

'Ik geloof van niet,' zei Tilly. Ze ging rechtop zitten en bekeek de schaafwond op haar elleboog. Hij prikte een beetje, genoeg om haar een 'Au!' te ontlokken.

'Humperdinck heeft ook niets,' zei Felix woedend. 'Bedankt voor de belangstelling.'

De vernietigende blik die Thea hem toewierp was bijna van Edith-niveau. 'Uit mijn ogen!' commandeerde ze, terwijl ze overeind kwam.

'Kan niet,' zei Felix brutaal. 'Dat mag niet. Jíj zei dat ik altijd in de buurt moet blijven. Jíj zei dat je me de hele tijd in de gaten wil houden...'

Thea liet een dreigend gegrom horen, waarop Humperdinck zijn staart tussen zijn achterpoten stak en Felix toch enigszins benauwd begon te kijken.

'Ga zitten en verroer je niet,' beet ze hem toe.

Verbazingwekkend genoeg deed Felix wat hem was opgedragen, hoewel hij mopperde over de vochtige grond en hoe oneerlijk het was dat Humperdinck de schuld kreeg van iets waar hij niets aan kon doen.

'Hij volgde het spoor van mijn oma,' zei Felix. 'Ze is vast een keer in dit bosje geweest. Laat hem nou een beetje rondsnuffelen, dan pikt hij het spoor misschien weer op...'

Tilly besteedde niet al te veel aandacht aan zijn woorden. Ze ging naast Thea staan en klopte het stof van haar kleren.

'Wat was dat?' vroeg ze, toen een grote vogel met uitgespreide vleugels stilletjes over haar hoofd zeilde.

'Een uil,' zei Thea, 'die op jacht gaat. Over een half uur is het pikkedonker. We moeten terug. Jij daar,' zei ze bot tegen Felix, 'opstaan. Waar is die achterlijke hond van je?'

'Hij is niet achterlijk,' zei Felix. 'En hij heeft oma's spoor gevonden. Kijk maar!'

Tilly keek over de struiken heen en zag Humperdinck die zijn neus had begraven in een berg bladeren. Hij tilde zijn snuit op, en zijn kaak begon te bewegen alsof hij ergens op kauwde. Toen hij klaar was, spuugde hij iets uit wat op een dropje leek, om het vervolgens weer met zijn tong naar binnen te werken.

Thea wendde zich tot Felix met een blik vol minachting. 'Het enige wat je hond heeft gevonden is een berg konijnenkeutels.'

'Gadver,' zei Tilly, toen ze besefte wat Humperdinck aan het doen was. 'Hij eet poep.'

Vol afkeer draaide ze zich om, en ze zag de uil weer die even daarvoor was komen overvliegen. Hij had het bosje berkenbomen verlaten en zweefde elegant over de velden naar een steile heuvel iets verderop. Tilly ging op haar tenen staan en hield haar hoofd scheef, zodat ze goed tussen de takken door kon kijken. Ze zag de uil, die nu zo groot leek als het dopje van een frisdrankfles, in de lucht hangen. Toen viel haar nog iets anders op, achter de uil: een flakkerend lichtje dat tegen de helling omhoog ging. Het licht leek zich in de richting van een verlaten gebouw te bewegen dat donker afstak tegen de avondhemel. Tilly herinnerde zich hoe Reds aanwijsstok een zwarte punaise had aangeraakt op de plattegrond van het dorp. Het huis op de heuvel was een vervallen landhuis dat Bleekenberg heette.

Tilly was nooit eerder naar de kerk geweest. Die zondagochtend ging ze in haar eentje naar het dorpskerkje van Doddington, in haar padvindersuniform. Ze mengde zich onder de andere in bruin met gele kleren gehulde meisjes van haar leeftijd, die een rij vormden voor de westelijke ingang van de kerktoren. Samen met de Akela's, Hopmannen en Welpen wachtten ze om mee te doen aan de Kerkparade, die elke maand plaatsvond.

Tilly negeerde het luide gebeier van de kerkklokken en luisterde naar een gesprek van twee jonge Akela's vlak bij haar, in de hoop iets nuttigs op te vangen. Maar tot haar teleurstelling praatten de meisjes onafgebroken over twee jonge Hopmannen die Ed en Joël heetten (twee tienerjongens met een innemende glimlach die bezig waren zich een weg te banen door de menigte, naar de Akela's). De Welpen daarentegen waren jongens van Tilly's eigen leeftijd, en die waren er niet bepaald op uit de aandacht te trekken van hun vrouwelijke tegenhangers, de Kabouters. Het enige wat ze kennelijk wilden doen was gekke bekken trekken en elkaar de pet van het hoofd stoten.

Tilly voelde zich heerlijk anoniem in de menigte kletsende kinderen. Niemand vroeg hoe ze heette of bij welke padvindersgroep ze hoorde. Ze was gewoon nog een Gnoom in een hele meute Gnomen, Dwergjes, Elfjes en Kobolden, en ze kon naar hartenlust de gesprekken afluisteren.

Geleid door twee ernstig kijkende kinderen die vlaggen meetorsten die groter waren dan zijzelf begonnen de Kabouters, Akela's, Welpen en Hopmannen aan hun mars door de westelijke ingang. Toen ze de kerk binnenkwamen, verstomde hun gepraat. Tilly keek vol belangstelling toe terwijl ze langs een aantal zwaaiende touwen kwamen en de klokkenluiders passeerden die er net aan hadden staan trekken. De meesten waren jongeren, met opgerolde mouwen. Er was nog een vrouw bij met een geruite cape en een dophoedje, en een keurige heer met een adellijke neus en ravenzwart haar.

Tilly vond de kerkdienst een beetje saai. De predikant was een jonge vrouw met het ergste bloempotkapsel dat Tilly ooit had gezien. En dat was meteen ook het enige onderdeel dat zichtbaar was terwijl ze achter de preekstoel stond, aangezien ze opvallend klein van stuk was. Ondanks haar bescheiden formaat had de predikant een welluidende stem die alle hoeken en gaten van de grote, tochtige kerk leek te vullen. Niet dat Tilly veel aandacht besteedde aan wat de vrouw te melden had. Ze had het veel te druk met het bekijken van de kerkgangers. Ze had een plaatsje aan het uiteinde van de lange kerkbank weten te veroveren en dus kon ze het hele middenpad afkijken. Het grootste deel van de dienst probeerde ze vast te stellen of een van de mannen in haar blikveld op de verdachtenlijst stond die P.F.F. had opgesteld.

Toevallig was Tilly naast een Kabouter gaan zitten die Jessica King heette, en die, zo bleek al snel, een betweterige Gnoom was met vijftien insignes – en een ongelooflijk rijke bron van kennis als het ging om de namen van de kerkgangers.

Na een uur was de dienst voorbij, en voelde Tilly zich alweer veel optimistischer over haar missie. Jessica had haar een aantal van de mannen aangewezen die voorkwamen op de ruitenvijf. Ook was ze zo vriendelijk geweest twee van de verdachten in Tilly's onderzoek uit te sluiten. Carel de Moyne en Winston

Edgers, die beiden in het kerkkoor zongen, hadden op die eerste julidag, de dag van de Tuinshow, in een tennistoernooi gespeeld. Jessica was als toeschouwer aanwezig geweest, en kon Tilly zelfs vertellen dat geen van beide mannen een goede service had.

Terwijl de predikant en de andere geestelijken de kerk verlieten, porde Tilly Jessica nog een keer in haar zij.

'Die man met dat zwarte haar en die grote neus – dat is toch een van de klokkenluiders?'

'Ja,' zei Jessica. 'Dat is meneer Nobel. De hooggeëerde heer Calvin Nobel. Hij is Kapitein van de Toren, zeg maar de hoofd-klokkenluider... en hij deelt ook de prijzen uit op de Tuinshow.'

'Nobel... aha,' zei Tilly. Omdat ze zeker wist dat die naam ook op de ruitenvijf stond, bekeek ze hem eens extra goed toen hij langs kwam lopen.

'Niet weer,' kreunde Thea, toen de telefoon begon te rinkelen. Ze zette haar kopje thee neer, kwam overeind uit haar leunstoel en liep naar de gang om de telefoon op te nemen. Een paar minuten later kwam ze terug, wapperend met een blocnote, een frons op haar voorhoofd. 'Dat is al de vierde vanmiddag,' zei ze tegen Tilly.

'O ja?' Tilly keek op van de gecodeerde brief die ze Red aan het schrijven was. Ze sabbelde aan het uiteinde van haar ver-gulde vulpen. 'Weer iemand die je wil inhuren?'

'Ja,' zei Thea, met een blik op haar blocnote. 'Mevrouw Pad van Schimmellaan nummer negen wil dat ik wat rododen-drons weghaal die achter in haar tuin staan. Haar man staat toch ook op die lijst van jou?'

Tilly knikte. 'Ja. Hij heet Julian.'

'Mooi. Goed, ik heb haar verteld dat ik niet vóór donderdagmiddag kan.' Thea plofte in haar leunstoel en blies haar wangen op. 'Wil je Angela alsjeblieft snel opsporen, Tilly? Ik overleef het gewoon niet, als ik de tuinen van al die mensen moet gaan doen.' Ze gooide de blocnote op een kruk en nam gulzig een slok thee.

Tilly haalde haar schouders op. 'Ik doe mijn best,' zei ze. Toen ging ze verder met haar brief aan Red. Ze schreef op een vel roomwit papier uit het schrijfsetje dat ze van P.S.S.S.T. had gekregen. Het adres en de datum stonden er al, en onder de initialen van haar valse naam (K.A.W.) had ze de eerste alinea geschreven.

De geheimtaal die Tilly had gekozen werd 'De Ark van Noach' genoemd. Het betekende dat ze haar boodschap moest verhullen door de letters twee aan twee op te schrijven in elk opeenvolgend woord. Dit vereiste een hoge concentratie. En dus had ze Felix met zijn hond de tuin in gestuurd, met een slaghout en een tennisbal, plus de strenge waarschuwing Pibbels niet lastig te vallen, die op een dikke tak van de lijsterbes een plekje had gevonden om te zonnen.

Na vijf minuten legde Tilly haar pen weg.

'Klaar?' vroeg Thea.

'Op geen stukken na,' verzuchtte Tilly. 'Ik heb Red gevraagd om meer informatie over de verdachten, en nu probeer ik nog een verslag van de resultaten op te stellen.'

'Nou, dat zal niet veel tijd kosten,' sprak Thea smalend. 'Je kunt niet bepaald beweren dat je veel vooruitgang hebt geboekt.' Ze dronk haar kopje thee leeg en keek Tilly vragend aan. 'Of heb je nog iets nieuws ontdekt?'

'Het is me gelukt om nog twee verdachten van de lijst te schrappen,' zei Tilly, doelend op de tennissende koorleden waar ze Thea tijdens de lunch over had verteld.

'Drie,' corrigeerde Thea haar. 'Je vergeet meneer Zuckermann.'

'O ja.' Tilly paste iets aan in haar brief. Harold Zuckermann had Thea die ochtend gebeld, toen Tilly in de kerk zat. Hij had gevraagd of Thea een paar smaakvolle beelden uit kon zoeken voor zijn tuin – en hij had met een duidelijk Amerikaans accent gesproken. Angela Britten had nooit gezegd dat Murdo Mak een accent had, en Tilly vond dat genoeg om een streep door Harolds naam te zetten.

'Wat ga je nog meer in je verslag zetten?' vroeg Thea. 'Dat je nog geen enkele aanwijzing hebt gevonden die ons kan helpen bij de jacht op onze vermiste collega?'

Tilly probeerde haar te negeren en pakte haar vulpen op. 'Ik ga Red vertellen over het licht dat ik gisteren op die heuvel zag. Ik denk dat het iemand met een zaklamp was, die op weg was naar Bleekenberg.'

'Die oude ruïne?' vroeg Thea. 'Wat zou iemand daar nou moeten?'

'Ik weet het niet,' zei Tilly. 'Maar dat ga ik uitzoeken.'

'Vanavond?' vroeg Thea, haar armleuningen vastgrijpend. Ze leek een beetje bezorgd te zijn. 'Helemaal in je eentje?'

'Ik wou eigenlijk morgen gaan,' zei Tilly, verbaasd door het zelfvertrouwen in haar stem. 'Dan is het namelijk volle maan. Socrates zegt dat een zaklamp veel te veel opvalt. En dat je het beste bij maanlicht je weg kunt zoeken, als je 's avonds met speurwerk bezig bent.'

'Helemaal naar de haaien, dat huis. Het is al jaren een ruïne. Ik zou er maar niet heen gaan, als ik jullie was. Tenzij je bedolven wilt worden onder de bakstenen en brokken cement.' Sam Loper zwaaide waarschuwend met zijn stoffer en blik naar Felix, waarna hij wat stoffige oude chips opveegde die iemand in de goot had laten vallen. 'Bleekenberg is geen plek om te spelen,' zei Sam grimmig. 'Jullie kunnen er maar beter uit de buurt blijven.'

'Ja, dat zullen we doen,' zei Tilly. Vervolgens schopte ze Felix zo onopvallend mogelijk tegen zijn enkel. 'Kom mee, Walter. We kunnen hier niet de hele ochtend staan kletsen.' Ze pakte zijn hand en slaagde erin hem langs de eendenvijver te sleuren tot halverwege het grote weiland, voordat hij zich uit haar greep loswurmde.

'Je bent wel erg gewelddadig, voor een meisje,' zei hij, over zijn pols wrijvend. Hij leunde tegen een telefooncel en inspecteerde zijn enkel. 'Waarom moest je me zo hard trappen? Het doet echt enorm pijn.'

'Hou toch je mond,' zei Tilly. Ze was heel erg boos. 'Ik heb sandalen aan, dus zo veel schade kan ik niet hebben aangericht. En trouwens, je verdiende het.'

'Je hebt mazzel dat Hump... ik bedoel Fred de andere kant op keek,' zei Felix, door de vacht van zijn hond woelend. 'Anders had hij je te grazen genomen.'

'Hm,' zei Tilly, met een twijfelachtige blik op Humperdinck, die net haar tenen begon te likken. Hij was zo braaf dat ze zich niet kon voorstellen dat hij ooit zijn tanden in iemand zou zetten. Al scheen hij het nogal leuk te vinden om luid te blaffen, dat ging altijd gepaard met een vrolijk kwispelende staart. Hoe kon iemand zich zo vergissen in zijn eigen hond, dacht Tilly.

'Au,' zei Felix, ineenkrimpend toen hij zijn gewicht op zijn enkel liet rusten.

Tilly begon zich een beetje schuldig te voelen. 'Ik had je niet hoeven trappen,' siste ze, 'als je niet met die man was gaan praten. Waarom begon je nou in vredesnaam over Bleekenberg?'

'Ik was nieuwsgierig,' zei Felix. 'Wat geeft het nou? Ik maakte alleen een praatje. Die vent ziet er ongevaarlijk uit.'

'Dat was Sam Loper,' zei Tilly. 'Een van de verdachten. En nu heb je hem laten weten dat we belangstelling hebben voor de ruïne.'

'Wat maakt dat uit?' gromde Felix. 'En hoe moet ik nou weten waar ik het wel en niet over mag hebben, als jij me nooit iets vertelt?'

Tilly gaf niet eens antwoord. Ze wilde absoluut niet dat Felix erachter zou komen wat ze voor die avond op het programma had staan. Dan zou ze ook nog gevolgd worden door die bemoeizieke jongen en zijn idiote hond, als ze bij maanlicht op weg ging naar Bleekenberg. Ze negeerde zijn vragende blik en begon de binnenkant van de telefooncel te onderzoeken.

'Kijk!' zei ze, en ze stak haar arm door een vierkant gat. 'Er mist een ruitje.'

'Nou en?' zei Felix chagrijnig.

'Hier hebben ze Bob gevonden. Hij was de tweede agent die op zoek ging naar je oma. Het ontbrekende ruitje is misschien een aanwijzing voor wat er met hem is gebeurd. Toen ze hem hier aantroffen was hij er niet al te best aan toe,' legde Tilly uit. 'En sindsdien heeft hij geen woord meer gesproken.'

'Arme kerel,' zei Felix. Hij hinkelde de telefooncel in en keek gretig om zich heen. 'Ik weet wat. Laten we kijken of we nog meer aanwijzingen kunnen vinden.'

'Wacht!' zei Tilly, hem naar binnen volgend. Ze opende haar tasje, dat om haar nek hing, en haalde er een paar muntstukken uit. 'Misschien dat mensen zich afvragen wat we hier doen. Stop er een munt in en doe alsof je aan het bellen bent. Laat dan wat geld op de vloer vallen, dan kan ik de vloer onderzoeken terwijl ik het weer opraap.'

'Moet dat nou?' vroeg Felix.

'Ja!' zei Tilly. 'Hou op met zeuren, en doe wat ik zeg.'

'Jeetje,' zei hij, de hoorn van de haak nemend. Hij grinnikte in zichzelf. 'Toen ik je voor het eerst zag dacht ik dat je een watje was – maar ik begin van gedachten te veranderen!'

'Waar was je nou?' vroeg Thea, met een zure blik op Tilly. Ze had tegen een met mos begroeide muur staan leunen, maar nu greep ze de handvatten van een kruiwagen beet. 'Ik heb meneer Tweems verteld dat we om half tien zouden beginnen. Je bent een kwartier te laat!'

'Het spijt me echt,' zei Tilly.

'Oké, goed dan,' zei Thea, haar toon wat milder. 'Ik neem aan dat het zijn schuld was.' Verwijtend keek ze naar Felix, die iets verderop bij een lantaarnpaal was blijven staan zodat Humperdinck zijn behoefte kon doen.

'Nee,' zei Tilly, 'het was deze keer niet Walters schuld.' Haar stem daalde tot een gefluister. 'Ik vond toevallig een aanwijzing – daarom ben ik te laat.'

'Mooi,' zei Thea zachtjes. 'Wat heb je gevonden?'

'Een ontbrekend ruitje,' zei Tilly. Ze besloot niet te vertellen wat ze nog meer had aangetroffen. De grijze veer die in een hoekje van de telefooncel had gelegen leek niet belangrijk genoeg om een echte aanwijzing te zijn. Toch had ze hem in haar zak gestopt, omdat hij heel geschikt leek als boekenlegger.

'Wat is er zo bijzonder aan een ontbrekend ruitje?' vroeg Thea.

Tilly aarzelde, want ze zag dat er iemand op ze af kwam. 'Goh, mam. Wat een prachtige planten,' zei ze luid, en ze richtte haar aandacht op de kruiwagen. Daarin stonden verschillende bloeiende planten in bruine plastic potten. Ook lagen er allerlei tuingereedschappen in en een zakje potgrond. 'Meneer Tweems zal er vast heel blij mee zijn.'

'Eh, ja vast,' zei Thea, die wat gespannen keek nu er een man naderde met een krant onder zijn arm. 'Ik heb ze vanmorgen bij de kwekerij opgehaald,' zei ze tegen Tilly. 'Ik kon niet kiezen tussen de viooltjes en de chrysanten, dus heb ik ze allebei maar genomen.'

'Het is er een mooie dag voor,' zei de man met een vriendelijke glimlach, terwijl hij langsliep. Zijn schoenen kraakten bij elke stap toen hij het grindpad van het buurhuis op liep. Tilly herkende zijn gladde zwarte haar en haviksneus. Het was de klokkenluider die ze een dag eerder in de kerk had gezien. Ze had nog gekeken of zijn naam op de verdachtenlijst stond, en dat was inderdaad zo. Zijn naam was Calvin Nobel.

'Waar heb je het dan gevonden?' vroeg Thea, zodra Calvin Nobels voetstappen waren weggestorven. Ze stootte Tilly even aan. 'Dat ontbrekende ruitje.'

'In een telefooncel,' zei Felix, voor Tilly kon antwoorden. Humperdinck was klaar met de lantaarnpaal en snuffelde nu aan het logge wiel van de kruiwagen.

'Die waarin Bob is gevonden,' zei Tilly. 'Ik weet zeker dat dat ontbrekende ruitje een aanwijzing is. Ik weet alleen nog niet precies wat het betekent.'

'O,' zei Thea. Ze leek teleurgesteld. Ze tilde de kruiwagen op, reed hem een stukje langs de muur en stopte bij een smal houten hek. Achter dat hek lag het huis van Leo Tweems: een gebouw van rode baksteen dat De Ritsel heette.

Thea knikte even, en Tilly duwde gehoorzaam het hek open zodat haar 'moeder' erdoor kon met haar kruiwagen. Felix bleef op straat staan met een hoopvolle blik in zijn ogen. Hij leek te wachten op een uitnodiging om mee te komen. Thea trok vragend haar wenkbrauw op.

'Ga naar huis, Walter,' zei ze streng.

Zijn gezicht betrok.

'En dan bedoel ik dus niet: "Neem de langst mogelijke omweg en werk jezelf onderweg weer eens in de nesten",' zei ze. 'Ga direct naar huis – *zonder* met iemand te praten.'

Felix keek haar even mokkend aan, trok aan Humperdincks riem en begon terug te lopen naar het grote weiland midden in het dorp.

'Kom op, Fred,' mompelde hij. 'Ik weet wanneer ik niet gewenst ben.'

HOOFDSTUK 14

De sandalendief

In Tilly's ogen was de achtertuin van De Ritsel een soort paradijs voor dieren. Overal waar ze keek zag ze fladderende vleugels, rondzoemende insecten en bonte beestjes in de bomen. Ze telde maar liefst drie zaadbollen, die hevig heen en weer zwaaiden terwijl ze bezocht werden door kleine vogeltjes met korte, scherpe snaveltjes. Tientallen luidruchtige spreeuwen met vettige zwarte veren daalden neer op het stenen vogelbadje in het midden van het gazon. Ze staken hun kop in het water en schudden hun lijfjes, zichzelf omringend met een sproeiregen van schitterende druppels.

Leo Tweems was duidelijk trots op zijn tuin. Dat kon Tilly zien aan de manier waarop zijn ogen begonnen te glimmen als hij erover praatte. Hij was vooral erg tevreden met zijn moestuintje. Maar, zo legde hij Thea uit, hij was ook niet meer de jongste. Zijn knieën gingen op slot zitten als hij te lang neerknielde op de harde grond, en daardoor had hij de afgelopen maanden geen onkruid kunnen wieden. Toen hij haar kaartje had zien hangen achter het raam van het postkantoor, had hij eindelijk aan zichzelf toegegeven dat het tijd was om hulptroepen in te schakelen.

Terwijl Thea het onkruid uit de grond trok en in een emmer mikte, zwierf Tilly met een schoffel door de tuin om de schijn op te houden dat ze meehielp, ondertussen goed oplettend of Leo niet opeens opdook.

Hun werkgever leek een vriendelijke, enigszins dromerige man te zijn. Tilly vermoedde dat hij een jaar of twee jonger was dan haar opa. Hij was een elegante heer, die zich bij voorkeur in sombere, aardse kleuren kleedde. Zijn witte baard was netjes bijgeknipt en hij droeg een geruite pet en een sjaaltje. Toen Thea en Tilly eenmaal aan het werk waren gegaan, verdween Leo in zijn huis.

Dankzij de overdaad aan bomen en struiken kon Tilly makkelijk uit het zicht verdwijnen en eens lekker rondneuzen. Ze vond een composthoop die naar rottende groenten rook en een donkere schuur vol spinnenwebben. Haar interessantste ontdekking was een schildpad, die onder een lavendelplantje lag te soezen. Terwijl ze een vinger uitstak om zijn ruwe, hobbelige schild te aaien, zag ze Leo op zich af komen. Hij had een dienblad in zijn handen.

'Aha, daar ben je! Ik zie dat je Pillipon hebt gevonden,' zei hij, glimlachend naar zijn slapende huisdier. 'Is ze geen schatje? Het is een Griekse schilpad. Ik had haar bijna aan Rex Hutter meegegeven, toen hij naar Griekenland emigreerde. Het leek me wel een leuk idee, om de oude dame terug te brengen naar haar vaderland. Maar toen het erop aankwam, kon ik geen afscheid van haar nemen. Ze is me veel te dierbaar.'

'Is uw vriend naar Griekenland verhuisd?' vroeg Tilly, terwijl ze probeerde niet al te nieuwsgierig te lijken. Rex Hutter was een van de namen op de ruitenvijf.

'Ja,' zei Leo. 'Anderhalve maand geleden heeft hij zijn koffers gepakt. Hij zei dat hij zijn laatste jaren in een lekker warm klimaat wilde doorbrengen.'

'Aha,' zei Tilly, die er maar net in slaagde haar opwinding te onderdrukken. Als Rex in juni naar Griekenland was vertrokken, kon hij Murdo Mak dus niet zijn. Tot zover had ze al zes van de elf verdachten van de lijst kunnen schrappen.

Nog maar een paar namen te gaan, dacht ze, terwijl ze het glas citroenlimonade en het roombroodje aannam die Leo haar aanbood.

'Denk je dat jij en je moeder je wel redden, als ik even naar de vijver ga om de eenden te voeren?' vroeg Leo. 'Dat doe ik elke ochtend. Ik weet dat het een beetje raar is, op mijn leeftijd, maar ik ben erg gesteld op mijn gevederde vrienden.'

'Hebben ze ooit nog die eend gevonden die was verdwenen?' vroeg Tilly, denkend aan het gesprek van Diana Flint en Betty Arbel, dat ze in het postkantoor had afgeluisterd.

'Helaas niet,' zei Leo, en onthutst zag Tilly dat er een traan over zijn wang rolde. 'Die arme Bernard.'

'Bernard?'

'Zo noemde ik hem. Hij was de oudste bewoner van de vijver. Zijn veren begonnen hun glans al te verliezen, en hij werd een beetje wankel op de poten. Het is zo jammer dat hij weg is. Ik mis die oude knaap echt.' Weer welde er een traan op in zijn oog, en snel veranderde Tilly van onderwerp.

'Waar wilt u de viooltjes hebben?' vroeg ze. 'Dat vroegen mama en ik ons af.'

'O, maakt niet uit,' zei Leo afwezig. Hij gaf het dienblad aan Tilly. 'Wil jij me misschien een plezier doen en de verfrissingen uitdelen? Ik moet er echt vandoor. Anders vragen mijn eenden zich af waar ik blijf.'

'Natuurlijk, meneer Tweems. Geen probleem,' zei ze, met een onderdrukte glimlach.

Nu Leo weg was, nam Tilly haar kans waar om in zijn huis op onderzoek uit te gaan. Gelukkig had hij de achterdeur opengelaten. Tilly deed haar sandalen uit voor ze het huis binnenging, zodat ze geen verraderlijke moddersporen zou achterlaten op het tapijt. Met het dienblad in haar handen (dat ze in de keuken neer wilde zetten, zodat ze een excuus had om binnen te zijn als Leo ineens terugkwam) stapte ze over de drempel.

Langzaam liep ze door de kamers, nieuwsgierig kijkend naar de schilderijen aan de muur, de overvolle boekenplanken, het ouderwetse meubilair en de vele porseleinen dierenbeeldjes die overal door het huis stonden. Het was duidelijk dat Leo een net persoon was. Al zijn bezittingen waren keurig gerangschikt, en er was nergens een stofje te bekennen. Goed oplettend dat ze alles liet zoals het was, maakte ze deksels open, opende ze laden en tuurde ze in kasten, maar tot haar teleurstelling vond ze geen snipper bewijs dat Leo Tweems iets anders was dan een ongevaarlijke oude man.

Omdat ze aanvoelde dat Leo elk moment terug kon komen, liep Tilly zachtjes door het huis terug naar de achterdeur, van plan haar sandalen zo snel mogelijk aan te trekken.

'O, nee,' zei Tilly. Ze fronste haar voorhoofd en keek verward om zich heen.

Waar eerst twee sandalen op de tegels hadden gestaan, was er nu nog maar een.

Tilly's hart fladderde als een mot om een gloeilamp. Hoewel het een beetje ongemakkelijk was om op één sandaal door de tuin te lopen, was dat niet wat haar dwarszat. Ook had ze geen moeite met de grassprieten en kluitjes aarde die aan haar blote linkervoet bleven hangen. Het was de identiteit van de persoon die haar sandaal had meegenomen waarover ze zich zorgen maakte.

Thea had het niet gedaan. Dat had Tilly haar meteen gevraagd.

'Ik weet niet of het je is opgevallen,' had Thea gezegd, haar hand langs haar bezwete voorhoofd halend, 'maar ik ben nogal hard aan het werk. En bovendien, wat zou ik in vredesnaam met een van jouw stinksandalen moeten?'

Toen Tilly haar vroeg of ze iemand anders in de tuin had gezien, had ze haar hoofd geschud en een handvol paardenbloemen in haar emmer gesmeten.

Tilly negeerde de boze trek om Thea's mond en stelde nog een vraag. 'En Leo?' vroeg ze. 'Is die al terug?'

'Niet dat ik weet,' zei Thea op ijzige toon. 'Maar ik was me er niet van bewust dat het mijn taak is om op de uitkijk te staan. Ik ben alleen maar de hovenier. Jij bent degene die geacht wordt te spioneren.'

Tilly had het gazon en de bloembedden afgezocht. Ze had rondgepookt in de composthoop, de moestuin afgespeurd en zelfs nog een keer in de schuur vol spinnen gekeken. Maar haar sandaal was nergens te vinden. Nu stond ze in een afgeschermd hoekje van de tuin en keek gespannen om zich heen. Kon het zijn dat Leo onopgemerkt was teruggekomen, en had gezien dat Tilly zijn huis doorzocht? Maar als dat zo was, waarom had hij haar daar dan niet op aangesproken? Wat kon hij voor reden hebben om haar sandaal te stelen? En als Leo het niet had gedaan, wie dan wel? Sandalen liepen niet zomaar vanzelf weg.

Tilly's blik, die wild alle kanten op schoot, bleef opeens hangen bij een gebroken takje in de heg naast haar. Ze onderzocht het nauwkeurig. Waar het takje was afgebroken, was het hout bleek en vochtig, alsof het pas een minuut of twee daarvoor geknakt was. Toen trok nog iets anders haar aandacht. Op de grond lag een haagdoorntakje. Snel knielde ze neer, en ze constateerde dat een pluk donker haar zich om de dunne steel had gewikkeld. Ze herinnerde zich dat ze in Gehuld in schaduwen had gelezen dat dit soort kleine tekens juist belangrijke aanwijzingen konden zijn, als een spion de gangen van zijn prooi probeerde na te gaan.

Er is hier iemand langsgekomen, dacht Tilly. Ik weet het zeker. Ze wierp een blik over haar schouder om te checken of iemand haar kon zien en wurmde zich toen op haar buik onder de heg door, tot ze in de tuin van de buren was.

Het gazon was zo keurig als een pas gezogen tapijt. Het gras was in een patroon gemaaid, waarbij lichtgroene banen werden afgewisseld door donkere. Ze zag een rotstuin en een vijver met een beeldje van een vis in het midden, die een lange straal water uit zijn bek spuugde. Tilly zocht dekking achter een hoge conifeer en keek er voorzichtig omheen.

Het huis aan het einde van de tuin leek een vreemd soort samenraapsel. De onderste helft zag er nogal oud uit, maar verder vrij gewoon. Het pand was gebouwd van oranjebruine bakstenen en had kleine glas-in-loodraampjes. Het dak had echter een ongebruikelijke cilindervorm met bovenin rondom ramen, waardoor het Tilly deed denken aan de bovenste verdieping van een vuurtoren. Helemaal bovenop zat een windwijzer in de vorm van een jadegroene draak die ronddraaide en zwiepte in de wind. Hoewel het huis er zeer merkwaardig uitzag, had ze zo het idee dat alleen een erg rijk persoon het zich zou kunnen veroorloven.

Opeens zag ze het gezicht van Calvin Nobel achter een van de ramen op de begane grond en snel drukte ze zich plat tegen de boom. Had híj haar sandaal gestolen? Zijn haar had in elk geval dezelfde kleur als de pluk die ze aan het haagdoorntakje had gevonden. Ze overwoog de mogelijkheid dat Calvin Nobel in werkelijkheid Murdo Mak was. Wat zou hij haar aandoen, als hij haar in zijn tuin aantrof? Snel verzon ze een verhaal over een zielig, wild konijn dat heel erg mank had gelopen, en oefende ze haar meest bezorgde uitdrukking. Die veranderde in een blik van pure afschuw toen ze toevallig naar de fontein keek.

Daar was hij! De sandalendief! Met het geroofde voorwerp vlak voor zich op de grond. Hij stond in het volle zicht van het huis, met zijn kop naar beneden. Zijn gezicht kon ze niet zien, maar ze hoorde zijn tong tegen het water kletsen terwijl hij gulzig uit de vijver dronk.

'Humperdinck,' zei Tilly. Ze was woest. 'Jij stomme...' Met moeite hield ze een nogal grove verwensing binnen. Snel keek ze om de conifeer heen om te zien of Calvin nog in zicht was. Gelukkig stond hij niet langer bij het raam. Tilly probeerde Humperdincks aandacht te trekken door met haar vingers te knippen. 'Fred!' fluisterde ze op dringende toon. 'Hé, Fred. Kom hier, monster dat je bent.'

De hond stopte met drinken. Hij hief zijn kop en keek Tilly recht aan, terwijl het water langs zijn harige kin sijpelde. Tilly klopte op haar bovenbenen en glimlachte hem bemoedigend toe.

'Kom dan, jongen,' zei ze, en toen kreeg ze opeens een ingeving. 'Koekjes!' voegde ze verleidelijk toe, hoewel ze nog geen kruimel in haar zakken had zitten.

Humperdinck aarzelde. Toen nam hij haar sandaal in zijn bek en galoppeerde hij weg in de richting van een klein gebouwtje vlak bij het huis. Tilly keek knarsetandend toe, haalde toen diep adem en ging achter hem aan.

'Ha! Nu heb ik je!' zei ze, terwijl ze de deur van het gebouwtje achter zich sloot. Ze deed een paar passen de muf ruikende ruimte in. Afgaande op de gereedschappen aan de muur, de stoelen die in een hoek stonden opgestapeld en de drie fietsen die met kettingsloten aan elkaar vast stonden, vermoedde Tilly dat het gebouw werd gebruikt als werkplaats en opbergschuur tegelijk. Slechts een paar ijle lichtstraaltjes vielen door twee hoge raampjes naar binnen, zodat het grootste deel van de ruimte in schaduwen was gehuld. Onder een werkbank, waarop een ladder lag die op verschillende plekken was gebroken, zag ze iets bewegen.

Humperdinck kroop onder de werkbank vandaan, bleef stilstaan in de straal licht, kwispelde opgewekt naar Tilly en liet haar sandaal vallen. Met een holle tik viel hij op de betonnen vloer. Tilly wierp zich op haar sandaal en gespte hem om haar voet. Toen greep ze Humperdincks ruige nek en tastte naar zijn halsband. Die was er niet.

De hond gooide haar bijna omver toen hij plotseling opsprong, zijn poten op de werkbank zette en aan de ladder snuffelde. Hoofdschuddend keek ze toe, toen hij aan een van de sporten begon te likken.

'Je bent toch echt wel de sufste hond die ik ooit gezien heb,' zei Tilly met een glimlach. Nu ze haar sandaal terug had en erin was geslaagd Humperdinck op te sluiten, was ze te dankbaar om nog langer kwaad te zijn. Haar opluchting was echter maar van korte duur.

'O, nee! Er komt iemand aan!' zei ze, toen ze buiten een geluid hoorde. Ze sloeg haar armen om Humperdincks nek en

194

sleurde hem met al haar kracht in een donker hoekje. Daar duwde ze hem tegen de grond achter een stapel stoelen en keek hem zo streng mogelijk aan. 'Sst,' zei ze, met haar vingers tegen haar lippen, terwijl de deur krakend openging.

Tilly hoorde twee paar voetstappen het gebouw binnengaan. Ze waagde een blik tussen de stoelpoten door en zag Calvin Nobel in de deuropening staan, samen met de oude man die bij het dorpshuis had gezeten om het entreegeld te innen voor de tentoonstelling.

'Weet u het wel zeker, meneer Nobel?' hoorde ze de oude man zeggen.

'Ja, Ronnie. Zo zeker als het maar zijn kan,' antwoordde Calvin.

De oude man krabde op zijn hoofd. 'Toch vind ik het zonde. Een ladder waar niks aan mankeert in stukken zagen.'

'Hij is gebroken, Ronnie,' legde Calvin geduldig uit. 'Op meerdere plaatsen.'

Ze kwamen wat dichter bij de werkbank waarop de ladder lag. Tilly greep Humperdincks snuit nog wat steviger beet.

'Het is een mooie ladder,' zei Ronnie. 'Zal ik hem niet gewoon repareren?'

'Nee,' zei Calvin. 'Het is vriendelijk dat je het aanbiedt, maar ik heb liever dat hij als brandhout wordt gebruikt. Sinds die arme kerel dat ongeluk heeft gehad, kan ik er nauwelijks meer naar kijken. Hij heeft allebei zijn benen gebroken, de pechvogel.'

'O ja. Dat is ook zo,' zei Ronnie langzaam, alsof hij zijn hersens pijnigde om het zich te herinneren. 'Een glazenwasser was het, nietwaar?'

'Mm, mm,' zei Calvin, die weer naar de deur liep. 'Goed, dan laat ik het verder aan jou over – en als je daarna nog even dat andere klusje wilt doen, waar ik het over had...'

'Komt in orde,' zei Ronnie, en hij pakte een zaag van een haak boven zijn hoofd.

'Mooi. Ik ben in mijn studeerkamer, als je me nodig hebt,' zei Calvin, met zijn hand op de deurknop. 'Ik moet het cryptogram van vandaag nog afmaken. Wil je om elf uur een kopje thee, zoals gewoonlijk? Drie suikerklontjes, was het niet?'

'Vier,' zei Ronnie, en hij snoof even. Toen greep hij de ladder met zijn ene hand beet en begon met de andere met de gekartelde zaag een groef in het hout te zagen.

Tilly's ogen waren zo rond als knikkers. Ze bleef zitten, zo roerloos als mogelijk was met een koppige hond in haar armen die worstelde om los te komen, en sprak zichzelf in gedachten streng toe. Wat ben je toch een sukkel, Tilly. Dat je niet meteen doorhad dat Milos hier bij het huis van Calvin Nobel dat ongeluk heeft gehad. Red heeft het je nog aangewezen op de plattegrond, en je lette weer eens niet op. Wat zei hij ook weer dat de naam was? Het Oude Eethuis, of zoiets...'

Ze keek toe hoe Ronnies elleboog van voor naar achter zwiepte terwijl hij de ladder in stukken zaagde. Tilly was het met de oude man eens dat het zonde was om de ladder tot brandhout te reduceren. En het was ook een flinke tegenslag in haar onderzoek. Als ze meteen het belang van de ladder had ingezien, had ze kunnen controleren of er misschien mee geknoeid was. Nu zou ze nooit weten of de val van Milos kwade opzet was geweest, of dat hij gewoon zijn evenwicht had verloren.

Zoals de meeste honden had Humperdinck geen erg goede manieren – en hij had ook niet al te schone tanden. Helaas drongen die twee feiten vlak na elkaar tot Tilly door, toen hij zijn enorme muil opende en recht in haar gezicht gaapte. Omdat het totaal onverwacht was, had Tilly geen tijd haar hoofd af te wenden voor de hondenadem toesloeg. Instinctief grepen haar vingers naar haar neusgaten, om de stank tegen te houden.

Als Tilly Humperdinck ook maar een klein beetje intelligentie had toegedicht (wat niet zo was), had ze nog kunnen denken dat hij met opzet had gegaapt. Want om zijn onaangename geur af te weren, was ze gedwongen hem met één hand los te laten. Dit gaf hem een groot voordeel, en hij maakte er onmiddellijk gebruik van. Het ene moment zat Tilly tegen hem aangedrukt, met haar gezicht zowat in zijn snuit, en het volgende keek ze hulpeloos toe terwijl zijn pluimstaart door de deur verdween. Gelukkig leek Ronnie zo verdiept in zijn taak dat hij niet merkte dat er een hond langs hem heen glipte, gevolgd door een geërgerd elfjarig meisje met zeer lichte tred.

Eenmaal weer buiten hoorde Tilly in de verte een stem die telkens weer dezelfde naam riep.

'Freeeehed! Freeeeehed!'

Wanhopig keek ze om zich heen, maar Humperdinck was nergens te bekennen. Bang dat ze elk moment Calvin tegen het lijf kon lopen rende ze naar het merkwaardige huis, drukte haar rug tegen de muur en bewoog zich er als een krab langs tot ze bij een hoek kwam. Net toen ze om de hoek keek, hoorde ze een luid gekrabbel en gescharrel en zag ze Humperdinck over de met grind bedekte oprijlaan racen naar een magere jongen die daar met uitgespreide armen stond.

'Waar ben je verdorie mee bezig?' siste ze Felix toe, zodra ze bij hem was.

'Kijk me niet zo kwaad aan,' zei hij, met een frons. Hij aaide

Humperdinck over zijn kop, en de hond zuchtte tevreden.

'Jij hoort thuis te zijn!' schuimbekte Tilly. Ze wierp een snelle blik op het huis achter hen. Het porseleinen bord naast de voordeur bevestigde dat ze de naam verkeerd had onthouden. Het heette Het Olde Eesthuis. 'Natuurlijk, dat was het,' zei ze in zichzelf.

'Hij heeft zich uit zijn halsband gewurmd,' zei Felix, en hij haalde het ding uit zijn zak en schoof het om de kop van de hond. 'Slimmerik,' voegde hij toe, terwijl hij de riem vastklikte.

Tilly kneep haar ogen tot spleetjes. Ze had het akelige vermoeden dat Felix niet helemaal de waarheid sprak, maar ze wilde hier in het openbaar niet met hem in discussie gaan. In plaats daarvan stelde ze voor om een eindje verderop te gaan staan. Ze was bang dat Calvin Nobel uit het raam zou kijken, en zich zou afvragen waarom ze voor zijn huis rondhingen.

'Heb je de zaak al opgelost?' vroeg Felix pesterig.

'Nee, gek genoeg niet,' zei Tilly. 'Ik heb het namelijk te druk gehad met achter jouw hond aanzitten. Hij kan deze hele missie verknallen, als je hem niet in bedwang houdt.' Boos keek ze Felix aan. 'Ga nu alsjeblieft naar het huisje terug. Je weet dat je hier niet hoort te zijn.'

'Jij anders ook niet,' antwoordde hij met een minachtend lachje. 'Die kerel in wiens tuin je aan het werk was zal zich inmiddels wel afvragen waar je bent gebleven. Laten we hopen dat Thea een goede smoes voor je heeft verzonnen.'

'Wat?' vroeg Tilly, met grote ogen. 'Is Leo al terug? Hoe lang geleden heb je hem gezien? Ik hoop niet dat je me voor de gek houdt...'

'Een oude vent?' vroeg Felix nonchalant. 'Kromme benen...

baardje... bruine papieren zak?'

Tilly knikte, terwijl de moed haar in de schoenen zonk.

'Ja, die heb ik wel gezien. Hij liep vijf minuten geleden zijn voortuin binnen.'

HOOFDSTUK 15

De derde maan

'Heb je patat gehaald?' vroeg Felix, en hij kwam met drie treden tegelijk de trap van De Narcis afdenderen. Als door een wonder slaagde hij erin niet over Humperdinck te struikelen, die vastberaden leek eerder dan zijn baasje beneden te zijn. 'Nou?' vroeg Felix gretig, toen hij in de gang landde. Zijn rusteloze ogen bleven hangen bij Tilly's rugzak, en voor ze kon protesteren had hij hem uit haar hand gegrist en opengemaakt. 'Ik verga echt van de honger,' zei hij, in haar tas rommelend. 'Ik hoop dat je een extra grote portie voor me hebt.'

'Jij hebt echt geen manieren,' zei Tilly zwakjes. Ze had de energie niet meer om hem een flinke uitbrander te geven. Haar spieren deden pijn, haar voeten waren helemaal smerig en het puntje van haar neus was te pijnlijk om aan te raken.

Felix kreunde en liet de tas zakken. 'Je hebt mijn boodschap niet gekregen, hè? O, trouwens,' zei hij, 'heb je al in de spiegel gekeken? Het puntje van je neus is helemaal verbrand. Of anders heb je een extreem grote pukkel.'

Tilly zuchtte. Ze had braaf de hele dag een zonnehoed op gehad, maar de rand was duidelijk niet breed genoeg geweest.

'Welke boodschap?' vroeg ze.

'Die ik je telepathisch heb verstuurd. Ik heb je gevraagd onderweg naar huis bij de snackbar langs te gaan.'

'Nee, die boodschap heb ik niet gekregen,' zei Tilly vermoeid, en ze weerstond de verleiding om toe te voegen: 'Idioot.'

'Ik vraag me af wat Thea voor ons gaat koken,' zei Felix. 'Er is niets te eten, in de keuken. Een beetje brood, wat eigenaardige kaas, een pot pruimenjam en een ei. Waar is onze geliefde moeder, trouwens?'

Tilly stak haar hoofd om de deur naar de woonkamer. Thea, die nog steeds haar modderige schoenen, tuinhandschoenen en honkbalpet droeg, was op de bank in elkaar geklapt.

'Die is diep in slaap,' zei Tilly, die zelf een gaap niet kon onderdrukken. 'En dat verbaast me niets. We hebben vandaag in vier verschillende tuinen gewerkt. Het onkruid gewied bij De Ritsel, gesproeid bij Het Eendenkuiken, het gras gemaaid bij Kijklust en een diep gat gegraven bij Het Akelige Adelaarsnest. Nou ja, ík heb niet zo veel hoeven doen. Thea heeft al het zware werk gedaan...'

'Zei je nou Het Akelige Adelaarsnest?' Felix lachte spottend. 'Welke mafkees noemt zijn huis nou zo?'

'Sam Loper woont daar,' zei Tilly, een beetje gepikeerd. 'Hij is misschien wel vreemd, maar hij is heel aardig. Hij heeft uren met Thea zitten kletsen, en bracht ons voortdurend thee en koekjes.'

'Hij was toch degene die ons waarschuwde dat we niet in de buurt van Bleekenberg moesten komen? Ik dacht dat hij een verdachte was,' zei Felix.

'Dat is hij ook,' zei Tilly. 'Maar het is me gelukt zijn hele huis te doorzoeken, en ik heb niets verdachts aangetroffen.'

'Waar was dat gat dan voor?'

'Daar wil hij zijn totempaal in zetten.'

'Ik zei toch al: compleet geschift,' zei Felix zelfingenomen.

'Sam heeft hem zelf gemaakt, van allerlei dingen die mensen hadden weggegooid,' legde Tilly uit, met iets van ontzag in haar stem. 'Hij verzamelt de rommel die hij opruimt en maakt er beeldhouwwerken en kunstobjecten van. Hij heeft me een van zijn creaties cadeau gedaan.'

'Ik vroeg me al af wat dat rare ding in je tas was,' zei Felix. Hij stak zijn hand in de rugzak en haalde een merkwaardig geval tevoorschijn. Het bestond uit een aantal bollen die met dunne stukjes draad aan de spaken van een paraplu waren bevestigd. De bollen roken naar behangplaksel en waren bedekt met snippers krantenpapier. 'Wat moet dit voorstellen?'

'Het is een mobiel,' zei Tilly. 'Die grote bol in het midden is de planeet Neptunus, en de andere zijn de manen die om hem heen draaien.'

'Zal ik hem weggooien?' vroeg Felix.

'Nee!' Tilly rukte het ding uit zijn handen. 'Ik ga hem in mijn slaapkamer ophangen.'

'Mij best,' zei Felix. 'Hé, wat heb je eigenlijk gezegd tegen die Leo? Was hij boos dat je ervandoor was gegaan, terwijl je in zijn tuin bezig was?'

'Ik heb hem verteld dat ik ijsjes was gaan halen voor Thea en mezelf, maar dat ze op de terugweg waren gaan smelten en dat ik ze toen allebei snel op moest eten. En hij geloofde het allemaal,' zei ze.

'IJs!' zei Felix, en kreunend wreef hij over zijn maag. 'Ik zou wel een badkuip vol lusten!'

'Daar zou je anders knap misselijk van worden,' zei Tilly. Ze pakte haar rugzak uit zijn handen en begon de trap te beklimmen. Anders dan Felix had ze totaal geen trek. Dankzij haar vier werkgevers had ze minstens een dozijn koekjes op, een plat Indiaas brood, twee vruchtentaartjes en een dikke plak roggebrood. Avondeten was wel het laatste waaraan ze nu dacht.

Wat ze echt nodig had was een heerlijk warm bad en dan een paar uur slapen. De tuinklusjes hadden haar vermoeid, maar wat haar vooral had uitgeput was de constante angst dat ze betrapt zou worden bij haar speurwerkzaamheden. En om negen uur die avond moest ze zich absoluut weer fris en alert voelen en op alles voorbereid zijn, want dan zou ze beginnen aan haar wandeling bij maanlicht naar Bleekenberg.

Tilly trok haar sandalen uit en klom op haar bed. Het matras was stevig en maakte geen lawaai – heel anders dan het hobbelige ding dat ze thuis had, en dat altijd geruststellend kraakte als ze erop ging zitten. Ze strekte beide armen boven haar hoofd en slaagde erin Sams object aan een haakje in het plafond te hangen. Het hing scheef, en de bollen sloegen tegen elkaar aan.

'Wat vind jij ervan, Balk?' vroeg ze opgewekt.

Tilly had haar ezel altijd beschouwd als een echte kunstkenner. Als ze ruimteschepen van piepschuim, lompe monsters van klei of mozaïeken gemaakt van eierschalen van school mee naar huis had genomen, had hij altijd onder de indruk geleken van die prachtige creaties. Maar nu begreep ze, met een blik op Balks geschokte uitdrukking, dat hij Sams handwerk maar een idiote prul vond.

'Zo erg is het nou ook weer niet!' zei Tilly, en ze duwde met haar wijsvinger tegen de grootste bol. 'Stel je nou eens voor dat deze kamer het heelal is, goed? Nou, dan is deze bol de planeet Neptunus en... wacht even, Sam heeft me de namen van al die manen verteld. Eh...' Ze dacht diep na, en toen begon ze de andere bollen een voor een aan te wijzen. 'Dit is Triton... en deze heet Naiade, en... O, MIJN HEMEL!' Tilly nam de derde maan in haar hand en hapte naar adem. Haar wangen werden net zo rood als het puntje van haar neus.

Tussen alle krantensnippers die op de maan waren vastgeplakt zat een klein paars driehoekje. Het kleurige stukje papier
was goudomrand, en de volgende woorden waren erop getypt:

behalve pteronofobie.

Tilly liet zich achterover zakken in een bad vol met stomend,
geurig water. Ze had een fles badschuim met amandel gevonden in het kastje boven de wasbak en een flinke scheut in het
bad gedaan terwijl de kraan nog liep. Het water was melkach-
tig lila geworden. Een kleur die verdacht veel leek op die van
de snipper, afkomstig van een vel van het opvallende papier
dat P.S.S.S.T. gebruikte. Hoe groot was de kans, vroeg Tilly zich
af, dat het ontbrekende stukje papier uit het dossier van Bob
Collier hier opdook, vastgeplakt aan een replica van de derde
maan van Neptunus?

Binnen een seconde had ze het dikke paarse papier herkend
als het eigendom van P.S.S.S.T. Het had iets langer geduurd voor
ze besefte dat ze naar het hoekje van een bladzij uit Bobs dossier staarde. Iemand moest dat driehoekje er met opzet hebben
afgescheurd – en de informatie tegen de P.S.S.S.T.-agent hebben
gebruikt.

Hoe het in Sams bezit was gekomen kon Tilly alleen maar
raden. Had hij het op straat gevonden, en het volkomen onschuldig opgeveegd met zijn stoffer en blik? Of was hij degene die
het uit de dossierkast op het hoofdkwartier van P.S.S.S.T. had
gestolen?

Tilly's brein probeerde alle informatie die zich in haar hoofd
had verzameld op een rijtje te zetten.

Pteronofobie. Dankzij haar grootvader, die de omschrijving een keer had gehoord in een televisiequiz, wist ze precies wat dat betekende. Pteronofobie was de angst om met een veer te worden gekieteld. Toen opa haar op de ochtend van haar vertrek naar P.S.S.S.T. dat woord had geleerd, had ze niet echt geloofd dat die kennis ooit nog van pas zou komen. Maar dat was dus toch zo! Tilly bedacht hoeveel geluk ze had met een grootvader die een beetje getikt was, en die haar niet verveelde met degelijke adviezen, maar haar allerlei vreemde en fantastische feiten vertelde in de hoop dat ze er op een dag misschien iets aan zou hebben. Nu was duidelijk dat Bob geen aversies, allergieën of fobieën had... op pteronofobie na. Deze man, die in alle andere opzichten totaal onverschrokken was, bleek bang te zijn voor vogelveren.

Veren. Er had een veer gelegen in de telefooncel waar Bob was gevonden, in een staat van hysterie. Een grote, grijze veer. Het puntje stak nu uit de zak van haar korte broek, die ze op een stoel had gegooid toen ze zich uitkleedde. Helaas had Tilly niet meteen begrepen wat die veer betekende – maar nu drong het tot haar door. Iemand had Bobs dossier weten te bemachtigen en had ontdekt wat zijn enige zwakke plek was.

Misschien hadden ze hem naar de telefooncel gelokt. En toen? Tilly herinnerde zich het ontbrekende ruitje. Misschien had de boosdoener de veer door het gat gestoken en ondertussen de deur geblokkeerd, zodat Bob niet kon ontsnappen. Maar het kon toch niet, dacht Tilly hoofdschuddend, dat één onschuldige veer een stoere P.S.S.S.T.-spion in een sprakeloos wrak had veranderd?

Nog steeds piekerend over deze nieuwe ontwikkelingen in Operatie Vraagteken leunde Tilly naar voren om een stuk zeep en een washandje te pakken van het plankje dat dwars over het bad lag. Toen ze het washandje in haar hand nam, viel er iets anders van het plankje in het water. Het zonk niet weg in de melkachtige paarse diepte, maar bleef aan het oppervlak drijven, met een getekende lach op zijn oranje snavel. Tilly grinnikte. Een klein rubbereendje was net gezellig bij haar in bad gesprongen.

Een eend.

Tilly huiverde, en het stuk zeep glipte uit haar handen.

'Bernard!' zei ze hardop. 'De vermiste eend!' Hij was een woerd, bedacht Tilly, dus dan was zijn kop groen, maar de rest van zijn verenpak was grijs – net als de veer die ze had gevonden! Onmiddellijk sprong ze uit bad, en snel liep ze naar de stoel waarop haar korte broek lag, waarbij ze een spoor van vochtige voetstappen achterliet. Ze haalde de veer uit haar zak en aaide hem zachtjes.

Ze durfde zich nauwelijks voor te stellen wat er was gebeurd.

Iemand moest Bernard hebben ontvoerd, dacht Tilly treurig – en diegene had hem voorgoed de snavel gesnoerd. Na die vreselijke daad moest die geheimzinnige persoon de arme oude eend kaal hebben geplukt en zijn veren hebben gebruikt om Bob te martelen.

Terwijl ze naar haar bad terugkeerde raasden er allerlei vragen door haar hoofd. Hoe had iemand erin kunnen slagen door te dringen tot het hoofdkwartier van P.S.S.S.T. om die informatie te stelen? Zat Murdo Mak achter die diefstal, en zo ja, had hij ook de eend omgelegd? Kon Sam Loper de harteloze schurk zijn die ze zocht, of was een van de andere verdachten de schuldige?

Tilly besloot dat ze nu geen tijd had om al die mogelijkheden te overwegen en begon haar schouders in te zepen. Ze moest haar aandacht weer richten op de belangrijke taak die nu voor haar lag, en dat was Bleekenberg onderzoeken.

Ze had inmiddels dus uitgepuzzeld dat de zenuwinzinking van Bob Collier geen ongeluk was geweest. De kans was groot dat ook Milos Spar het slachtoffer was geworden van de onbekende boosdoener – maar tot nu toe had ze daar geen bewijs voor. Of Murdo Mak nou wel of niet de dader was, het leek Tilly toch wel verstandig om extra goed op te letten als ze later die avond op pad ging voor haar nachtelijke missie.

Gekleed in haar donkerste kleren (donkerblauwe gympen, een spijkerbroek en een donkergrijze sweater met capuchon) sloop Tilly de trap af. Ze keek even in de spiegel op de gang hoe ze eruitzag. Beteuterd constateerde ze dat het puntje van haar neus nog steeds roder was dan normaal, hoewel ze er een flinke klodder van Thea's dagcrème op had gesmeerd. Ze haalde haar schouders op naar haar spiegelbeeld. In het donker maakte het toch niet uit.

Zachtjes liep ze naar de keuken. Aan de rommel op het aanrecht kon ze zien dat Felix die avond de rol van kok op zich had genomen. Naast een lege jampot, een gebroken eierschaal en een verfrommelde verpakking zag ze twee dubbele bruine boterhammen op een bord. Erg smakelijk zagen ze er niet uit, maar ze wist dat een spion altijd iets te eten bij zich moest hebben – en ook dat ze nu niet veel te kiezen had. Ze stopte de boterhammen in een papieren zak en liet het pakketje in haar rugzak glijden, waarin ook haar radiozender en verrekijker zaten. In de zak van haar sweater had ze haar schelpofoon gestopt (voor noodgevallen) en haar minicamera.

Thea sliep nog steeds op de bank, maar ze had haar schoenen nu uitgedaan en een paar kussens onder haar hoofd gepropt zodat ze wat comfortabeler lag. Tilly moest haar behoorlijk hard door elkaar schudden om haar wakker te krijgen.

'Sluit me niet op in de tuinschuur!' zei Thea, op de toon van iemand die net uit een nachtmerrie was ontwaakt. 'O,' zei ze, met haar ogen knipperend naar Tilly. 'Jij bent het.'

'Ik wil alleen even zeggen dat het negen uur is, en dat ik ervandoor ga,' zei Tilly. 'Vanavond ga ik op onderzoek uit bij Bleekenberg.'

'Wil je dat ik met je meega?' vroeg Thea, die moeizaam overeind kwam. Ze gaapte uitgebreid.

'Nee, dat hoeft niet,' zei Tilly. 'Je bent helemaal uitgeput. En trouwens,' zei ze, denkend aan iets wat Socrates haar had verteld, 'een spion is het sluwst wanneer ze op een solomissie is.'

'Nou goed, als je het zeker weet...' zei Thea met tegenzin. 'Maar neem geen onnodige risico's, Tilly... En als je om middernacht nog niet terug bent, kom ik je zoeken.'

'Dank je.' Tilly was ontroerd, hoewel ze vermoedde dat Thea vooral had aangeboden om mee te gaan omdat ze dacht dat zij als volwassene veel meer zou bereiken dan een kind.

'Waar is Felix?' vroeg Thea plotseling.

'Maak je geen zorgen, die is boven,' zei Tilly. 'Ik heb aan zijn deur geluisterd, en toen hoorde ik allemaal van die piepjes en explosies. Volgens mij is hij druk bezig buitenaardse wezens te vernietigen op zijn Game Boy.'

'Ja, of zijn "geniale hond" heeft weer een nieuw trucje geleerd,' zei Thea, met onverholen sarcasme. 'Veel succes dan, Tilly.' Ze leunde achterover in de kussens en was binnen een paar seconden weer in slaap.

De ondergaande zon leek een enorme rozerode lolly die langzaam achter de horizon wegzakte. Nog maar een paar minuten, dan zou de schemering invallen. Tilly stond op het stoepje van De Narcis, haar rugzak stevig omgesnoerd. Ze keek snel de straat af om te zien wie daar allemaal waren.

Op een antieke fiets kwam de predikant van de dorpskerk langs het tuinhek zeilen, met het air van iemand die graag eeuwig jong wil blijven. Even dacht Tilly dat de predikant daarom ook haar haren knalgroen had geverfd, maar toen ze beter keek zag ze dat het een nogal opzichtige fietshelm was.

Aan de overkant van de Fluitenkruidlaan zat een tiener met stekeltjeshaar met zijn neus in een boek op een bankje. Om de paar seconden stopte hij zijn hand in een zak chips. Achter hem, een stukje naar rechts, stond mevrouw Mols te wiebelen op een krukje terwijl ze de hangplant op haar veranda water gaf. Geen van hen leek zich ervan bewust dat een jong meisje ze vanaf haar stoepje stond te observeren.

Tevreden dat ze erin was geslaagd uit De Narcis tevoorschijn te komen zonder aandacht te trekken, ging Tilly op pad. Ze liep iets doelbewuster dan gebruikelijk, en snel stapte ze de voortuin uit de stoep op, ervoor zorgend dat ze het hek niet achter zich dicht liet klappen.

Pibbels stak net de straat over, en aan de manier waarop hij liep kon Tilly zien dat hij kattenkwaad in de zin had. Hij stortte zich eerst op de schoenveters van de jongen die zijn boek zat te lezen en belandde toen met een perfect uitgemeten sprong op het lage stenen muurtje. Lichtjes rende hij eroverheen om pal voor Het Grasklokje te stoppen, waar mevrouw Mols net klaar was met water geven en naar binnen verdween. Bijna onmiddellijk verschenen er twee kleine witte koppies achter het raam die aan een stuk door begonnen te keffen. Pibbels leek zich er helemaal niets van aan te trekken. Hij negeerde de honden en krulde zijn voorpoten onder zich alsof hij zich klaarmaakte voor een lekker dutje. Het geblaf werd nog hartstochtelijker, en Tilly hoorde een flinke bons, en nog een, toen Beertje en Lammetje zich woedend tegen de ruit wierpen.

Uiteraard begon het onophoudelijke geblaf flink de aandacht te trekken. De predikant, die al bijna het einde van de laan had bereikt, keek over haar schouder om te zien wat er allemaal aan de hand was en viel bijna van haar fiets. Een vrouw in een kamerjas opende haar voordeur, en rekte haar nek uit om te kijken wat er gebeurde. Gordijnen bewogen en gezichten verschenen, en het roodste was dat van mevrouw Mols. De oude dame tikte met haar wandelstok tegen het raam en zwaaide met haar armen in een poging de kat te verjagen (een tactiek die werkelijk geen enkel effect had). Alleen de jongen op het bankje leek niets te merken van alle toestanden die Pibbels veroorzaakte. Tilly dacht bij zichzelf dat zijn boek wel heel erg spannend moest zijn.

Omdat ze liever niet door een van de dorpelingen wilde worden gezien ,versnelde ze haar pas en deed ze haar hoofd omlaag. Ze wist vrij zeker dat alle ogen gericht zouden zijn op Het Grasklokje, maar ze wilde geen risico nemen.

Tilly had haar route zorgvuldig uitgestippeld. Terwijl ze door het dorp liep, gebruikte ze een paar technieken die Socrates haar had geleerd om te zien of ze gevolgd werd: ze keek langdurig over haar schouder als ze een straat overstak en draaide zich plotseling om, om iets wat ze expres had laten vallen in een vuilnisbak te gooien. Een stel dat uit wandelen was met een bassethond, kwam nogal verdacht op haar over omdat ze bijna een kilometer achter haar aan bleven lopen. Maar ten slotte stopte het koppel om een praatje te maken met Diana Flint, de vrouw van het postkantoor, en daarna verdwenen ze uit zicht.

Tegen de tijd dat Tilly een voetpad in sloeg naar een bos iets verderop was ze ervan overtuigd dat niemand haar schaduwde. De zon was nu achter de horizon verdwenen, en het licht vervaagde snel, maar zoals ze al had verwacht was het volle maan. Dankbaar keek ze even omhoog, en volgde toen het pad dat heuvelafwaarts naar het bos voerde.

Zodra ze tussen de bomen was liet ze de rugzak van haar schouders glijden en haalde ze haar lunchtrommel eruit. Ze wilde graag contact leggen met P.S.S.S.T. voordat het te donker werd om de knoppen en wijzers van de zender te kunnen zien. Ze pakte de antenne en keek om zich heen, op zoek naar een plek waar ze hem zo hoog mogelijk kon neerzetten. Maar tot Tilly's teleurstelling waren de bomen in dit bos allemaal dennenbomen met lange, rechte stammen. Hoe ze ook haar best deed, ze kon niet eens bij de onderste takken komen.

Veel liever was ze gaan zenden vanuit het berkenbosje, zoals ze eerder had gedaan, maar ze wist dat dat tegen het advies van Socrates inging. Spionnen werden geacht elke keer een andere plek te kiezen, zodat ze de vijand altijd een stap voor bleven. Tilly besloot dat ze de antenne maar gewoon in de lucht moest houden en er het beste van moest hopen.

'Garnaal aan Mossel,' zei Tilly. 'Meld je alsjeblieft. Over.'

Er klonk een geluid alsof iemand een zak chips verfrommelde en een onaangenaam blikkerig gezoem. Tilly controleerde of ze op de juiste frequentie zat en draaide met de antenne alle kanten op.

'Garnaal aan Mossel,' zei ze, op dringende toon, en ze drukte haar vrije hand tegen de koptelefoon.

Reds stem was bijna niet te horen. Hij klonk alsof hij probeerde te praten met een harmonica in zijn mond. Gelukkig kon Tilly de belangrijkste dingen net verstaan.

'Ja, ik heb wel wat te melden,' zei ze, terwijl haar ogen voortdurend het bos afspeurden om te zien of ze wel alleen was.

'Ik ben vandaag naar Kijklust geweest en daar ontdekte ik dat Edgar Palmer op de eerste juli meedeed aan een gesponsorde wielertocht, dus hem kan ik ook van de lijst met verdachten schrappen. En ik heb onomstotelijk bewijs gevonden dat Bob is gekieteld met een veer. Over.'

'Een verdachte minder. Dat verstond ik,' zei Reds vage stem. 'Maar kun je die laatste zin nog eens herhalen... mmpfffzzz... Over.'

'BOB,' zei Tilly, waarbij ze elke letter nadrukkelijk uitsprak. 'GEKIETELD. OVER.'

'Rbbbpfffzzz... nog eens,' kwam het antwoord.

Wanhopig draaide Tilly de antenne in het rond, als een majorette die met haar stokje goochelde. 'Botervloot, Oliebol, Botervloot,' zei ze, haar toevlucht nemend tot het Calandro-alfabet, 'is gekieteld met een veer van een Egel Egel Nachtegaal Doedelzak. Hij heeft een fobie, namelijk. Ik heb het afgescheurde hoekje gevonden van het Pudding Aardappel Pudding Idioot Egel Ringweg.'

'Bob... gekieteld door een eend? Jwwzzzfff... wat zei je nou op het laatst? Over.' Red klonk verbijsterd.

Tilly wreef onrustig over haar voorhoofd. Volgens Socrates moest ze alle gesprekken zo kort mogelijk houden. Misschien kon ze het nu beter opgeven, en het morgen nog eens proberen.

'Het moet maar wachten tot de volgende keer,' zei Tilly. 'Ik ben op weg naar Bleekenberg... je weet wel, het Hoera Ukkepuk Idioot Saucijs op de Hoera Egel Ukkepuk Voodoo Egel Lampenkap. Over en uit.'

Tilly propte haar luchttrommel terug in haar rugzak en liep het voetpad weer op. Dat leidde haar naar de oostelijke rand van het bos en vervolgens langs een weiland naar een met gras begroeide wal. Als ze daarbovenop ging staan, kon ze net de heuvel zien met het donkere, dreigende silhouet van Bleekenberg op de top.

HOOFDSTUK 16

Een indringer in Bleekenberg

Het duurde langer om de heuvel te beklimmen dan Tilly had verwacht. De helling was steil, en hoewel de maan helder scheen kon ze toch niet zo goed zien waar ze haar voeten zette. Twee keer viel ze op haar achterste. De eerste keer omdat ze met haar voet in een konijnenhol bleef hangen. En een minuut of tien later omdat ze uitgleed over iets puddingachtigs en daarbij, heel ongelukkig, precies op een distel landde.

Zoals een professionele spion betaamde, gaf ze in beide gevallen geen kik. Ze klopte het stof van haar kleren, keek even naar de enorme ruïne op de heuveltop en zette haar beklimming voort.

Om er zeker van te zijn dat ze de goede kant opging, moest ze regelmatig even naar Bleekenberg kijken. En telkens als ze haar blik op het vervallen landhuis richtte, voelde ze haar nekharen overeind komen. In het maanlicht zag ze alleen maar een groot, zwart, rechthoekig gebouw en hoe langer ze naar het huis staarde, hoe meer het leek op te zwellen en te bewegen, alsof het leefde. Het was het soort huis, bedacht Tilly, waar mensen nachtmerries over hadden – en ze keek er absoluut niet naar uit om daar naarbinnen te moeten gaan.

Dapper klauterde ze verder tot ze voor een slordig hekwerk met prikkeldraad stond, dat vermoedelijk rondom het huis was aangelegd om nieuwsgierige dorpelingen op afstand te houden. Ze draaide zich om en keek terug de helling af, om te zien of ze niet gevolgd was. De maan legde een ragfijn zilveren laagje over de heuvel, en voor zover Tilly kon zien was ze helemaal alleen.

Na haar uitputtende klim vond ze het wel een goed idee om even uit te rusten, voordat ze op onderzoek uitging in Bleekenberg. Met gekruiste benen ging ze op de grond zitten, en wenste dat ze iets zoets en geruststellends had meegenomen, zoals een reep chocola. Toen herinnerde ze zich de boterhammen die Felix had gemaakt, en ze tastte naar het pakketje in haar rugzak.

Ze liet een van de dubbele boterhammen uit het zakje glijden en staarde ernaar. De sandwich was helemaal geplet en misvormd. Maar erger nog: hij rook heel raar. Tilly trok de boterhammen van elkaar om het beleg te inspecteren, en besefte meteen dat de 'eigenaardige kaas' van Felix in werkelijkheid reuzel was. Geen wonder dat de boterhammen onaangeroerd waren blijven liggen.

Misschien dat Felix op school een genie is, dacht Tilly, en ze liet het brood terugvallen in het zakje, maar in de keuken is hij een ongelooflijke sukkel.

Zelfs nadat ze de onsmakelijke hap helemaal naar de bodem van haar rugzak had geduwd, bleef het onwelriekende vet haar neus belagen. Het was een vreemde, onaangename geur, die haar sterk aan iets anders deed denken...

Humperdincks adem!

Tilly's mond viel open, terwijl drie beelden in haar hoofd uitwaaierden als een stel speelkaarten in de hand van een pokeraar. Het eerste beeld was van een blok reuzel, het tweede van een ladder en het derde toonde Humperdincks tong.

Eerder die dag, toen ze zich ongeoorloofd op het terrein van

Calvin Nobel hadden bevonden, had Tilly de hond iets vreemds zien doen. En daarna had zijn adem net zo raar geroken als het spul dat Felix per ongeluk had gebruikt als broodbeleg. Natuurlijk had ze het op dat moment ook wel abnormaal gevonden om aan de sport van een ladder te likken, zelfs voor een hond. Maar omdat Humperdinck wel vaker idiote dingen deed, had ze er verder niet over nagedacht.

Nu zette ze de feiten op een rij. Een ervaren kok zoals zij wist wel het een en ander van reuzel. Dat was zacht en vettig. Het had ook de neiging doorzichtig te worden als het ergens opgesmeerd werd, zodat er alleen een glans achterbleef. Wat als iemand met opzet reuzel op de sporten van de ladder had gedaan? De dader, wie dat ook was, had geweten dat Milos zijn evenwicht zou verliezen zodra hij zijn voet erop zette en hulpeloos ter aarde zou storten.

Calvin Nobel was er wel erg op gebrand geweest om zich na het 'ongeluk' van de ladder te ontdoen. En dat terwijl zijn klusjesman Ronnie het zonde had gevonden om het ding aan stukken te zagen. Wilde Calvin zijn ladder per se tot brandhout laten verwerken omdat hij de herinnering aan de nare val van de glazenwasser ondraaglijk vond? Of was hij alleen maar bezig geweest zijn sporen uit te wissen?

Een ronddwalend lichtje op de bovenste verdieping van het huis verdreef alle gedachten aan Calvin en de ladder uit Tilly's hoofd. Zo onopvallend mogelijk kroop ze langs het hek, waar ze om de paar meter met haar schouder tegenaan duwde, op zoek naar een zwakke plek.

Na een paar minuten vond ze een paal die niet goed in de grond zat en een paar doorhangende stukken prikkeldraad, die ze ver genoeg uit elkaar kon houden om ertussendoor te glippen. Even bleef ze roerloos zitten, met kloppend hart, terwijl ze keek hoe het licht onder de balken heen en weer zwaaide. Toen zette ze het op een lopen naar de veranda, waarbij ze bijna struikelde over een omgevallen bord met 'GEVAARLIJK' en 'VERBODEN TOEGANG'.

Ooit moest het landhuis een prachtige plek zijn geweest om te wonen. De voordeur werd geflankeerd door vier enorme zuilen die koel en glad aanvoelden. Tilly stapte snel tussen twee pilaren in, waarbij ze probeerde de brokken puin te vermijden waarmee de vloer van de veranda was bezaaid. Nu ze niet langer in het open veld stond en de maan uit zicht was verdwenen, kon ze vrijwel niets meer zien. En de duisternis werd nog dieper, bijna stroperig zwart, toen ze een deurknop met het formaat van haar vaders vuist omdraaide en de hal binnenstapte.

Van buitenaf had het huis er al angstaanjagend uitgezien, maar eenmaal binnen vond Tilly het nog spookachtiger. Haar haren kwamen overeind, terwijl ze op de tast door de hal liep. Van boven klonk een serie gedempte bonken, en ze hield haar adem in. Ze hief haar kin en staarde zonder iets te zien in de richting van de bovenste verdieping. Wie was daarboven? En wat deed hij 's avonds in het donker in een vervallen huis dat verboden terrein was? Drie nachten eerder had ze iemand op de heuvel gezien met een zaklamp. Was dat dezelfde persoon geweest wiens voetstappen ze nu door het plafond heen kon horen?

Er kwam een gedachte bij haar op, en haar hart sloeg over. Zou Angela Britten hier soms gevangen worden gehouden? Dat was heel goed mogelijk. Geen enkele verstandige, brave burger zou een stap durven zetten in een bouwval die elk moment in kon storten. Het was dus de perfecte plek voor een doortrapte kidnapper om zijn slachtoffer te verstoppen.

Tilly stootte haar teen tegen iets hards, iets van hout. Ze weerstond de neiging om 'Au!' te roepen en beet in plaats daarvan op haar lip. Ze knielde neer om het voorwerp met haar handen te onderzoeken, en begreep al snel dat het de onderste trede van een trap was.

De trap bestijgen bleek geen probleem. De treden waren niet bekleed, maar Tilly bewoog zich van nature geruisloos, en haar gympen hadden zachte zolen. Eenmaal boven aan de trap bleef ze staan om te luisteren. Een diep, brommend geluid bereikte haar oren. Het klonk alsof er iemand achter een gesloten deur aan het praten was. Meteen besefte Tilly wat dit betekende. Er is meer dan één persoon, zei ze tegen zichzelf, terwijl ze voorzichtig door de duistere gang in de richting van de stem liep.

Tilly wist precies waar ze moest stoppen. Het licht van de zaklamp sijpelde door de kieren in de deur heen, waardoor die eruitzag als een goudomrande rechthoek. Zo zacht als ze kon draaide ze de deurknop om en gaf ze de deur een zetje, zodat ze een blik naar binnen kon werpen.

Ademloos van opwinding reikte ze heel langzaam naar haar zak om haar minicamera te pakken. Als haar vermoedens juist waren en Murdo Mak zich in die kamer bevond, zou ze de eerste persoon zijn die hem op een foto vastlegde.

Eerst zag ze alleen maar het felle licht van een zaklamp. Daarachter bevond zich het gezicht van een man, maar zijn gelaatstrekken waren niet te onderscheiden. Was het Calvin Nobel? Ze kon het niet zien. De man veranderde van houding en liet zijn hand zakken, zodat de lichtstraal op de kale vloer viel. Op dat moment zag Tilly zijn gezicht scherp genoeg om zeker te zijn van zijn identiteit.

Snel bracht ze de camera naar haar oog en drukte af. Dus het was Sam. Sam Loper. Degene die zo nadrukkelijk had gezegd dat Felix en zij bij Bleekenberg uit de buurt moesten blijven. Kennelijk had hij ze niet gewaarschuwd uit bezorgdheid, maar omdat hij niet wilde dat ze ontdekten wat hij daar uitspookte. Tilly voelde een steek van teleurstelling. Eerder die dag had hij zo vriendelijk geleken, en hij had haar zelfs een van zijn dierbare kunstobjecten gegeven. Ze had zo graag willen geloven dat Sam het stukje papier uit Bobs dossier toevallig had gevonden, tijdens zijn straatvegerswerk. Maar nu was ze daar niet meer zo zeker van. Huiverend realiseerde ze zich dat ze steeds meer sympathie had gekregen voor een man die heel goed Murdo Mak kon zijn.

Sam begon iets te mompelen. Helaas had hij Tilly zijn rug toegekeerd, zodat ze geen woord verstond van wat hij zei. Ze omklemde haar cameraatje, klaar om een foto te maken van de andere persoon in de kamer, zodra die in beeld kwam. Tilly's ogen zochten alle hoeken af. Waar was Angela Britten? Hoe zou die arme vrouw eraan toe zijn, nadat ze een hele maand gevangen was gehouden? Tilly raakte steeds gefrustreerder. Voor zover ze kon zien (en dat was met deze geringe hoeveelheid licht niet eenvoudig) was er behalve Sam niemand in de kamer. Maar hoe kon dat nou?

Plotseling draaide Sam zich om en verhief zijn stem. Zijn woorden hadden een verlammende uitwerking op Tilly.

'Ik weet dat je daar staat,' zei hij. 'Kom maar tevoorschijn.'

Tilly besefte dat ze twee opties had. Ze kon de benen nemen naar beneden, en hopen dat Sam niet hard kon rennen. Of ze kon zich houden aan de smoes die ze had verzonnen en proberen zich eruit te bluffen. Omdat de tweede optie haar iets veelbelovender leek dan de eerste, stak ze het cameraatje in haar zak en duwde ze, na een korte aarzeling, de deur open.

'Aha!' riep Sam uit. Hij scheen met de zaklamp in Tilly's gezicht, die instinctief haar ogen dichtkneep.

'Wilt u dat alstublieft laten?' vroeg ze, lichtelijk geërgerd. Eigenlijk was ze nerveus en bang, maar ze was vastbesloten dat niet te laten merken.

'O!' Sam klonk meer dan teleurgesteld. De binnenkant van Tilly's oogleden werden donkerder toen hij wegscheen met zijn zaklamp. 'Heel even dacht ik... Hé, jij bent toch de dochter van die hovenier? Kitty, was het niet? Wat doe jij hier nou?'

Tilly knikte. 'Ja, ik ben Kitty Wilson – en ik ben op zoek,' zei ze plechtig, 'naar kerkuilen.'

'Waar is je moeder?' vroeg Sam, fronsend op een manier die Tilly bepaald onheilspellend vond.

'O, die is er niet,' zei Tilly nonchalant. 'Mijn moeder heeft niets met uilen. Maar ik wel. En een paar dagen geleden zag ik er een naar deze heuvel vliegen. Ik dacht dat hij misschien zijn nest had in dit oude huis. Kerkuilen voeden hun kuikens graag op in oude ruïnes.'

'Dus je bent een echte vogelexpert?' vroeg Sam.

Tilly vond hem nogal argwanend klinken. Ze besloot haar verhaal wat kracht bij te zetten. Ze maakte haar tas open en haalde haar lidmaatschapskaart van de Jonge Ornithologen tevoorschijn. 'Een echte expert ben ik niet,' antwoordde ze. 'Nog niet, tenminste... maar ik heb wel veel over uilen gelezen.'

'Wat dan?' vroeg Sam. Als Tilly niet beter had geweten, had

ze gedacht dat hij oprecht geïnteresseerd was.

'O... eh... *Vogels in de vlucht*,' zei Tilly. Ze wist dat dat boek echt bestond, omdat ze het een keer uit de bibliotheek had gehaald. 'En eh... *Uilen in de nesten* en *Ik zie ze vliegen*,' verzon ze snel nog twee titels.

'Echt waar?' zei Sam. 'Indrukwekkend.' Hij leek ervan overtuigd dat ze de waarheid vertelde. 'Maar hoor je niet allang in bed te liggen, Kitty? Weet je moeder wel waar je bent?'

'O ja hoor,' zei Tilly, en ze onderdrukte haar paniek. 'Ze vindt het prima. Ik mag naar bed wanneer ik wil. Mijn moeder gelooft niet zo in regeltjes. Ze vindt dat kinderen recht hebben op hun vrijheid.' Tilly deed haar uiterste best om haar gezicht in de plooi te houden toen ze die woorden uitsprak. Zou Sam onnozel genoeg zijn om haar te geloven?

'Gek is dat,' zei Sam, die met het uiteinde van zijn zaklamp tegen zijn kaak tikte. 'Ik heb gisteren een hele tijd met je moeder zitten praten. En zo kwam ze helemaal niet op me over. Ik kan me niet voorstellen dat ze het goedvindt dat jij 's nachts in je eentje rondzwerft.'

'O... nou...' stamelde Tilly. Hij weet dat ik hem maar wat op de mouw sta te spelden, dacht ze angstig. Hij heeft me door. Nu zit ik echt in de puree.

'Ze is ook niet in haar eentje,' zei een stem vanuit de deuropening. 'Ik ben bij haar.' Die laatste woorden werden gevolgd door een zacht gejank en een korte blaf. 'En hij ook.'

'Aha,' zei Sam.

Tilly keek over haar schouder. Ze had nooit gedacht nog eens blij te zijn om Felix te zien. Blij was trouwens het woord niet, ze was door het dolle heen. Humperdincks staart bonkte tegen de deurpost en Tilly had de onweerstaanbare neiging de hond in haar armen te sluiten.

'Dit is mijn broer, Walter,' zei ze, dankbaar glimlachend naar Felix.

'En dit is Fred,' zei Felix, hetgeen hem nog een glimlach van Tilly opleverde, omdat hij eraan dacht Humperdincks schuilnaam te gebruiken. 'We gaan vaak met mijn zus mee op haar vogelexpedities. Ik ben zelf meer een lepidopterist. Vlinders, weet u wel.'

'En motten,' zei Sam, een beetje uit het veld geslagen.

'Dat is correct,' zei Felix nogal gewichtig.

'Nou, hier zul je geen fladderbeestjes vinden... en ook geen uilen, trouwens. Tenminste, ik kan me niet herinneren dat ik een nest heb gezien.' Sam kneep zijn ogen tot spleetjes. 'Dus gaan jullie nou maar snel weer weg. Ik heb volgens mij al eerder gezegd dat dit geen speeltuin is.'

Tilly besloot dat ze het beste zijn advies konden opvolgen – of dat ze in ieder geval moesten doen alsof. Ze begon naar de deur te lopen.

'Oké,' zei ze luchtig, 'dan gaan we maar. Ik heb me kennelijk vergist, over die uil.'

'Wacht even, zus,' zei Felix.

Wanhopig probeerde Tilly hem duidelijk te maken dat het tijd was om te gaan, door aan zijn mouw te trekken en hem smekend aan te kijken.

'Sorry, meneer,' zei hij echter tegen Sam, 'maar mag ik u iets vragen?'

'Ja, hoor,' zei Sam, en hij sloeg zijn armen over elkaar. 'Als je het maar kort houdt.'

'Wat doet u hier zelf eigenlijk?' vroeg Felix. 'Ik vind het een beetje vreemd. U zegt steeds dat de boel hier elk moment in kan storten, maar u gaat wel zelf hierheen. Ja, dat vind ik echt merkwaardig.'

Tilly kneep zachtjes in zijn arm. 'Kom nou mee,' fluisterde ze in zijn oor. 'Verpest het nou niet.'

'Je bent wel nieuwsgierig, hè?' zei Sam, die een beetje kribbig begon te worden. 'Dat gaat jou toevallig helemaal niets aan.'

'Ik vraag me af wat de politie ervan vindt dat u zich op verboden terrein begeeft.' Hooghartig keek Felix hem aan.

'Je broer is wel een lastpak, hè?' zei Sam met een vermoeide glimlach tegen Tilly (die het dolgraag wilde beamen, maar dat toch maar niet deed). 'Goed dan, ik zal het je vertellen, maar je moet me beloven het geheim te houden. Als het bekend wordt komen hier binnen de kortste keren hele busladingen toeristen heen – en dan gaat ze er zeker vandoor, daar kun je gif op innemen.'

'Wie gaat er dan vandoor?' vroeg Felix.

'Het spook, natuurlijk,' zei Sam. Hij stopte zijn zaklamp onder zijn arm, strekte zijn handen uit en wiebelde onheilspellend met zijn vingers. 'Ik wilde haar overhalen zich te vertonen. Maar toen dook je zus opeens op, en weg was ze.'

'Spook?' vroeg Tilly, en ze schuifelde wat dichter naar Felix toe.

'Lariekoek,' zei Felix, en hij sloeg zijn arm om haar heen. 'Spoken bestaan helemaal niet.' Woedend keek hij Sam aan. 'U moest zich schamen, dat u mijn zusje zo bang maakt!'

'Nou, je vroeg er toch zelf naar!' wierp Sam tegen. 'En ze bestaan wel degelijk... Ik heb er zelf een gezien, een paar weken geleden. Een vrouwelijk spook met lang grijs haar en zo'n droevig gezicht, dat mijn hart bijna brak. Ze stond achter een van deze ramen. Ik wandel hier vaak heen, op mooie zomeravonden. Ik had altijd al het gevoel dat het hier weleens kon spoken – en nu weet ik het zeker.'

'Onzin,' zei Felix verhit. 'Totale kletskoek. Kom, Kitty. We gaan.'

Tilly volgde Felix, die, gezien het feit dat hij geen hand voor ogen kon zien, nogal kordaat voortstapte. Daarbij hield ze Humperdinck aan zijn halsband vast. Tilly maakte zichzelf wijs dat dat gewoon verstandig was, omdat honden vast beter dan mensen hun weg konden vinden in het donker. Het feit dat ze bang was een spook tegen het lijf te lopen en dat Humperdincks warme, harige lichaam vlak naast haar geruststellend werkte, had er natuurlijk niets mee te maken.

'Wat ik niet begrijp,' zei Tilly, terwijl ze de maanverlichte heuvel zo snel mogelijk afdaalden, 'is hoe je erin geslaagd bent me te volgen. Ik heb je helemaal niet gezien!'

'O nee?' vroeg Felix, die met ferme pas voor haar uitliep.

'Nee,' zei Tilly, die nu begon te rennen om hem bij te kunnen houden. Ze tikte hem op zijn schouder. 'Hé, kan het wat rustiger? Socrates heeft me verteld dat een spion zich altijd voorzichtig moet voortbewegen, vooral als ze 's avonds in het donker loopt.'

'O, goed dan.' Felix gaf een ruk aan Humperdincks riem. 'Rustig, jongen. Die slak kan ons niet bijhouden.'

Tilly opende haar mond om te protesteren, maar sloot hem toen weer. Tot haar schaamte begon haar onderlip te trillen. Ze trok haar capuchon over haar hoofd, balde haar vuisten en schoof ze diep in haar zakken.

Als ze een cijfer had moeten geven voor haar prestatie

van die avond, had ze zichzelf hoogstens een drieëneenhalf gegund. Ze had misschien geen enorme blunders gemaakt, maar het waren er wel te veel geweest. Ze had de verkeerde plek uitgekozen om radiocontact te leggen met P.S.S.S.T., ze had zich onnodig blootgegeven tegenover Sam, ze was niet in staat geweest overtuigend genoeg te liegen en – het ergste van alles – ze was gevolgd door Felix en zijn zeer opvallende hond, zonder dat ze het doorhad! Iedereen had haar verzekerd dat ze een groot talent voor spionage had. Maar daar had ze tot nu toe bijzonder weinig van gemerkt.

Felix stootte haar elleboog aan. 'Wat loop je nou te mokken?' Hij haalde zijn hand over Tilly's capuchon zodat die naar achter viel. 'Je maakt je toch geen zorgen over dat spook dat Sam net verzon?'

'Nee,' zei Tilly somber.

'Goed zo. Aha... dan weet ik het al! Je bent pissig omdat we je achterna zijn gegaan op je nachtelijke uitje,' zei Felix. 'Is dat het?'

Tilly schudde haar hoofd. Ze kon het niet opbrengen eerlijk te vertellen hoe opgelucht ze was geweest toen hij en Humperdinck plotseling waren opgedoken.

'Je hebt me minstens anderhalve kilometer achtervolgd – en ik heb er niets van gemerkt,' zei ze met een klein stemmetje.

'O, zit je daarover in?' zei Felix lachend. Speels gaf hij een duw tegen haar schouder. 'Nou, dat hoeft niet hoor, sukkeltje. Nogal logisch dat je niet gezien hebt dat we je volgden... want dat deden we niet.'

'Wat?' zei Tilly. Ze was verbaasd, om niet te zeggen verbijsterd.

'Zal ik vertellen hoe ik wist waar je heen ging?' vroeg Felix, die nogal tevreden leek met zichzelf. 'Weet je nog gisteren, toen je ons de kamer uit commandeerde omdat je je brief moest schrijven aan P.S.S.S.T.?'

'Ik had je heus wel beleefd willen vragen de kamer te verlaten,' zei Tilly boos. Ze vond het niet leuk dat hij suggereerde dat ze bazig was. 'Maar je zei zelf dat je buiten in de tuin zou gaan spelen met Humperdinck. Alleen deed je dat niet.'

'Uiteindelijk wel,' zei Felix. 'Maar eerst heb ik jullie nog fijn staan afluisteren. Ik hoorde je aan Thea vertellen dat je van plan was op onderzoek uit te gaan in Bleekenberg. En het leek ons een goed idee om met je mee te gaan. Nietwaar, jongen?' Felix reikte omlaag en klopte zijn hond op zijn rug. 'We zijn door dat berkenbosje gekomen, waar je laatst tegen Humperdinck op botste.'

Tilly kon het niet laten hem te corrigeren. 'Waar jouw hond tegen mij aanknalde,' zei ze.

'Dus je bent toch niet zo'n hopeloze spion als je dacht,' zei Felix, en zijn tanden blikkerden toen hij breed naar haar grijnsde.

Maar Tilly kon er niet om lachen.

'Eigenlijk,' zei hij, terwijl hij op een opstapje bij een hek klopte om Humperdinck aan te moedigen eroverheen te klauteren, 'vind ik dat je het heel behoorlijk doet... voor een beginner. Je bent vooral heel goed in het verzinnen van smoezen. Dat verhaaltje over die uil was echt uitstekend bedacht. Ik geloofde het zelf bijna.'

'O... nou, dank je,' zei Tilly. Ze was het niet gewend complimenten te krijgen van Felix. 'Het is belangrijk om een reden te hebben waarom je ergens bent... voor het geval iemand je daarnaar vraagt. Dat heeft Socrates me geleerd.'

'Jouw reden was een stuk beter dan die waar die straatveger mee kwam. Wat een gezwam was dat, zeg,' zei Felix, over het hek klimmend. 'Hij denkt zeker dat we achterlijk zijn. Alsof we een of ander belachelijk verhaaltje over een spook geloven! Ik vraag me af wat hij daar werkelijk te zoeken had.'

'Geloofde je hem dan niet?' vroeg Tilly.

'Niet echt, nee.'

Tilly klom ook op het opstapje en keek over haar schouder naar de maan, die de kleur had van zachtgele roomboter, en de grote zwarte vlek eronder die Bleekenberg was. Van een afstandje zag het er minder dreigend uit.

'En jij?' vroeg Felix. 'Denk je dat zijn verhaal klopte?'

Tilly haalde haar schouders op en fronste. 'Ik weet het niet,' zei ze.

HOOFDSTUK 17

Op surveillance

Het geluid dat Tilly de volgende ochtend in de oren klonk was haar onbekend. In plaats van het vertrouwde doordringende gerinkel van haar wekker hoorde ze een hard ratelend geluid. Gek genoeg leek het niet van het tafeltje naast haar bed te komen, waar haar wekker meestal stond, maar ergens bij het plafond, in een hoek van de kamer.

Tilly opende nog slaperig haar ogen en zag tot haar stomme verbazing een ekster met glimmende zwarte en witte veren boven op haar klerenkast op en neer stappen. Het was een prachtig schepsel met een groenige staart en een staalblauwe glans over zijn vleugels. Ze zou het geweldig hebben gevonden om met dit schouwspel wakker te worden, als het dier niet zo'n ontzettende herrie had gemaakt.

Toen ze eenmaal haar benen uit het verfrommelde laken had bevrijd slofte ze naar het raam en zette het zo wijd mogelijk open.

'Wil je nu alsjeblieft weggaan,' zei ze, een van haar oren bedekkend in een poging om het onophoudelijke tsjak-ak-ak-geluid van de vogel te dempen. 'Meneer Ekster!' zei ze, op het kozijn kloppend om hem erop te wijzen waar de uitgang was. 'De hemel is die kant op.'

Uit haar ooghoek zag ze, onder het voeteneind van haar bed, een dikke pluizige zwarte staart heen en weer zwiepen. Nieuwsgierig kwam ze dichterbij, en daar zat Pibbels, roerloos, met zijn ogen strak op de opgewonden vogel gericht.

Dus daarom is dat arme beestje zo overstuur, dacht ze.

'Ga weg, jij!' zei ze tegen Pibbels. Ze nam hem in haar armen en zette hem op de gang, vanwaar ze hem verontwaardigd hoorde miauwen.

Nu Pibbels uit de kamer verbannen was, werd de vogel een stuk rustiger. Hij hield op met die vreselijke herrie, greep met zijn klauwen de rand van de kast beet en zeilde omlaag naar het bed. Tilly's ergernis sloeg om in bezorgdheid toen ze op een van de pootjes van de ekster een klein bultje zag. Ze ging naast de vogel zitten om het beter te kunnen zien, en was stomverbaasd toen hij op haar schoot hopte.

Het was helemaal geen bultje, maar een klein kokertje met daarin een opgerold papiertje. Tilly had weleens gehoord van duiven die boodschappen overbrachten, maar een postekster was ze nooit eerder tegengekomen. Op het kleine vierkante velletje stond een gecodeerde boodschap van P.S.S.S.T. Ze greep een potlood om het bericht te ontcijferen.

Tilly was nog maar nauwelijks begonnen toen de deur plotseling openvloog.

'Is alles goed hier?' vroeg Thea. 'Ik hoorde een vreselijk geluid...'

'Nee!' schreeuwde Tilly, verwoed met haar armen zwaaiend. 'Pibbels mag niet naar binnen!'

De kattenklauwen misten de staartveren van de ekster op een haar na. De vogel nam een duikvlucht naar het raam en was binnen een seconde in het luchtruim verdwenen.

'Heb je geen chips met pastinaaksmaak meegenomen?' zei Felix, met een teleurgestelde blik in de boodschappentas.

'Nee, dus,' zei Thea, die nog een tas op het aanrecht tilde. In hoog tempo begon ze alles uit te pakken. 'De dorpswinkel heeft dat soort gekke smaken niet.'

'Je hebt paprika genomen!' zei Felix, naar de zak in zijn handen starend. Hij leek sprakeloos van ontzetting. 'En...' Vol afschuw hapte hij naar adem. 'En hij is over de datum!'

'Een paar dagen maar,' zei Thea kordaat. 'Het was spotgoed-koop. En dat is maar goed ook, want ik kan me weinig permitte-ren. Red heeft me maar net genoeg geld gegeven om voor Tilly en mezelf eten te kopen. Dus doe niet zo lastig en zet water op voor de koffie. Ik heb cafeïne nodig.'

Tilly glipte de keuken in en maakte voor zichzelf een kom met cornflakes klaar, die ook in de aanbieding waren geweest. Ze had zo veel aan haar hoofd dat ze het spul naar binnen lepelde zonder het te proeven (en dat was maar goed ook).

Het was niet eenvoudig geweest om P.S.S.S.T.'s briefje te ver-talen. Ze hadden gekozen voor een geheimschrift dat 'Tornado' heette, waarbij de letters verkeerd om stonden en op hun kop. Tilly had een half uur nodig gehad om het te ontcijferen, maar het was de moeite waard geweest. Zoals ze in haar brief aan P.S.S.S.T. had gevraagd, twee dagen eerder, had P.F.F. nog wat dieper in de levensgeschiedenis van de hoofdverdachten gespit. Daarbij hadden ze iets heel interessants ontdekt over Calvin Nobel: hij was op zijn veertiende het Kanaal overgezwommen.

Dat betekent dat hij een uitstekende zwemmer is, dacht Tilly, haar laatste hap cornflakes wegwerkend. Dus als er iemand is die het zou lukken om aan wal te komen, nadat hij midden in de winter in de Theems was gevallen, is hij dat wel!

'Ik pak de rest wel uit, als je wilt,' zei Tilly vriendelijk, en ze zette haar kom in de gootsteen. Ze nam een pot pindakaas uit

Thea's handen en borg hem op in het keukenkastje. 'Waarom ga je niet even lekker zitten om rustig te ontbijten?'

'Dank je, Tilly,' zei Thea, en ze liep naar het rek met koffiekoppen. Ze schonk zichzelf een kop zwarte koffie in en met een diepe zucht van tevredenheid nam ze haar eerste slok. 'Vertel eens, is het je gelukt om die boodschap te ontcijferen?'

'Ja.'

'Mooi zo.' Thea keek op haar horloge, schrok van de tijd en nam een enorme slok koffie. Ze griste een appel mee en zei: 'Laat de rest maar, Tilly. Dat kan Felix doen. We moeten over een kwartier bij de Bings zijn – en doe je kaplaarzen aan. Uit wat Bart Bing over de telefoon zei, maakte ik op dat we de hele ochtend tot onze knieën in een modderige vijver zullen staan.'

Felix leek niet erg ingenomen met zijn huishoudelijke taken. 'Dan moet ik zeker ook de afwas doen,' bromde hij. Hij smeerde wat boter op een geroosterde boterham en kauwde er boos op. 'Zeg, Kitty Mondjedicht,' zei hij, zich tot Tilly richtend, 'wanneer ga je ons vertellen wat er in dat bericht stond? We sterven van nieuwsgierigheid. Nietwaar, mam?'

Thea keek hem nijdig aan. 'Ja,' zei ze. 'Ik geef toe dat ik nieuwsgierig ben, maar ik vind het nu even belangrijker om op tijd bij de Bings te zijn. We moeten voor de middag klaar zijn met die klus, want daarna worden we bij de familie Martens van De Klimop verwacht.' Ze gebaarde Tilly ongeduldig dat ze mee moest komen. 'Schiet eens op, juffie.'

'Ik vrees,' zei Tilly, die een beetje wegdook achter een grote zak rijst, 'dat ik vandaag niet met je mee kan.'

'WAT?' Thea's gezicht veranderde sneller van kleur dan een stoplicht. 'HOEZO NIET?'

'Ik eh... moet beginnen met de surveillance van de hoofdverdachte,' zei Tilly, die de termen gebruikte die ze tijdens haar training van Socrates had geleerd. Ze hoopte dat het dan klonk alsof ze wist waar ze mee bezig was.

Thea's ogen werden rond van verbazing. 'Heb je dan al een hoofdverdachte?' vroeg ze.

'Wauw!' zei Felix. 'Wie is het? Die rattenkop die ons gisteren die smoes over dat spook verkocht?'

Tilly schudde haar hoofd. 'Nee, het is Calvin Nobel. Hij woont in De Olde Eest, aan de rand van het grote weiland.'

'Halleluja!' zei Thea, die zwaar onder de indruk leek te zijn. Ze drukte haar handen opgetogen tegen haar gezicht (waarbij ze bijna haar oog uitstak met het steeltje van de appel) en lachte zo breed dat Tilly vreesde dat haar gezicht in tweeën zou splijten. 'O, dat is fantastisch,' zei Thea. 'Echt geweldig.'

'Nou, juich nog niet te vroeg,' zei Tilly. 'Calvin is alleen maar mijn hoofdverdachte. Er zijn nog drie anderen die ik moet uitsluiten. Ik weet nog niet zeker of Calvin Murdo Mak is.'

'O, hij is het vast, dat zul je zien,' zei Thea blij. Ze smeet de appel weg, pakte een koekenpan en zette hem op het fornuis. 'Ik ga een enorm ontbijt voor ons maken, om het te vieren! Wie heeft er zin in eierbrood en worstjes?'

'Wat doe je nou?' vroeg Tilly verbijsterd. 'Ik dacht dat je over een paar minuten bij de Bings moest zijn?'

'Ja, maar nu hoef ik toch niet meer te gaan?' zei Thea opgewekt. Ze goot wat olie in de pan en begon vrolijk te neuriën.

'Waarom niet?' vroeg Tilly.

Speels tikte Thea met de spatel op Tilly's hand. 'Omdat jij, slim klein spionnetje van me, je man al hebt gevonden... en dat betekent dat je niet meer in de huizen van de dorpsbewoners hoeft rond te neuzen... en dus hoef ik niet meer de hele dag te zwoegen in hun stomme tuinen.' Ze lachte om Tilly's bezorgde uitdrukking. 'Maak je nou maar niet druk! Ik zal de Bings en de Marten's zo bellen en ze vertellen dat ik helaas moet afzeggen.'

Tilly fronste haar voorhoofd. 'Dat lijkt me geen goed idee,' zei ze. 'Ze worden vast boos, als je op het laatste moment afzegt... of misschien zelfs wantrouwig. En hoe moet het met al die andere afspraken die je al hebt? Het zou toch wel heel verdacht overkomen als je die ook niet nakomt. Het lijkt me het beste om gewoon door te gaan.'

Thea slaakte een gil, en het leek alsof ze in tranen uit ging barsten. 'Je bent harteloos... echt harteloos!' zei ze. Ze smeet de spatel in de pan en keek Tilly woest aan. 'Geef me één goede reden waarom ik zou doen wat jij zegt!'

'Ik kan er wel drie verzinnen,' zei Felix snel. 'Ten eerste heeft Tilly volkomen gelijk. Ten tweede heeft zij de leiding over deze missie. En verder denk ik dat we geen van beiden veel vertrouwen hebben in jouw ontbijt. Wat is "eierbrood" in vredesnaam? Het klinkt smerig.'

'Dus nu is het twee tegen een?' zei Thea bitter. 'Ik begrijp het al. Nou, dan kan ik maar beter naar de familie Bing gaan, hè? Wat zal ik weer een leuke dag hebben.' Ze stak haar tamelijk grote neus in de lucht en marcheerde de keuken uit.

'O, jee,' zei Tilly. 'Ik geloof dat ze nogal kwaad is.'

Felix haalde zijn schouders op en stak zijn mes in een pot marmelade.

'Bedankt dat je het voor me opnam,' zei Tilly. 'Dat was aardig van je.'

'Graag gedaan, hoor,' zei Felix. Hij smeerde een dikke laag

marmelade op zijn brood en nam een hap. 'Goed,' zei hij, 'hoe laat beginnen we met die surveillance?'

'We?' zei Tilly. 'O, nee. Nee, nee, nee. Jij gaat niet mee. Dit is een eenvrouwsklus.'

'Flauw zeg,' mompelde Felix. 'Ik dacht dat je blij zou zijn met mijn hulp.' Hij gooide een stukje brood naar Humperdinck, die opsprong om het te vangen en miste.

'Nou,' zei Tilly sluw, 'er is wel iets wat ik je wou vragen... Als het niet te veel moeite is.'

Meteen liet Felix zijn slechte humeur weer varen. 'Heeft het met de missie te maken?'

'Ja,' zei Tilly.

'Is het heel moeilijk... en vooral ook gevaarlijk?'

'Natuurlijk!' Tilly bracht haar mond bij zijn oor. 'Luister goed...'

Terwijl Tilly deed alsof ze een stripboek aan het lezen was, dat ze voor een habbekrats had gekocht in een stalletje met tweedehands boeken in het dorpshuis, hield ze De Olde Eest goed in de gaten. Ze had besloten op een bankje naast een enorme lindeboom te gaan zitten, en bedacht dat ze geen betere plek had kunnen vinden om de bewegingen van Calvin Nobel te observeren. Het bankje was op precies de juiste afstand van Calvins huis: dichtbij genoeg om hem te zien als hij achter een raam verscheen, meer niet zo dichtbij dat hij zou vermoeden dat hij bespioneerd werd. De lindeboom was een bonus. Hij wierp een donkere schaduw over het bankje, waardoor Tilly bijna onzichtbaar werd.

De eerste twee uur bewoog Tilly zich bijna niet. Af en toe knipperde ze even met haar ogen en sloeg ze een bladzijde van haar stripboek om – maar meer ook niet. Haar ogen waren op De Olde Eest gericht, en ze was volledig op haar taak geconcentreerd. Halverwege het derde uur merkte ze echter dat ze haar aandacht er af en toe niet meer bij had. En in het vierde uur moest ze zich hevig verzetten tegen de aandrang om te gaan lezen over de avonturen van Banaanman (de superheld die op het omslag van het stripboek stond afgebeeld). Toen tot Tilly doordrong wat er met haar aan de hand was, was ze stomverbaasd. Voor het eerst van haar leven verveelde ze zich.

'Schiet nou eens op, Calvin,' mompelde Tilly, alsof ze hem op die manier de voordeur uit kon praten. Een van haar tenen begon ongeduldig te wiebelen. 'O, gebeurde er maar iets!'

Twee minuten later vervloekte ze haar grote mond. Wanhopig hield Tilly het stripboek wat hoger in een poging zich erachter te verbergen. Maar ondanks haar inspanningen om te voorkomen dat ze ontdekt werd, was ze nu toch betrapt.

Een neus schoof onder haar stripboek door. Een grote, natte, zwarte neus die aan een harige snuit vastzat.

'Ga weg, Fred!' siste Tilly angstig. Zoals gewoonlijk deed de hond precies het tegenovergestelde van wat hem werd opgedragen. Hij sprong op het bankje en gaf haar een onhandige lik.

'Hoi, Kitty!'

Tilly trok een grimas toen ze Felix op zich af zag rennen. Ze klapte het stripboek dicht en liet het op haar schoot rusten.

'Ik dacht al dat je hier ergens rond zou hangen. Je bent vast verbaasd ons nu al te zien,' zei Felix, die naast haar op de bank neerplofte. 'Missie volbracht!' verkondigde hij, en hij liet een grote steen in haar hand vallen.

'Dit is niet...' begon Tilly.

'Dat weet ik!' Felix lachte, en porde haar in haar ribben.

'Het was maar een grapje.' Hij groef in de zak van zijn korte broek. 'Hier is je kostbare dinges,' zei hij, Tilly's schelpofoon tevoorschijn halend. 'We hebben hem op de heuvel gevonden. Tenminste, Fred vond hem. Hij was in een konijnenhol terecht-gekomen.'

'Dank je,' zei Tilly, en ze stopte de telefoon in haar rugzak.

'Nou, wat een dankbaarheid!' Felix klonk nogal beledigd. 'Krijgt Fred geen aai van je?'

'Als je erop staat,' zei Tilly. Ze keek naar De Olde Eest om te checken of Calvin niet in zicht was. Toen klopte ze Humper-dinck even tussen zijn oren. 'Slimme hond,' zei ze.

In werkelijkheid was ze enorm opgelucht dat ze haar tele-foon weer in haar bezit had. Eerder die ochtend, toen ze ontdek-te dat ze hem was verloren, was ze verlamd van angst geweest. Een hulpmiddel verliezen was echt een heel ernstige fout. Als een dorpsbewoner hem had gevonden, en als Murdo Mak er dan van had gehoord, hadden ze Operatie Vraagteken misschien moeten opgeven. Tilly had Felix gevraagd haar schelpofoon te zoeken om hem bezig te houden, zodat hij en zijn domme hond haar surveillance niet konden komen verstoren. Helaas had hij de telefoon veel sneller gevonden dan ze had verwacht. Tilly vermoedde dat ze hem had laten vallen toen ze de avond ervoor met haar voet in het konijnenhol was blijven hangen.

'Ik ben jullie allebei heus dankbaar,' zei Tilly, enigszins gespannen. 'Maar ik ben met iets heel belangrijks bezig...'

Felix leek de hint niet te begrijpen. 'Ik ben uitgedroogd,' zei hij. 'Heb jij iets te drinken?'

'Misschien heb ik nog een beetje water,' zei Tilly met een zucht. 'Als ik het aan je geef, beloof je dan dat je weer weg-gaat?'

236

Felix negeerde haar aanbod. Hij hield zijn hoofd schuin alsof hij een geluid in de verte probeerde op te vangen. Tilly luisterde ook – en hoorde het getinkel van een ijscokar. Het kwam steeds dichterbij.

'Als je Fred en mij nou trakteert op een paar ijsjes... als beloning, omdat we die stomme telefoon van je hebben gevonden?' zei Felix.

'Goed,' zei Tilly vermoeid. Ze was bereid alles te doen, als Felix dan maar zou verdwijnen. Snel haalde ze een briefje van vijf tevoorschijn.

'Dank je,' zei Felix, die het uit haar hand griste. Hij begon in de richting van de ijscokar te lopen, die een eindje verderop in de straat was gaan staan. Humperdinck sprong van de bank en rende achter hem aan. 'O,' zei Felix. Hij stopte en keek over zijn schouder naar Tilly. 'Ik neem aan dat jij er ook wel een wilt?'

Waarom zou ik mijn best nog doen? dacht Tilly bitter. Ik doe alles wat ik kan om geen aandacht te trekken, en dan komt Felix en verknalt het weer helemaal voor me. Ze kreunde uit pure frustratie.

'Was dat een ja of een nee?' riep Felix. 'Wat voor ijsje wil je?'

Tilly besloot dat het toch geen zin meer had om te proberen discreet te zijn. 'Een Super Twister,' antwoordde ze.

Felix stak zijn duim op en wandelde naar de wit met gele kar waarop afbeeldingen stonden van ijshoorntjes en kleurige waterijsjes. Ze keek toe terwijl Felix drie van de plaatjes aanwees en iets aan de ijscoman vroeg, die een witte pet en een wit schort droeg. De man wreef bedachtzaam over zijn kin en gaf antwoord. Felix knikte. De ijscoman gaf hem drie ijsjes en nam het geld aan. Het was zo te zien een vriendelijk type, met een bos rood haar en een opgewekte lach.

'Dit kan niet!' zei Tilly, en ze graaide in haar rugzak, op zoek naar haar verrekijker. Het kostte haar minder dan dertig seconden om het ding tegen haar ogen te houden en scherp te stellen, maar in die korte tijd was de ijscoman al weggereden.

Felix liep terug naar het bankje naast de lindeboom, likkend aan een groene ijslolly in de vorm van een sportauto. Hij beval zijn hond te gaan zitten (wat hij pas na het zevende commando deed) en scheurde de verpakking van een ijsje in de vorm van een konijn, dat bedekt was met suikerpareltjes in allerlei kleuren. Humperdinck nam het hele ijsje in zijn bek en kauwde erop alsof het een hondenkoekje was, waarbij zijn staart tevreden over de grond zwiepte.

'Er waren geen Super Twisters meer,' zei Felix, en hij gaf Tilly een ijsje dat haar onbekend voorkwam. 'Maar hij zei dat deze net zo lekker is. Een Koukleum, zo heet-ie.'

Tilly scheurde het papier eraf en trof tot haar teleurstelling een heel gewone rode ijslolly aan. Zonder al te veel enthousiasme likte ze eraan. Het smaakte vaag naar rabarber.

'Zeg, die ijscoman,' zei Tilly. 'Heb je hem goed bekeken? Zou het kunnen dat je hem eerder hebt ontmoet?'

Felix haalde zijn schouders op, en maakte een onsmakelijk slurpgeluid. 'Ik weet het niet,' zei hij. Hij haalde zijn lolly uit zijn mond en smakte met zijn lippen, die inmiddels bleekgroen waren. 'Het was een heel gewone vent.'

'Ik vond dat hij een beetje... op Nathan leek,' zei Tilly aarzelend.

'Nee, hoor,' zei Felix, maar helemaal zeker leek hij niet.

'Dus hij heeft je geen boodschap gegeven...' Tilly's mond viel open. Ze vergat helemaal haar zin af te maken, toen ze Calvin

Nobel opeens zijn oprijlaan af zag lopen.

'Wat is er?' vroeg Felix. Hij volgde haar blik. 'O. Is dat je hoofdverdachte? Gaan we hem nu volgen?'

'Ja,' zei Tilly, en ze stopte haar spullen in haar rugzak. 'Ik zou het liever in mijn eentje doen, maar als je per se mee wilt... Je moet alleen wel beloven dat je je onopvallend gedraagt en precies doet wat ik zeg.'

'Natuurlijk,' zei Felix. 'Geen probleem.'

HOOFDSTUK 18

In de Halfblinde Hermelijn

Ze volgden Calvin op veilige afstand, en als hij knielde om een schoenveter te strikken of in een etalage te kijken, stopten zij ook. Tilly verloor hem geen moment uit het oog.

Zou hij op weg zijn naar een afspraak? vroeg ze zich af. Ze vond dat Calvin er wel erg opgedoft uitzag voor een wandelingetje door het dorp. Zijn broek leek net gestreken te zijn, en zijn schoenen glommen helemaal. Af en toe keek hij op zijn horloge, en dan verlengde hij zijn pas alsof hij niet te laat wilde komen.

'Wil je een mop horen?' vroeg Felix opgewekt. Hij hield het stokje van zijn ijslolly op zijn kant en las de woorden die erop stonden. 'Wat voor plant krijg je als je een koe buskruit voert?'

'Weet ik niet,' zei Tilly. Ze likte aan haar Koukleum en bleef Calvin, die de straat nu overstak, nauwgezet met haar blik volgen.

'Bamboe!' zei Felix.

Tilly kreunde.

'Inderdaad,' zei Felix, en hij gooide het stokje in de dichtstbijzijnde afvalbak. 'Niet echt een dijenkletser.'

Maar de mop had niets te maken met Tilly's uiting van frustratie. 'Hij gaat naar de pub,' zei ze moedeloos. 'En als de Halfblinde Hermelijn net is als pubs in Londen, dan mogen kinderen niet naar binnen.'

'We kunnen op handen en voeten naar binnen kruipen en

ons onder een tafeltje verstoppen,' zei Felix. 'Als er even niemand oplet.'

Tilly had niet al te veel vertrouwen in dat plan. Als ze zich heel goed concentreerde kon zij misschien wel in haar eentje ongezien de pub binnenkomen. Maar als Felix en Humperdinck met haar meegingen, was ze volstrekt kansloos. Het zou alleen niet eenvoudig worden om Felix over te halen buiten te wachten, terwijl ze het er in haar eentje op waagde.

Calvin was al door de deur naar binnen gegaan tegen de tijd dat Tilly en haar aanhang de straat waren overgestoken. Ze dwong zichzelf niet in paniek te raken en liep zo rustig mogelijk verder tot ze bij de Halfblinde Hermelijn was. Het was een vreemd gebouwtje met een rode voordeur, ramen met kleine ruitjes en een klimop die zich als een sjaal vol bladeren om het gebouw had gewikkeld.

'Wat doen we nu?' fluisterde Felix, terwijl ze onder een mand met een hangplant erin bleven staan.

Tilly slikte. 'Word nou niet boos... maar ik heb besloten dat het beter is als ik...' Ze vergat wat ze wilde zeggen toen haar blik op een bord bij de deur viel. Met wit krijt waren er de volgende woorden opgekalkt: HEERLIJKE ACHTERTUIN – GEZINNEN WELKOM. 'Probleem opgelost!' zei ze vrolijk, Felix bij zijn arm grijpend. 'Met een beetje geluk besluit Calvin om buiten zijn bier op te drinken. Ik kan me niet voorstellen dat hij in zo'n donkere, bedompte pub wil zitten, met dit mooie weer. Kom mee!'

Ze maakten het hekje aan de zijkant van het gebouw open. Een betegeld pad leidde naar een klein, met gras begroeid tuintje waarin een stuk of wat picknicktafels stonden en wat houten kuipen met bloeiende planten. Van Calvin was geen spoor te bekennen, maar er zaten minstens tien mensen aan de tafels op hun gemakje van hun drankje te nippen of enorme sandwiches weg te kauwen.

Tilly en Felix pikten een tafel vlak bij de achterdeur van de pub in. Door het matglas in de deur konden ze binnen een heleboel mensen in een nogal donkere ruimte zien. Tilly zag dat de vorige klanten hun halfvolle glazen en half opgegeten lunches hadden achtergelaten. Ze pakte een glas met oranje vloeistof erin en deed alsof het haar drankje was. Felix volgde haar voorbeeld. Humperdinck begon te janken, tot hij een korst brood kreeg toegestopt.

'Poeh,' zei Felix opgelucht. 'Het is wel lekker om even te zitten. Fred en ik hebben kilometers gelopen vanmorgen. We hebben die hele heuvel afgezocht, en toen ook nog Bleekenberg...'

'Wat?' zei Tilly, haar blik losrukkend van het sombere interieur van de pub. 'Ben je teruggegaan naar Bleekenberg? Heb je daar iets gevonden?'

'Nee,' siste Felix haar ongeduldig toe. 'Ik heb je al verteld dat we jouw telefoon hebben gevonden in een konijnenhol.'

'Ja, dat weet ik.' Tilly boog zich wat dichter naar hem toe. 'Ik bedoel of je nog iets vreemds hebt gezien. Iets wat erop wijst dat daar iemand wordt vastgehouden, in dat huis.'

'Ben jij wel goed bij je hoofd?' vroeg Felix, en hij snoof minachtend. 'Natuurlijk niet. Een hele hoop stof, honderden spinnenwebben en grote brokken puin, meer was er niet te zien. En voor je het vraagt, ik heb ook geen spook ontmoet.'

'Ach ja... Sams spook,' zei Tilly. Bedachtzaam zoog ze aan haar Koukleum. Kleine stroompjes rood sap liepen langs haar knokkels, omdat de lolly begon te smelten. 'Ik heb veel over haar nagedacht.'

'Waarom zou je daar je tijd aan verspillen?' zei Felix spottend.

'Omdat ik er niet aan twijfel dat ze echt was.'

'Spoor jij wel helemaal?' vroeg hij bot. 'Spoken bestaan niet – en mensen die beweren van wel zijn niet goed snik!'

Tilly zuchtte. 'Ik bedoel niet dat ik denk dat ze een echt spook was.' Ze keek Felix recht aan. 'Ik ben ervan overtuigd dat ze echt was... een echt mens.'

Toen het kwartje bij hem viel, trok hij wit weg. 'Oma! Je denkt dat Sam mijn oma heeft gezien en dat hij haar aanzag voor een spook...'

'Precies,' zei Tilly. 'Haar ontvoerder heeft haar kennelijk een tijdje in dat landhuis vastgehouden tot hij had besloten om... eh...'

'... haar ergens anders onder te brengen,' maakte Felix haar zin af. Hij staarde naar het schijfje citroen op de bodem van zijn glas, en zijn onderlip begon te trillen.

'Hier,' zei Tilly en ze stopte hem de ijslolly in zijn hand. 'Je mag mijn Koukleum wel opeten. Ik ga stiekem de pub binnen, en kijken of ik Calvin zie.' Ze kwam overeind, maar voor ze zich omdraaide, klopte ze Felix op zijn schouder. 'Denk nou niet meteen het ergste,' mompelde ze, tegen beter weten in hopend dat Angela Britten, waar ze ook was, nog steeds leefde.

Binnen in de Halfblinde Hermelijn was het warm en benauwd, en het stond er vol mensen. Tilly perste zich langs een groepje luid pratende en lachende mannen met dikke buiken, een vrouw in een overall die aan een felgekleurde cocktail nipte en twee oude dames die tamelijk verbeten een potje zaten te kaarten. Met de smoes in haar hoofd dat ze op zoek was naar de wc, als iemand haar zou vragen wat ze daar deed, zocht ze overal naar Calvin. Ze zag drie andere mannen die ook op de ruitenvijf stonden, voordat ze Calvin eindelijk ontdekte, aan de bar hangend met een glas wijn in zijn hand. Hij was in gesprek met een collega-klokkenluider. Het was lawaaiig in de pub, maar Tilly dacht dat ze het over iemand hadden die 'Kleine Bob' heette. Zouden ze misschien Bob Collier bedoelen, de P.S.S.S.T.-agent? Ze kroop wat dichterbij.

'Kitty!' Tilly voelde iemand tussen haar schouderbladen porren.

Ze draaide zich om. 'Hallo, grote broer,' zei ze vermoeid. Felix had de gekmakende gewoonte om telkens precies op het verkeerde moment op te duiken. 'Wat doe je hier?' fluisterde ze.

Felix grijnsde, en stuiterde bijna op en neer, zwaaiend met het stokje van haar ijslolly. 'Ik wou je dit laten zien!'

'Sorry, maar ik zit nu echt even niet op nog zo'n flauwe mop te wachten,' zei Tilly.

Felix liet zich niet uit het veld slaan. 'Eerst dacht ik dat het een vergissing was,' zei hij ademloos van opwinding. 'Of dat het in een vreemde taal was geschreven of zo – maar toen besefte ik dat het geheimschrift was!'

'Wat?' Tussen al die luid pratende mensen wist ze niet of ze hem wel goed had verstaan. 'Zei je geheimschrift? Mag ik even kijken?'

Er was niet genoeg licht in de pub om de woorden te kunnen lezen, dus moest Tilly terug naar de tuin. Daar trof ze Humperdinck aan die schuldbewust met zijn staart kwispelde, terwijl hij de rest van de lunch naar binnen schrokte die hij van tafel had gestolen. Tilly was, hoewel gefrustreerd dat ze Calvins gesprek met zijn klokkenluidersmaatje nu miste, erg nieuwsgierig wat er op het ijslollystokje stond geschreven. Ze ging aan de picknicktafel zitten en hield het stokje op haar schoot.

Felix heeft gelijk, dacht Tilly, tenzij het een mop is met vreselijk veel spelfouten.

Voor het ongeoefende oog zouden de woorden die aan de ene kant van het stokje stonden volstrekt onbegrijpelijk zijn. Maar Tilly was een P.S.S.S.T.-agent, en daarbij was ze er al aardig bedreven in om gecodeerde boodschappen te ontcijferen. Binnen twee minuten was ze erachter welk geheimschrift hier was gebruikt. En na nog eens zeven minuten was ze er, zonder de hulp van pen en papier, in geslaagd uit te puzzelen wat er stond.

Het eerste woord was DRINGEND, en dat verklaarde waarom P.S.S.S.T. besloten had de boodschap door Nathan te laten brengen, en niet te wachten tot ze op het afgesproken tijdstip contact opnam met haar radiozender. Nu was er geen twijfel meer mogelijk dat de ijscoman Nathan Slipper was geweest. Tilly besefte dat hij opdracht had gekregen haar de Koukleum te verkopen, wat voor ijsje ze ook vroeg.

Het was een korte boodschap – maar daarom niet minder vernietigend:

DRINGEND. S.T.I.L.-BAAS WEET ALLES. BREEK MISSIE AF EN KEER MORGEN TERUG NAAR BASIS.

Felix raakte overstuur toen Tilly hem het nieuws vertelde.

'Maar dat kunnen ze niet maken!' zei hij. 'Ik ga niet terug naar Londen zonder mijn oma... Ik vertik het gewoon. Wie denkt die arrogante baas van S.T.I.L. wel niet dat hij is? Ik trek verdorie zijn kop eraf.'

'Haar kop,' zei Tilly. 'Ze heet Philippa Killerman. En uit de verhalen van de anderen begrijp ik dat ze nogal angstaanjagend is. Kennelijk heeft ze op de een of andere manier gehoord van Operatie Vraagteken. Red probeerde het voor haar geheim te houden. Hij was er zeker van dat ze hem zou verbieden de missie uit te voeren, dus daarom heeft hij maar niets gezegd.'

'Die baas van s.t.i.l. is een stomme sukkel,' zei Felix. 'Waarom zou ze bezwaar hebben tegen Operatie Vraagteken? Kan het haar dan niets schelen wat er met mijn oma is gebeurd?'

'Kennelijk,' zei Tilly, 'denkt Philippa dat p.s.s.s.t. zich druk maakt om niets. Ze weigert te geloven dat Murdo Mak misschien nog leeft... en ze zou er nooit in toestemmen om een kind op een missie te sturen.'

'Wat een pech,' zei Felix. 'Ik weet al wat! Laten we doen alsof we de boodschap niet ontvangen hebben!'

Tilly schudde haar hoofd. 'Dat haalt niets uit. Dan sturen ze er gewoon nog een.'

'Maar het is niet eerlijk,' protesteerde Felix, en zonder iets te zien staarde hij voor zich uit. Hij zag er zo droevig uit dat Tilly heel even overwoog hem een knuffel te geven – maar voor ze dat kon doen keek ze toevallig even naar de dichtstbijzijnde picknicktafel en zag daar iets merkwaardigs.

'Dat was er eerst niet,' zei ze. 'Toch?'

'Hè?' zei Felix.

'Dat krijtteken daar, op die tafelpoot.' Tilly's hartslag verdubbelde, terwijl ze terugdacht aan wat Socrates haar had verteld over dode brievenbussen. 'Ik weet zeker dat dat teken er niet stond, toen we hier kwamen. Weet jij het nog?'

Felix haalde onverschillig zijn schouders op. 'Geen flauw idee.'

'Wacht hier even,' zei Tilly. Ze stopte het ijslollystokje in haar zak en stond op. Haar ogen dwaalden door de tuin. Ze zag Diana Flint zitten, samen met een bleek meisje, een bak chips tussen hen in; een man die bezig was een chipszakje tot een keurig driehoekje te vouwen; een bejaard stel dat aan het kibbelen was; en een groepje jongeren dat in een levendig gesprek met de predikant was gewikkeld. Voor zover ze kon nagaan keek niemand in de tuin haar kant op. Zo onopvallend mogelijk liep ze naar de lege tafel die met krijt was gemarkeerd.

Een paar dagen eerder had Socrates haar bij 'Codes en Hulpmiddelen' alles verteld over dode brievenbussen. Daarmee kon je in het geheim communiceren. Een spion kon een boodschap voor een andere spion in een geheime bergplaats verstoppen en vervolgens duidelijk maken dat hij dat had gedaan door een teken achter te laten. Dat teken was heel vaak een krijtmarkering, vlak bij de dode brievenbus.

Net toen Tilly langs de tafel kwam deed ze of ze struikelde, en viel ze op haar knieën. Dit gaf haar de perfecte gelegenheid om te kijken of er misschien iets onder het tafelblad zat vastgeplakt. Dat was niet zo. Langzaam kwam ze weer overeind, en ze keek om zich heen. Ze was op zoek naar een kier of een gat waar een opgevouwen papiertje in kon zijn gestopt. De kuip met planten naast de tafel trok nu haar aandacht. Ze deed of ze aan de geraniums rook zodat ze de bak van dichtbij kon bekijken, en haar hart sloeg over toen ze vond wat ze zocht. Tussen het hout en de metalen band die de kuip bijeenhield zat een klein stukje papier. Tilly haalde het er voorzichtig tussenuit en vouwde het open. Ze had verwacht dat de boodschap in geheimschrift zou zijn, en het was dan ook een aangename verrassing toen bleek dat ze het mis had. Er stond eenvoudigweg:

Vrezend dat de spion voor wie de boodschap was bedoeld elk moment kon opduiken, stopte Tilly het papiertje snel terug op de geheime bergplek. Toen liep ze weer naar de tafel waar Felix met een niet-begrijpende frons op haar zat te wachten.

'Wat was je nou aan het doen?' vroeg hij.

Ze was zo opgewonden dat ze nauwelijks kon praten. 'Hij is het,' zei ze. 'Murdo Mak. Hij is hier, in dit dorp – en hij werkt niet alleen.'

'Hoe weet je dat dan?' vroeg Felix knorrig. 'Ik begrijp er niets van.'

Tilly haalde een paar keer diep adem om zichzelf te kalmeren. 'Mak heeft een boodschap voor iemand achtergelaten, en die heb ik net onderschept,' zei ze. 'Hij heeft een afspraak met die andere spion bij de eendenvijver, vanavond als het donker is...'

'Nou, geweldig,' zei Felix, die kennelijk in een zwartgallige bui was. 'Voor het geval je het was vergeten: Operatie Vraagteken is net afgeblazen door Philippa Gillerman of hoe ze ook heet...'

'Killerman,' zei Tilly.

'En we moeten onze koffers inpakken en Doddington binnen vierentwintig uur verlaten.' Hij keek Tilly meewarig aan. 'Misschien heb ik het mis,' zei hij, 'maar dat is toch de betekenis van "breek missie af en keer morgen terug naar basis"?'

'Hm,' zei Tilly bedachtzaam. 'Maar wanneer moeten we de missie afbreken? Nu meteen, of morgen? Dat is niet duidelijk.' Plotseling kreeg ze een idee. 'Misschien heeft Red het expres zo opgeschreven... zodat we wat meer tijd hebben.'

'Mooi!' Felix leek zijn slechte bui plotseling van zich af te schudden. Hij keek Tilly met glimmende ogen aan. 'Als we pas morgen hoeven te kappen hebben we nog een paar uur de tijd om mijn oma te redden!'

'Hé, jullie daar!' Een forse man in een strak shirt verscheen bij de achterdeur van de pub en zwaaide dreigend met zijn vinger. Een paar minuten eerder had hij nog achter de bar gestaan, en Tilly had aangenomen dat hij de baas van de Halfblinde Hermelijn was. 'Haal dat afgrijselijke mormel hier weg. Schiet op, mijn tuin uit. Smeer hem!' Hij gebaarde met zijn duim naar het tuinhekje.

'Nee, maar,' zei Felix, met een boze blik. 'Wat bent u onbeschoft, zeg.'

'Wat zei je daar?' bulderde de man. Woest marcheerde hij hun kant op.

'Tijd om te gaan,' zei Tilly, Felix bij zijn arm grijpend.

'Ik snap niet waarom u zo'n stennis schopt,' zei Felix brutaal, terwijl de baas van de pub dichterbij kwam. 'Mijn hond heeft zich keurig gedragen – en afgrijselijk is hij zeker niet. En trouwens, knap van u dat u zulke lange woorden kent.'

'Iedereen kijkt naar ons,' fluisterde Tilly in paniek. 'En die vent begint een vreemde kleur te krijgen. We moeten nu echt gaan.'

'O, goed dan,' zei Felix. Hij keek Tilly boos aan tot ze zijn arm losliet. Toen riep hij Humperdinck bij zich en stormde de tuin uit.

Tilly's aftocht was een stuk minder dramatisch. Terwijl ze zich kalmpjes uit de voeten maakte keek ze even over haar schouder om te zien of het krijtteken nog op de tafelpoot stond. Maar het was verdwenen.

Terwijl Felix de kroegbaas een grote mond had staan geven

had iemand het stiekem weggeveegd – en Murdo Maks boodschap opgepikt.

Tilly zat in kleermakerszit op een kussen met een koekje in de ene hand en de ruitenvijf in de andere. Ze fronste hevig, en doopte haar koekje in een beker dampende chocola. Het was puur geluk dat ze niet in plaats daarvan de speelkaart erin stak. Ze zat zo diep na te denken over Operatie Vraagteken, dat ze haar vergissing waarschijnlijk pas zou hebben bemerkt als ze haar tanden in een doorweekt stuk karton had gezet.

Tot nu toe had Tilly meer dan de helft van de elf verdachten kunnen uitsluiten. Zes namen waren doorgekrast, nadat ze had ontdekt dat die mannen niet eens in de buurt van de Tuinshow waren geweest op die eerste juli, de dag van Angela's verdwijning. De zevende verdachte had ze geschrapt vanwege zijn buitenlandse accent.

Dus waren er nog vier verdachten over. Van die vier waren er drie zeker bij de show aanwezig geweest: de hooggeëerde Calvin Nobel had de prijzen uitgedeeld, Leo Tweems had een trofee gewonnen en Sam Loper was daar geweest in zijn functie van 'afvaltechnicus'. Of de vierde man, Julian Pad, het evenement op het grote weiland ook had bezocht, had Tilly nog niet kunnen vaststellen.

'Leg me nog eens uit waarom Calvin je hoofdverdachte is,' zei Thea vanuit haar leunstoel. Ze hapte in een chocoladewafeltje, en er landden een paar kruimels op Pibbels' vacht. De kat huiverde even en rolde zich nog wat stijver op. Hij kon niet breeduit liggen op Thea's schoot omdat haar benen zo superslank waren.

'Om allerlei redenen,' zei Tilly. 'Milos was Calvins ramen

aan het lappen toen hij dat ongeluk kreeg. Calvin wilde zich per se van die ladder ontdoen. Hij lijkt behoorlijk rijk. Ik heb hem horen zeggen dat hij graag cryptogrammen oplost – dus hij moet tamelijk intelligent zijn. Hij was in de Halfblinde Hermelijn toen Murdo Mak zijn boodschap achterliet... en hij kan heel goed zwemmen...'

Thea keek haar vragend aan. 'Zwemmen?' zei ze. 'O. Aha. Ik begrijp het al. Je bedoelt dat Murdo Mak in de Theems is gesprongen. Nogal dwaas, als je het mij vraagt. Tja, Tilly... je zou weleens gelijk kunnen hebben. Calvin is inderdaad een goede kandidaat. Het is erg jammer dat onze glorieuze leider Operatie Vraagteken heeft afgekapt, net nu je zo dicht bij de oplossing van het mysterie bent.'

'Jammer?' vroeg Felix verontwaardigd. Hij stopte met door Tilly's microfotokijker turen en wierp Thea een giftige blik toe. 'Het is een schande, dat is het.'

Er viel een ongemakkelijke stilte, waarin Tilly aan haar zompige koekje knabbelde en de blikken van de anderen vermeed. Thea deed dapper haar best om teleurgesteld te lijken dat ze naar Londen werden teruggeroepen voordat de missie was voltooid – maar Tilly kon wel merken dat ze enorm opgelucht was dat ze naar huis mocht. Felix was er juist woest over.

'Ik ga een ongelooflijke scène schoppen als ik terug ben bij P.S.S.S.T.,' gromde hij. Hij nam een piepklein fotostrookje tussen duim en wijsvinger en hield het onder de kijker.

'Ik weet dat het moeilijk te aanvaarden is,' zei Thea vriendelijk, 'maar het gaat nou eenmaal niet altijd helemaal zoals je wilt.' Ze aaide Pibbels over zijn kop. 'Soms zit het mee, soms zit het tegen.'

'Hé,' protesteerde Tilly. 'Niet zo haastig. Deze missie is nog niet voorbij... hoewel jullie allebei doen alsof dat wel zo is. Als Mak vanavond naar de eendenvijver komt, wacht ik hem daar op – en met een beetje geluk leidt hij me rechtstreeks naar Angela.'

'Zo mag ik het horen,' zei Thea.

'Ik wou dat ik ook mee mocht,' mopperde Felix. Hij liet het fotostrookje op tafel vallen en pakte een ander. 'Het is stom om in je eentje te gaan. Ik beloof dat ik stil zal zijn. Alsjeblieft, zeg nou dat ik mee kan.'

'Nee,' zei Tilly streng. 'En daarmee uit.'

Een stroom zeer onvriendelijke woorden kwam nu uit zijn mond, maar Tilly sloeg er geen acht op. Ze wist dat hij gewoon bezorgd was om zijn oma. In de loop van de avond was Felix steeds gespannener geworden, en Tilly had geprobeerd manieren te verzinnen om hem te kalmeren. Ze had hem de laatste twee chocoladekoekjes uit het blik gegeven, een beker warme melk voor hem gemaakt en hem zelfs toestemming gegeven om haar microfoto's te bekijken – maar het leek allemaal niets te helpen.

'Waarom blijf je maar naar de namen op die stomme kaart staren?' vroeg hij aan Tilly. 'Ik dacht dat je al had besloten dat Calvin Nobel de man is die je zoekt.'

'Ik weet het bijna zeker,' zei Tilly, de beker chocola aan haar mond zettend. 'Maar Socrates zei dat spionnen nooit te zeker moeten zijn van hun zaak. Hm... Leo Tweems,' mompelde ze, terwijl haar ogen langs de lijst met namen gingen. Als buurman van Calvin had Leo ruim de gelegenheid gehad om de tuin van De Olde Eest binnen te glippen en reuzel op de ladder te smeren. Ook had hij een enorme collectie porseleinen beesten, die een fortuin moest hebben gekost. Maar ze herinnerde zich hoe geschokt hij was geweest door de verdwijning van Bernard. Nee, vertelde ze zichzelf kordaat. Hij zou niet in staat zijn geweest die eend om te brengen.

'Ik neem aan dat mijn mening je niet interesseert,' onderbrak Felix haar gedachten. Zonder op antwoord te wachten, ratelde hij door: 'Ik wantrouw die Sam nog steeds. Want waarom was hij daar aan het rondscharrelen, in Bleekenberg? Als hij de ontvoerder is, kwam hij daar misschien wel terug om iets op te halen wat hij had laten liggen toen hij oma naar een andere plek bracht... een stuk touw, bijvoorbeeld, of handboeien – en daarbij hebben wij hem betrapt.'

'Dat zou kunnen,' zei Tilly weifelend. Haar brein begon alle informatie die ze de afgelopen dagen had verzameld op een rijtje te zetten. 'Ik zou in elk geval wel graag willen weten hoe hij aan die papiersnipper uit Bobs dossier kwam.'

'WAT?' Thea's uitroep werd gevolgd door een nog luidere schreeuw, toen Pibbels zijn ongenoegen uitte omdat hij ruw uit zijn slaap werd gehaald door zijn nagels in haar dijbeen te zetten.

Tilly glimlachte schaapachtig. 'Ik eh... ik ben vergeten te zeggen dat ik het ontbrekende hoekje heb gevonden van dat papier uit Bobs dossier. Het zat vastgeplakt aan een mobiel dat Neptunus en zijn manen moet voorstellen. Dat heb ik van Sam gekregen. Bob lijdt aan pteronofobie,' legde ze uit.

Thea keek uiterst bezorgd. 'Heb je enig idee wat dat betekent?'

'Eh... pteronofobie is de angst om met een veer te worden gekieteld, geloof ik...'

'Nee, dom kind,' snauwde Thea. 'Het betekent dat iemand die informatie heeft gestolen uit mijn archief en die aan Mak heeft doorgespeeld. Het betekent dat iemand in P.S.S.S.T. is geïnfiltreerd.'

'Huh?' zei Tilly. Ze begreep niet helemaal waar Thea op doelde.

'Een van onze collega's,' zei de vrouw grimmig, 'is een verrader.'

HOOFDSTUK 19

Murdo Mak ontmaskerd

Balk was duidelijk een harde bikkel (hoewel hij bestond uit wol en versnipperde nylonkousen). Hoewel Tilly hem had verteld dat deze nachtelijke excursie naar de eendenvijver gevaarlijk kon zijn, smeekte hij haar bijna om mee te mogen. Hij leek zelfs even uitgelaten met zijn staart te zwaaien, toen ze hem in haar rugzak stopte.

Ze had alvast haar warmste, donkerste kleren aangetrokken, en haar schelpofoon in haar zak gestopt. Nu ze een goede reden had bedacht om aan de rand van de eendenvijver rond te hangen (ze zou doen alsof ze op zoek was naar Balk, die ze eerder die dag was 'verloren') waren de voorbereidingen afgerond. Ze was klaar om te gaan.

Voor ze haar rugzak omdeed maakte ze hem nog even open om te kijken of Balk in orde was. Hij leek haar duidelijk te maken dat het een beetje donker was en dat het pakketje met boterhammen waar hij op zat (deze keer gelukkig besmeerd met pindakaas in plaats van reuzel) natuurlijk niet zo comfortabel was als een kussen, maar dat het wel ging.

Tilly deed de lichten in haar kamer uit, trok het gordijn wat opzij en speurde de Fluitenkruidlaan af. Ze zag gele stroken en rechthoeken glimmen in de huizen van de buren, die voor de rest in duister waren gehuld. Straatlantaarns waren er niet, dus ze kon niet goed zien of er werkelijk niemand buiten was.

In de woonkamer kreeg ze twee ijzige blikken van Thea

en Felix, en een aantal meppen tegen haar been van Humperdincks kwispelende staart. Pibbels had besloten zichzelf over de oude televisie in de hoek te draperen. Hij keek Tilly indringend aan met zijn groene, glazige ogen.

Tilly glimlachte verlegen. 'Wensen jullie me geen succes?' vroeg ze.

Niemand reageerde.

'Ik vind het echt belachelijk dat je in je eentje gaat,' zei Felix, die de microfoto's opzij had gelegd en bezig was stukken op een schaakbord te zetten. Hij keek even naar Tilly en fronste bezorgd zijn voorhoofd. 'Neem dan tenminste Humperdinck mee.'

'Dat kan ik echt beter niet doen,' zei Tilly, die maar liever niet opmerkte dat zijn hond een ongelooflijke lastpak was en waarschijnlijk haar kans om Mak te volgen volkomen zou verknallen. 'Maar bedankt voor het aanbod,' voegde ze beleefd toe.

'Ik vind het belachelijk dat je überhaupt gaat,' zei Thea. Ze was duidelijk van slag en leek haar handen niet stil te kunnen houden. Ze greep de microfotokijker en draaide hem rond tussen haar vingers. 'Hoe werkt dit ding?'

'Heel simpel,' zei Tilly. 'De kijker vergroot die microfoto's. Je houdt gewoon zo'n fotostrookje onder het ene uiteinde, en je kijkt door het andere.'

Thea volgde haar instructies op. 'De gedachte dat er een verrader bij P.S.S.S.T. zit maakt me gewoon misselijk,' zei ze, met één oog tegen de kijker gedrukt. 'Het liefst zou ik meteen mijn koffers pakken en Doddington verlaten. Vanavond nog.'

'Ik kan me niet voorstellen dat er iemand van P.S.S.S.T. bij betrokken is,' zei Tilly. Ze had diep over de kwestie nagedacht.

'Kan het niet zijn dat Murdo Mak zelf, of anders een heel sluwe inbreker die hij heeft ingehuurd, die informatie uit Bobs dossier heeft gestolen?'

Thea snoof. 'Zelfs al loop je op je tenen, houd je je adem in en ken je toevallig een spreuk die je onzichtbaar maakt, dan nog heb je geen schijn van kans om voorbij Edith te komen. Die vrouw heeft ogen in haar achterhoofd.'

'Laat nou maar, Thea,' zei Tilly vastberaden. 'Je kunt me toch niet weerhouden. Dit is mijn laatste kans om Angela Britten te vinden, en die laat ik niet schieten.'

'Ik heb me nooit gerealiseerd wat een koppig dametje jij eigenlijk bent,' zei Thea berustend. 'Goed, doe dan maar wat je wilt – maar geef mij niet de schuld als het misgaat.' Ze pakte nog een strookje met microfoto's en bestudeerde het met de kijker. 'Wat moet dit voorstellen? Het lijkt een beetje op een suikerbiet, maar dan met allemaal gekke hobbels en bobbels. Waarom heb je hier in vredesnaam een foto van genomen?'

'O, dat is Leo Tweems met zijn prijswinnende suikerbiet in de categorie "groenten met gekke vormen", bij de Tuinshow,' zei Tilly. 'Dat was op de dag van Angela's verdwijning. Ik heb foto's gemaakt van de foto's die in het dorpshuis hingen.' Ze wierp een blik op haar horloge. 'Ik moet nu echt gaan.'

'O. Nou, dag dan.' Thea gooide het strookje met microfoto's neer en pakte een andere van de salontafel. Haar handen trilden, en ze leek op het punt in huilen uit te barsten.

'Maak je geen zorgen,' zei Tilly. 'Er gebeurt me niets. Ik had een achteneenhalf voor mijn spionagetoets, weet je nog?' Ze wendde zich naar de deur en vond Felix op haar pad, met zijn armen over elkaar geslagen.

'Mijn besluit staat vast,' zei hij. 'Jij gaat nergens heen zonder

Humperdinck. Hij is trouw, hij is onverschrokken – en als je een hond aan het uitlaten bent vraagt niemand zich af wat je daar doet. Maar als je daar in je eentje bij de vijver rondscharrelt...'

'Ik heb hem niet nodig,' hield Tilly vol.

'Jawel! Je loopt voortdurend te vertellen dat die oude vent, die Socrates, je heeft geleerd dat een spion altijd een excuus moet hebben om ergens te zijn.'

'Ik heb al een excuus,' zei ze. En om dat te bewijzen opende ze haar rugzak en haalde ze haar speelgoedezel eruit. 'Dit is Balk,' zei ze. 'Ik heb hem vanmiddag ergens laten vallen, toen ik de eendjes voerde – tenminste, dat ga ik zeggen als iemand me vraagt wat ik daar doe.'

Thea liet de microkijker zakken en bekeek Balk van top tot teen. 'Wat een smoezelig oud vod,' zei ze. 'Die ziet eruit alsof hij al jaren meegaat. Je zou niet denken dat Izzie hem nog geen week geleden in elkaar heeft geflanst.'

'Dat is ook niet zo!' zei Tilly, haar ezel stevig vastklemmend. (Ze was bang dat Thea zijn gevoelens had gekwetst.) 'Hij is van mij. Dit is mijn eigen ezel.'

'Heb je hem meegesmokkeld naar Doddington?' vroeg Thea, enigszins onder de indruk. 'Je bent toch ook wel een stiekemerd, jij.'

Tilly keek nog eens op haar horloge en hapte naar adem. 'Laat me er nou langs, Felix,' drong ze aan. 'Ik heb nog maar tien minuten om bij de vijver te komen.'

Met tegenzin stapte hij opzij, en vertelde haar dat ze op moest passen.

Thea zei hetzelfde.

'Doe ik!' zei Tilly, zich de gang op haastend. 'En ik heb mijn schelpofoon bij me, voor het geval er problemen zijn. Tot later, dan!' Ze opende de voordeur en wilde naar buiten stappen.

'Wacht!' riep Thea vanuit de woonkamer. 'Wat doet zíj daar? Zij hoort daar helemaal niet te zijn. Tilly! Wacht even!'

Maar dat deed Tilly dus niet. Ze was al laat, en als ze nu nog langer treuzelde zou ze misschien de ontmoeting tussen Murdo Mak en zijn handlanger missen. Dit was gewoon Thea's allerlaatste en nogal zwakke poging om haar weg te houden bij de eendenvijver. Daar trapte Tilly mooi niet in.

'Leuk geprobeerd!' riep Tilly over haar schouder. Toen trok ze de voordeur achter zich dicht en haastte zich de duistere nacht in.

Zo in het donker was de eendenvijver een heel andere plek. Overdag rimpelde het water door de vele zwemvliesjes en was het oppervlak bezaaid met broodkruimels. 's Nachts lag hij er echter stil en glanzend bij, glad als een olieplas, en er was geen kwaak te horen. Alle eenden, waterhoenders en meerkoeten hadden hun kop onder hun veren gestopt en zaten dicht tegen elkaar aan op het eilandje in het midden van de vijver, of verborgen zich in de rietkragen en struiken die het omzoomden.

Tilly sloop langs de rand van de vijver en zocht haar toevlucht onder een treurwilg. Neerhurkend naast de stam speurde ze de omgeving af en spitste ze haar oren. Murdo Mak en zijn medespion konden nu elk moment arriveren. Alles was rustig, tot de kerkklok het uur sloeg en het dorp op zijn plechtige wijze vertelde dat het tien uur was.

Nu komen ze, dacht Tilly, en ze spande haar ogen in om zelfs de kleinste beweging in de duisternis op te kunnen vangen. Ze stak haar hand in haar rugzak en haalde Balk eruit, van plan hem ergens vlakbij neer te leggen, zodat ze hem kon 'vinden' als dat nodig mocht zijn. Maar toen ze hem eenmaal onder haar arm had gestopt, merkte ze dat ze hem liever niet meer losliet. Zijn kleine wollen lijfje voelde zo warm en geruststellend. Zo zaten Tilly en haar ezel daar in een kameraadschappelijke stilte, en wachtten af.

Behalve de toeter van een auto en het ploppende geluid dat, dacht Tilly, vast werd veroorzaakt door een klein amfibietje dat in de vijver sprong, hoorde ze niets: geen voetstappen, geen brekende takjes, geen gedempte stemmen.

Pas toen iemand een hand over haar mond legde had ze door dat ze van achteren was beslopen.

Ze kreeg de kans niet om te gillen of zich te verzetten. Ze kon nog net Balk onder haar trui stoppen, voordat een andere hand haar gezicht vastpakte en een sterk ruikende lap onder haar neus duwde. Het was een zoete, overweldigende geur, en Tilly voelde dat ze het bewustzijn verloor.

De kamer had hobbelige stenen muren en een kale houten vloer. Er stond geen enkel meubelstuk in, behalve het geïmproviseerde bed waarop Tilly lag, toen ze bijkwam. Het bed was eigenlijk niets meer dan een harde, houten bank met een paar kriebelige dekens.

Ze had geen raam gevonden in de kamer, maar het was niet makkelijk geweest ernaar te zoeken met haar handen op haar rug vastgebonden en een blinddoek die strak voor haar ogen zat. Een deur was ze ook niet tegengekomen.

Het was onmogelijk erachter te komen waar haar ontvoerder haar naartoe had gebracht. Ze kon niet bedenken waar ze was, hoewel het haar niet zou verbazen als ze in een of andere mid-

260

deleeuwse kerker bleek te zitten. Hopelijk was ze nog ergens in Doddington. Maar ze had geen idee hoe lang ze bewusteloos was geweest, en dus moest ze de mogelijkheid onder ogen zien dat ze honderden kilometers verderop was.

Ze had het koud, haar hoofd was wazig en ze voelde zich vreselijk alleen. Mismoedig keerde ze terug naar de bank en probeerde ze onder de dekens weg te kruipen. Afgaande op de kleine bobbel onder haar trui was Balk nog steeds bij haar, en die gedachte vrolijkte haar een beetje op. Omdat ze hem niet wilde pletten door op haar buik te gaan liggen, probeerde ze een andere positie te vinden. Maar haar vastgebonden handen en een hard voorwerp in haar zak maakten dit erg moeilijk.

Spionnen mochten niet huilen. Dat had Socrates haar verteld. Als spionnen de pech hadden gepakt te worden, hielden ze het hoofd koel en grepen ze de eerste de beste kans aan om te ontsnappen. Tilly voelde de tranen achter haar ogen branden, maar ze knipperde ze koppig weg. Ze was enorm teleurgesteld dat ze was ontvoerd, en daarnaast ook buiten zichzelf van angst, maar ze was ook vastberaden om zich als een echte spion te gedragen en kalm te blijven – wat er ook gebeurde.

Het volgende kwartier lag ze een beetje te dommelen. Toen ze een krakend geluid hoorde, gevolgd door een harde klap, vlogen haar ogen open. Kon ze maar zien wat er gebeurde, dacht ze. Snel ging ze rechtop zitten. Er klonken voetstappen, en ze besefte dat iemand de kamer binnen was gekomen. Het volgende moment sprak de persoon tegen haar. Het klonk als een mannenstem, maar omdat de onbekende met een hese fluisterstem sprak, wist ze het niet helemaal zeker.

'Hallo, Tilly,' zei hij.

'Ik heet Kitty,' zei ze. 'Kitty Wilson... en ik wil heel erg graag naar huis. Mijn moeder begrijpt vast niet waar ik blijf.' De angst in haar stem was echt.

De man lachte onaangenaam. 'Je hoeft niet tegen me te liegen, meisje. Ik weet wie je bent... en ik denk dat je mijn naam ook wel kent. Nietwaar, Tilly?'

Ze schudde haar hoofd.

'Ik ben Murdo Mak.'

Tilly deed haar best om niet te huiveren. Dus Mak was inderdaad niet in de Theems verdronken, tien jaar geleden.

'Murdo wie?' vroeg ze. 'Sorry, die naam komt me niet bekend voor.'

'Ga vooral nog even door met die malle vertoning,' fluisterde Mak geamuseerd. 'Je hebt lef – ik neem aan dat je daarom door P.S.S.S.T bent ingehuurd. Ja, ik weet alles, Tilly. Die achterbakse types dachten zeker dat ze me te slim af konden zijn. Het was best doortrapt om zo'n jonge spion te sturen, iemand die ik niet snel zou verdenken. Maar ze speelden wel een beetje vals, vind je niet, Tilly?'

'Mijn naam is Kitty,' zei ze. 'En... en ik weet niet waar u het over hebt.'

'Jawel!' beet Mak haar toe. 'Waarom hang je anders 's avonds laat nog bij de vijver rond?'

'Ik was daar vanmiddag mijn knuffel verloren,' hield Tilly vol. 'En toen ben ik hem gaan zoeken.'

'Nonsens!' zei Mak woest. 'Je zat daar verstopt omdat je dacht dat ik daar met iemand had afgesproken. Arm, dom kind! Toen je mijn boodschap las, had je geen idee dat hij voor jou bestemd was. "Vanavond tien uur. Bij de eendenvijver." Het was netjes van je dat je zo stipt op tijd was.'

Tilly was niet alleen verbijsterd, maar ook verontwaardigd.

Mak had een val voor haar gezet, en ze was er zo in gelopen! Ze had het zo druk gehad met zichzelf feliciteren, omdat ze die boodschap had gevonden in de tuin van de Halfblinde Hermelijn, dat ze zich niet eens had afgevraagd waarom hij niet in geheimschrift was geschreven. De reden was nu overduidelijk. Mak, die niet wist hoe goed Tilly was in het ontcijferen van codes, had besloten het haar gemakkelijk te maken door gewoon helemaal geen code te gebruiken. Hij had haar naar de vijver gelokt zodat hij haar kon ontvoeren, 's avonds in het donker, zodat niemand getuige zou zijn van die boze daad.

Dat ze zich zo makkelijk had laten misleiden was beschamend, maar op de een of andere manier slaagde ze erin haar gevoelens te verbergen. Ze hield haar gezicht in de plooi en bleef halsstarrig bij haar verhaal.

'Ik was bij de vijver om mijn knuffel te zoeken,' zei ze. 'En ik begrijp niet waarom u me niet wilt geloven.'

'Geef het nou maar toe, kind!' Mak leek zijn geduld te verliezen. Ze hoorde hem door de kamer ijsberen, en zijn schoenen dreunden op de kale planken. 'Geef toe dat je Tilly Bunker heet!'

'Ik heet Kitty Wilson,' zei Tilly.

Maks voetstappen kwamen nu op haar af. Ze voelde hem aan het touw trekken dat haar polsen samenbond. Toen vielen haar armen naar voren. Heel even hoopte Tilly dat ze zo overtuigend was geweest dat hij haar vrijliet – maar ze had beter moeten weten.

'Steek je hand uit,' zei Mak, met zijn vreemde hese stem.

Tilly had nog steeds geen idee wie hij werkelijk was. Met tegenzin volgde ze zijn bevel op.

'Zeg me nog eens wie je bent,' zei hij.

'Ik ben Kitty...' begon Tilly. Ze hapte naar adem toen iets het topje van haar wijsvinger beetpakte en er hard in kneep. 'Au!' Ze beet op haar lip.

'Wie ben je?' vroeg Mak weer.

'Kitty Wilson,' zei Tilly met een heel hoog stemmetje. 'Mijn moeder heet Sandra, mijn broer heet Walter, mijn hond heet Fred en mijn kat Guppy.'

Wat het ook was dat zich om haar vinger had geklemd, het kneep nu nog harder. De pijn deed haar denken aan die keer dat haar vinger beklemd had gezeten in de brievenbus. De tranen sprongen haar in de ogen.

'Als je de waarheid vertelt, zorg ik dat het stopt,' zei Mak, nu iets vriendelijker.

Tilly klemde haar kaken op elkaar en zei niets. Dus op deze manier krijgt hij informatie los, dacht ze. Hij martelt mensen met een of ander vingerklemding. Vanuit de diepte van haar trui voelde ze hoe Balk haar aanspoorde om vol te houden. Als Mak denkt dat hij me kan breken, dacht ze dapper, dan vergist hij zich deerlijk.

'Je bent erg koppig, Tilly...' zei Mak, maar de rest van zijn zin werd overstemd door een oorverdovende 'kloing' die door de hele ruimte echode. Tilly wenste al gauw dat ze haar oorbeschermers had meegenomen, toen er nog elf donderende dreunen volgden. Maar toen de laatste was weggestorven kon het gepiep en gefluit in haar oren haar niets meer schelen, en de pijn in haar vinger nog minder. Dankzij een leven met haar vader en zijn enorme klokkencollectie had ze een bijzonder goed oor ontwikkeld voor het herkennen van de geluiden die klokken maakten. En deze klokken, die net middernacht hadden geslagen, kwamen haar bekend voor. Sterker nog, ze wist honderd procent zeker dat het de klokken van de dorpskerk waren – dus ze was nog steeds in Doddington!

Tilly zette alle aanwijzingen die ze had verzameld op een rijtje, om vast te stellen waar ze zich precies bevond. De kamer had kale, houten vloeren en ruwe, hobbelige muren. Er waren geen ramen, bijna geen meubels en hij was vlak bij de kerkklokken. Een huivering liep over haar rug toen de waarheid tot haar doordrong. Ik ben in de klokkentoren, besefte ze.

Ze negeerde de brandende pijn in haar vinger en concentreerde zich op het schorre gefluister van haar ontvoerder, die haar bleef vragen om toe te geven dat haar naam Tilly was. Kon het de stem van Calvin Nobel zijn? Als hoofdklokkenluider kon hij natuurlijk de kerk binnen wanneer hij maar wilde.

Gesterkt door de gedachte dat De Narcis maar een paar honderd meter verderop was, begon Tilly een vluchtplan te bedenken. Met een beetje geluk zou Mak snel genoeg krijgen van haar hardnekkige weigering om te doen wat hij zei, en het voorwerp verwijderen dat haar vinger afkneep. Als ze dan allebei haar handen vrij had, kon ze een deken over hem heen gooien, haar blinddoek afrukken en zo hard als ze kon naar de uitgang rennen. Dat zou haar beste kans zijn om te ontsnappen. Want als ze toeliet dat Mak haar handen weer vastbond, zou ze net zo hulpeloos zijn als eerst.

'Wat een vermoeiend meisje ben jij,' zei Mak, toen Tilly voor de vijftiende keer verklaarde dat ze Kitty Wilson heette. Tot haar opluchting voelde ze dat de druk op haar vingertop begon af te nemen, en tegelijk begon haar hart sneller te kloppen. Langzaam en vastberaden sloten de vingers van haar andere hand zich om de deken.

'Tja, niet iedereen reageert op die methode van ondervraging,' zei Mak, terwijl de klem eindelijk haar vinger losliet, 'maar er zijn nog wel andere manieren om de waarheid eruit te krijgen.'

Tilly zette zich schrap. Toen bewoog ze zich bliksemsnel – een geheel nieuwe ervaring voor haar. Ze sprong naar voren en smeet de deken naar de plek waar Mak volgens haar moest staan. Uit zijn woedende gebrul maakte ze op dat ze goed had gemikt.

De blinddoek zat strak, en Tilly moest er flink aan rukken om hem af te krijgen. Eén moment bleef ze verward staan. Toen keek ze de kale kamer rond, haar ogen wanhopig op zoek naar een uitweg. Zoals ze al had vermoed was er geen deur. Ze wierp een blik op Mak. De deken was over zijn hoofd gevallen, maar hij was wild aan het worstelen en zou zichzelf in een mum van tijd bevrijd hebben.

Tilly's paniekerige blik viel op een olielamp die op de vloer stond. Haar hart sprong op toen ze daarachter nog iets zag.

'Een luik!' riep ze blij.

Ze rende naar de vierkante opening in het midden van de vloer, maar voor ze haar voet op de eerste sport van de ladder eronder kon zetten werd haar arm ruw beetgepakt en werd ze overeind gehesen.

'Bent u het!' riep Tilly uit, en met open mond staarde ze de man aan. Mak stond bijna te schuimbekken, zijn gezicht helemaal vertrokken van woede, en hij duwde zijn neus tegen de hare.

'ONGELOOFLIJK IRRITANT ROTKIND!' bulderde hij, en de haartjes van zijn baard schuurden langs haar huid.

Tilly probeerde zich los te wurmen. 'Leo Tweems,' zei ze verbijsterd. 'Dat had ik nooit gedacht.'

Leo keek haar vol minachting aan. 'Omdat je net zo dom bent als de rest,' zei hij, nu met zijn gewone stem, omdat het niet langer nodig was die te verdraaien. 'Ik heb die sukkels van P.S.S.S.T. de duidelijkste aanwijzing gegeven die ze maar konden wensen – en nog steeds konden ze mijn echte identiteit niet raden.' Leo hield haar arm stevig vast, stak zijn hand in de zak van zijn ribbroek en haalde een verfrommeld papiertje tevoorschijn. Hij duwde het in Tilly's hand.

'Nou?' zei Leo.

'Eh...' zei ze, starend naar het bericht dat ze een aantal uren eerder had gevonden in de tuin van de Halfblinde Hermelijn.

Vanavond tien uur. Bij de eendenvijver. Tien uur. M.M.

'Bekijk het eens goed,' zei Leo.

Dat deed Tilly, maar ze had geen flauw idee waarnaar ze op zoek was. Als de woorden een verborgen betekenis hadden, kon zij die in elk geval niet ontdekken.

'Stelletje amateurs!' zei Leo vol afkeer. Hij wees naar het laatste deel van de boodschap. 'Heb je je nooit afgevraagd waarom ik altijd met mijn initialen teken?'

Tilly keek naar de dubbele M op het stukje papier. 'Nee,' zei ze naar waarheid.

'Twee M's.' Verwachtingsvol staarde hij Tilly aan. Toen sprak hij het achter elkaar uit. 'Tweems,' zei hij. 'Zie je nou wel – ik heb S.T.I.L. mijn naam op een presenteerblaadje aangeboden.'

'O,' zei Tilly. 'Wat zullen Red en de anderen balen als ze dit horen.' Ze uitte een verschrikte kreet en drukte haar hand tegen haar mond. De schok van de ontdekking van Maks echte identiteit had haar tong losgemaakt.

'Biecht het nou maar gewoon op,' sneerde hij. 'Je bent Tilly Bunker, nietwaar?' Leo's arrogantie was ondraaglijk.

Nu Tilly zichzelf had verraden leek het zinloos om te blijven ontkennen.

'Ja,' gaf ze moedeloos toe. 'Dat klopt.'

Ze werd bijna misselijk van Leo's triomfantelijke blik. Om die te vermijden wendde ze haar ogen af, en zag ze tot haar verbijstering opeens iets wat leek op een vierpotig pasteitje langzaam over de vloer schuifelen. Toen ze wat beter keek, bleek het pasteitje een schildpad te zijn.

'Is dat Pillipon niet?' vroeg ze verward. 'Waarom hebt u die meegenomen?'

Leo glimlachte. 'Ze had niet zo heel veel zin om haar bloembed te verlaten, maar toen ik haar vertelde dat ik een beetje klem zat...'

'Klem zat?' vroeg Tilly, en ze keek ongemakkelijk naar haar wijsvinger die knalrood was en aardig opgezwollen. Ze wierp nog een blik in Pillipons richting, en besefte dat haar vinger precies in de bek van de schildpad paste.

'Haar talenten komen soms erg goed van pas, in mijn beroep,' zei Leo. 'En ze is natuurlijk ook nog geweldig gezelschap. Dieren zijn zo veel aardiger dan mensen, vind je niet?'

'Nou eh...' zei Tilly. Ze herinnerde zich dat Leo's huis vol had gestaan met porseleinen beestjes en dat zijn tuin had gekrioeld van de dieren en de insecten. 'U houdt erg veel van dieren, nietwaar?'

'O, ja,' zei Leo blij. 'Ze zijn in alle opzichten superieur aan mensen. Ik aanbid ze. Ze zijn mijn vrienden.'

'Hoe hebt u dan Bernard kunnen vermoorden?' vroeg Tilly.

'Die arme, weerloze eend.'

'Hou je mond!' zei Leo, en zijn stem begon te trillen. 'Daar wil ik niet over praten.'

'Echte dierenliefhebbers doen niet zulke verschrikkelijke dingen!' hield Tilly aan.

'Ik weet het!' jammerde Leo. 'Ik wilde het ook niet doen, maar ik had best veel veren nodig om mijn kietelstok te maken. Ten slotte heb ik Bernard maar genomen, omdat hij de oudste was. Hij had een lang en gelukkig leven achter de rug. Ik heb hem zelfs nog wat stukjes van een versgebakken fruittaartje gevoerd, voordat ik hem... eh... de nek omdraaide.'

'Nou, ik vind het afschuwelijk, om zoiets te doen,' zei Tilly.

Leo onderdrukte een snik. Hij gaf Tilly een duw, stopte Pilipon onder zijn arm en greep de olielamp, waarna hij razendsnel de ladder af klauterde. Met een klap trok hij het luik achter zich dicht.

Tilly bleef in het donker achter. Leo was zo overstuur geweest dat hij er niet meer aan had gedacht haar handen weer vast te binden. Ze hurkte neer en tastte op de vloer naar haar deken. Toen ze die eenmaal had gevonden drukte ze een knopje in op haar horloge waardoor de wijzerplaat werd verlicht, zodat ze haar weg naar de bank kon vinden. Verbijsterd door alle onthullingen plofte ze neer. Ze stak haar hand onder haar trui en haalde Balk tevoorschijn, die ook nogal geshockeerd leek te zijn. Tilly besloot dat ze allebei maar het beste een paar uur konden gaan slapen. Ze klemde haar ezel tegen zich aan en kroop onder de deken, maar al snel kwam ze weer overeind omdat er een hard voorwerp in haar heup boorde.

Leo had haar rugzak kennelijk afgepakt, want die had ze nergens in de kamer zien staan, maar hij had er niet aan gedacht haar zakken te doorzoeken.

'Mijn telefoon!' riep Tilly uit, terwijl ze een hand in haar zak stopte en de wulk tevoorschijn haalde. 'Maak je geen zorgen, Balk,' zei ze, de wollen manen aaiend. 'We krijgen zo hulp.'

HOOFDSTUK 20

De ezel maakt een ritje

'Nou, dat wordt dus ook niets,' zei Tilly. Ze was bitter teleurge-steld. Hoe vaak ze ook op de hobbels en bobbels van de schelp drukte (eerst in de juiste volgorde, en daarna in alle volgordes die ze maar kon bedenken), de telefoon bleef dood. Ze had hem geschud, hem opgewarmd in haar handen en er zelfs mee tegen de poot van de bank getikt – maar het haalde allemaal niets uit. Tilly moest nu wel onder ogen zien dat hij kapot was.

Waarschijnlijk was het de avond ervoor gebeurd, toen ze hem uit haar zak had laten vallen – of misschien had Humper-dinck hem in zijn enthousiasme stuk gestoten, toen hij hem uit het konijnenhol opgroef.

'Daar gaat plan B,' zei Tilly. (Plan A was haar mislukte poging geweest om Leo tegen te houden met de deken en door het luik te vluchten.) Ze vroeg zich af of Leo al had ontdekt dat haar telefoon waardeloos was, en dat hij daarom had besloten dat ze het ding kon houden.

Met een diepe zucht tilde ze Balk op haar schoot. 'Jouw beurt,' zei ze. 'Ik weet echt niets meer. Verzin jij plan C maar.' Misschien was het inbeelding, maar Tilly dacht dat de ezel iets rechterop ging zitten, alsof hij meteen over het probleem begon na te denken. 'Weet je wat, Balk,' zei ze, achteroverleu-nend op de bank en haar ogen sluitend, 'slaap er maar een nachtje over.'

Ze schrok wakker uit haar dromen door een langgerekte, jammerlijke kreet. Haar ogen vlogen open. Terwijl het gedempte gejank nog verder de hoogte in schoot, keek Tilly om zich heen om te ontdekken waar het vandaan kwam. Ze besefte dat de kamer veel minder donker was dan eerst. Nieuwsgierig bekeek ze de muren, en ze zag dat er inderdaad geen ramen waren in de torenkamer. Alleen een smalle verticale spleet, waar het daglicht nu door naarbinnen viel zodat hij als een felle tl-buis in de muur blikkerde, had ze niet eerder opgemerkt.

Er was iets eigenaardigs aan het gejank, waardoor Tilly begon te vermoeden dat het niet van een mens afkomstig was. Ze besefte maar al te goed dat de kerk werd omgeven door een begraafplaats, maar resoluut zette ze alle gedachten aan spoken en vampiers uit haar hoofd. Ze besloot de hele kamer te doorzoeken en zwaaide haar voeten op de vloer, waarbij ze bijna op haar ezel ging staan. Balk was 's nachts kennelijk van de bank gevallen. Hij lag op de vloer met zijn kop één kant op, alsof hij luisterde naar iets onder de houten vloer.

'Ik denk dat je gelijk hebt, Balk!' zei Tilly. Ze knielde neer en kroop over de vloer, geleid door het jammerende geluid dat steeds luider leek te worden. 'Hier ergens komt het vandaan,' zei ze, toen ze naast een plank in de vloer die twee schroeven miste stil bleef staan. Iets bonkte tegen de onderkant alsof het probeerde de plank omhoog te krijgen.

Tilly aarzelde even, tot haar nieuwsgierigheid het uiteindelijk won van haar angst. Met wild kloppend hart probeerde ze de plank op te tillen met haar vingertoppen. Het gejammer stopte.

Als een wolkje zwarte rook glipte een kat door de opening die Tilly had gemaakt en vloog een hoek in. Toen begon hij zichzelf te wassen alsof zijn leven ervan afhing.

Zijn vacht, die vol zat met spinnenwebben en stof, verkeerde in erbarmelijke staat. Voorzichtig liep Tilly op de kat af.

'Pibbels,' zei ze, haar ogen toeknijpend. 'Ben jij het?'

De kat stopte midden in een lik en wierp haar een vernietigende blik toe, alsof hij wilde zeggen: 'Ja, natuurlijk ben ik het... wie anders?' Tilly was dolblij hem te zien, maar ze was beleefd genoeg om te wachten tot hij klaar was met zijn toilet, voordat ze probeerde hem te aaien.

'Hoe is het je gelukt om hierboven te komen?' vroeg Tilly, die het antwoord op haar vraag raadde zodra ze de woorden had uitgesproken. Red had haar verteld dat Pibbels een eersteklas klimmer was en zichzelf door de kleinste gaatjes kon persen.

Tilly vroeg zich af of de kat haar bij toeval had gevonden, of dat de anderen hem hadden gestuurd, omdat ze vermoedden dat ze in de toren was. Ze liet Pibbels tevreden spinnend in zijn hoekje achter en haastte zich naar de smalle spleet in de muur. Als ze op haar tenen ging staan kon ze de daken van de huizen zien en de hoogste takken van de taxusbomen op het kerkhof. Om nog wat verder te kunnen kijken, sleepte Tilly de bank naar de muur en ging erop staan. Haar ogen zochten de omgeving af, maar tot haar teleurstelling was er geen spoor te bekennen van Thea of Felix. En de hond die ze aan een grafsteen zag snuffelen was veel te klein en te keurig om Humperdinck te zijn.

'Had ik maar pen en papier,' zei Tilly, 'dan kon ik een briefje naar buiten gooien. Dat zou iemand dan vast wel oprapen. Of misschien kan ik iemand waarschuwen, daar beneden, door te zwaaien.' Ze probeerde haar hand door de nauwe opening te steken, maar hoewel ze er wel een paar vingers doorheen kreeg, was haar hand te dik – en bleef klem zitten. Ze bedacht dat de kans klein was dat een voorbijganger haar korte, plompe vingers zou opmerken, hoe energiek ze er ook mee bewoog. Tenzij een van de dorpelingen toevallig door een verrekijker keek en die net op de juiste plek richtte, was de kans dat ze iemands aandacht zou trekken bijzonder klein.

'Ik neem aan dat je nog geen plan C hebt?' vroeg ze aan Balk.

De ezel gaf geen enkele blijk van het tegendeel.

Tilly wendde zich tot Pibbels, die op de bank was gesprongen en haar nu vanaf de deken zat aan te staren.

'Wat jammer dat je je tuigje niet om hebt,' zei ze. 'Dan had ik er misschien iets tussen kunnen klemmen. Iets wat duidelijk van mij is. Dan zouden de anderen weten dat je me gevonden hebt.'

Pibbels knipperde met zijn ogen.

'Misschien kan ik van die deken een soort tuigje maken,' zei ze, zich afvragend of ze sterk genoeg was om het ding aan repen te scheuren. 'Wat denk jij ervan?'

De kat bleef haar onbewogen aankijken.

'Of het touw! Ik kan het touw gebruiken!'

Pibbels leek het wel een goed idee te vinden. Hij sprong van de bank en begon langs Tilly's benen te wrijven, snorrend als een kleine grasmaaier.

'Maar wat kan ik dan aan je rug vastbinden?' vroeg ze, terwijl ze zich bukte om een stuk touw te pakken. Leo had het op de vloer gegooid nadat hij haar handen had losgemaakt. Wat een geluk dat hij was vergeten het mee te nemen.

Knielend op de houten vloer deed Tilly haar best om een soort tuigje te maken van het touw en het stevig om Pibbels' middel te binden. Toen pakte ze de enige bezitting die Leo haar had laten behouden en probeerde die vast te klemmen onder het touw.

'Het gaat niet,' zei ze, toen de schelpofoon van zijn plek gleed en op de vloer kletterde. 'Ik heb iets nodig wat ik kan samenknijpen.'

Even overwoog ze haar trui uit te trekken en die onder het tuigje te proppen. Maar dat idee liet ze al snel varen, omdat ze besefte dat die veel te groot en te zwaar was.

'Wat heb ik nog meer?' zei ze. 'Ik kan echt niets bedenken.'

Pibbels miauwde verwijtend.

'Sorry,' zei Tilly somber.

Na een paar minuten zwijgend in de put te hebben gezeten, kreeg ze het merkwaardige gevoel dat iemand probeerde haar aandacht te trekken. Zoekend keek ze de kamer rond.

Haar keel snoerde zich helemaal dicht toen ze hem zag. 'O, nee, Balk! Niet jij!'

Hij had het perfecte formaat, hij was zo plooibaar als maar kon en hij was nog dapperder dan een leeuw, maar Tilly liet zich niet zomaar overhalen om hem aan de rug van Pibbels vast te binden.

'Luister eens, Balk,' zei ze, haar ezel op haar knie balancerend. 'Ik weet dat ik je heb gevraagd om met plan C te komen, maar dat betekent niet dat jij je hoeft op te offeren om hulp te gaan halen. Het is heel heldhaftig van je, maar...'

Balk bleef uitdagend zitten met zijn borst naar voren en zijn oren omhoog. Hij had er nog nooit zo vastberaden uitgezien.

'Maar wat als je eraf valt?' vroeg ze. 'Dan vind ik je misschien nooit meer terug.'

De uitdrukking van haar ezel bleef onbewogen.

'O, oké. Goed dan,' zei Tilly met tegenzin. Ze tilde zijn kin op en kuste hem op zijn neus. 'Maar beloof alsjeblieft dat je heel voorzichtig zult zijn.'

Ze nam meer tijd dan strikt noodzakelijk was om hem veilig onder het tuigje van Pibbels te stoppen. Ze propte zijn hoefjes nog eens extra onder het touw en bond zijn gevlochten staart eraan vast, als voorzorgsmaatregel. Pibbels, die stond te popelen om te gaan, draaide met zijn oren en miauwde om de paar seconden, tot Tilly er eindelijk van overtuigd was dat kat en passagier klaar waren om te gaan.

'Veel succes dan,' zei ze, en tilde de plank op. Ze stak haar hand uit om Balks manen nog een keer te aaien, maar Pibbels was haar te snel af. Soepel als een wezel schoot hij het gat in en verdween uit het zicht.

Hij was nog maar net weg toen Tilly een dof gebonk hoorde dat steeds dichterbij kwam. Iemand beklom de ladder. Ze stond op en wachtte tot het luik openging, tegen beter weten in hopend dat haar bezoeker iemand anders was dan Leo.

Toen het hoofd en de schouders van een vrouw verschenen kon Tilly haar geluk niet op.

Ze zag er iets jonger uit dan Thea, en had donker, golvend haar tot op haar schouders, dat glom als de flessen rode wijn die bij Tilly thuis op het dressoir stonden. Ze had een aantrekkelijk gezicht met fijne gelaatstrekken. Maar toen de vrouw zich naar haar toedraaide, zag Tilly dat haar ogen sluw en doortrapt waren, en helemaal niet pasten in zo'n vriendelijk gezicht.

'Godzijdank!' zei Tilly desondanks, en ze stapte naar voren. 'Ik zit hier opgesloten...'

De vrouw zei niets, maar keek haar met een medelijdende

blik aan en schudde haar hoofd alsof ze geshockeerd was.

'Ik ben zo blij dat u er bent,' zei Tilly, hoewel ze de vrouw nooit eerder had gezien. 'Het spijt me dat ik geen tijd heb om het uit te leggen, maar ik moet hier echt weg.' Ze haastte zich naar het luik en wilde net naar beneden klauteren, toen de vrouw haar hand uitstak en Tilly bij haar schouder pakte.

'Nog niet,' zei ze.

Nu pas hoorde Tilly dat er nog iemand de ladder op kwam. Ze deed een stap achteruit en lachte.

'Goed idee,' zei ze, want het zou inderdaad enorm lastig worden om iemand op die ladder te passeren. Ze grijnsde vriendelijk naar de vrouw, die tot haar verbazing niet teruglachte.

Het gevoel bekroop haar dat er iets niet helemaal in de haak was, en angstig wurmde ze zich los uit de greep van de vrouw. Ze liep achteruit tot ze naast de bank stond. Toen wachtte ze, met groeiende bezorgdheid, tot de tweede persoon boven zou komen.

'Zie je nou,' zei een stem, die Tilly tot op het bot verkilde. 'Ik zei je toch al dat ze geen schrammetje had.'

Vol afschuw zag Tilly haar ontvoerder door het luik verschijnen. Leo droeg een geruite pet, een spencer over een overhemd met korte mouwen en een broek met omgeslagen pijpen. Gekleed als een doodnormale oude man stapte de sluwste spion van het land de kamer in.

'Wat jij allemaal beweert zegt me niets, Mak,' sprak de vrouw ijzig. 'Ik wilde het kind met eigen ogen zien.'

'En nu je dat hebt gedaan, kun je mooi weer terug naar Londen.'

'Zoals je wilt,' zei de vrouw. 'Maar Tilly gaat met me mee.'

Leo grijnsde vals. 'Over mijn lijk,' snauwde hij toen. 'Dat rotkind heeft mijn gezicht gezien. Ze gaat helemaal nergens heen.'

'Denk nou even logisch na,' zei de vrouw. 'We kunnen haar veel beter bij mij thuis vasthouden, midden in de stad, waar iedereen alleen met zichzelf bezig is. Dorpsmensen zijn altijd zo nieuwsgierig. Deze toren is geen veilige plek om haar gevangen te houden. En zelfs als je dat kind ergens anders heen brengt kan het niet lang duren voordat iemand haar ontdekt.'

'De predikant heeft hoogtevrees,' zei Leo. 'Er komt hier nooit iemand – op een paar muizen na, dan. Het is juist perfect.'

'Dat zei je ook over Bleekenberg. Moet ik je eraan herinneren wat daar is gebeurd?'

'Dat was gewoon pech,' zei Leo geïrriteerd. 'Sam Loper is niet normaal.'

'Wie?' vroeg de vrouw.

'Die bemoeial die Angela heeft gezien en dacht dat ze een of andere geestverschijning was. Normale mensen hangen niet rond bij een gebouw dat er zo gevaarlijk uitziet. Ik ben een hele avond bezig geweest om al die borden in de grond te slaan, om de mensen te waarschuwen dat ze uit de buurt moesten blijven. De anderen deden dat ook allemaal – maar niet Sam Loper... die eigenwijze sukkel.'

'Wees nou verstandig,' zei de vrouw vleiend. 'Het is toch alleen maar onhandig als je Tilly hier moet vasthouden? Het is nou niet bepaald je hobby, om voor kinderen te zorgen. Of wel, soms? Laat haar nou maar aan mij over.'

'Nee!' zei Leo. 'Je hebt me overgehaald om je die oude vrouw mee te geven, maar Tilly krijg je niet zomaar cadeau.'

'Alsjeblieft.'

Leo Tweems perste zijn lippen op elkaar en schudde verwoed zijn hoofd.

Tilly's vrolijke bui was met de komst van Leo prompt verdwenen, en ze besloot zich maar even gedeisd te houden. Wel
was ze erg nieuwsgierig naar de identiteit van de vrouw met
het golvende haar. Leo had gezegd dat ze uit Londen kwam,
en ze was inderdaad gekleed als een modern stads type in een
elegante paarse rok met bijpassend jasje en suède pumps met
hoge hakken.

Wie ze ook was, ze had in elk geval een eigen willetje. Ze
bleef koppig met Leo discussiëren over wie Tilly gevangen
moest houden. Tilly had eerst gedacht dat de vrouw misschien
het hulpje van Leo was, maar uit de manier waarop ze weigerde
voor hem te buigen maakte ze op dat de twee op gelijke voet
stonden.

In plaats van te luisteren hoe ze over haar ruzieden (zo
populair was Tilly nog nooit geweest) klom ze onopvallend
op de bank en probeerde ze een blik door de spleet te werpen.
Ze hoorde beneden een paar honden blaffen en vroeg zich af
wat er aan de hand was. Het schelle gekef leek in niets op de
diepe zware blaf van Humperdinck, die haar nu als muziek in
de oren zou klinken, maar toch wilde ze graag weten wat er
allemaal gebeurde. Ze verloor bijna haar evenwicht toen ze zag
waar die honden zo hard naar blaften.

Pibbels en Balk.

De kat balanceerde gevaarlijk op het randje van een grote,
schuinstaande grafsteen, terwijl twee hysterische jackrussell-
terriërs naar hem keften en hapten, in de lucht springend op
hun kleine achterpootjes. Pibbels gromde en blies terug, en
zelfs vanuit haar hoogverheven positie kon Tilly zien dat zijn
staart was gezwollen tot het formaat van een flinke verfrol-
ler.

'O, nee,' siste Tilly, terwijl de hondjes steeds hoger sprongen en hun kaken op een centimeter afstand van Pibbels' snorharen lieten dichtklappen. Wanhopig speurde Tilly het kerkhof af, op zoek naar mevrouw Mols. O, kwam die oude dame nu maar om Beertje en Lammetje bij zich te roepen.

Pibbels begon zo te zien ook in paniek te raken. Hij keek wild om zich heen, duidelijk op zoek naar een andere hoge plek waar hij heen kon springen, maar de andere grafstenen waren te ver weg. Tilly vermoedde dat Pibbels er spijt van begon te krijgen dat hij de honden had getreiterd door voor Het Grasklokje op en neer te paraderen. Deze keer zaten ze niet veilig achter glas.

De kat kromp ineen en leek te verstijven. Tilly raadde wat hij van plan was. 'Hij gaat proberen weg te rennen,' fluisterde ze in zichzelf, en ze durfde nauwelijks te kijken. 'O, Balk,' zei ze verdrietig. Van deze afstand kon ze de uitdrukking op het gezicht van haar ezel niet zien, maar ze verwachtte dat die net zo ernstig en vastberaden was als altijd.

'Wat doet ze daar? Haal haar naar beneden!'

De vrouw reageerde op Leo's scherpe bevel door Tilly bij haar pols te grijpen en van de bank te trekken.

'Nee!' gilde Tilly, en verwoed probeerde ze zich los te worstelen. Ze hoorde een explosie van gekef en gegrom, en trok de conclusie dat Pibbels de gok gewaagd had. 'Ik wil zien... ik moet weten...'

'Waar kletst ze nou over?' snauwde Leo. 'Denk je dat dat kleine kreng iemand een signaal heeft gegeven?'

'Nee,' zei de vrouw, die door de spleet tuurde terwijl ze Tilly stevig vasthield. 'Er is daar niemand te zien – alleen twee honden die aan het vechten zijn.'

'Een kat... kunt u ook een kat zien?' mompelde Tilly. Ze had niet meer genoeg kracht om zich te verzetten. Zwakjes leunde ze tegen de vrouw aan. Net op tijd herinnerde ze zich dat spionnen niet mochten huilen, en ze beet op haar lip.

'Rustig maar,' zei de vrouw vriendelijk. Ze leek te begrijpen waarom Tilly overstuur was. 'Maak je nou maar niet zo druk. Straks ben je weg uit deze tochtige oude toren.'

'Niet, dus,' zei Leo, die op ze afkwam. 'Wanneer laat je nou eens tot je botte hersens doordringen...'

'Je staat bij me in het krijt, Mak,' beet de vrouw hem toe.

'Nee. We staan quitte,' antwoordde hij. 'En dat weet je.'

'Als ik niet al die dossiers bij P.S.S.S.T. had doorzocht had je je nooit zo snel kunnen ontdoen van die andere spionnen. Spar en Collier hadden je zeker ontmaskerd, als ík je niet te hulp was gekomen.'

Tilly hapte naar adem en staarde omhoog naar de vrouw. Was ze erin geslaagd om voorbij Edith te komen en toegang te krijgen tot de bovenste etage van Hotel Damper? Dan moest ze een nog sluwere spion zijn dan Murdo Mak. Gelukkig had Thea zich vergist, toen ze zei dat er een verrader was binnen P.S.S.S.T. Ze keek nog eens goed naar de vrouw. Althans, dacht ze toen, ik dénk dat ze zich heeft vergist...

Thea was ervan overtuigd geweest dat Emma in haar dossiers had zitten neuzen. Kon het zijn dat deze vrouw, die haar pols nog steeds stevig omklemde, een vermomming droeg? Was haar golvende, schouderlange haar eigenlijk een pruik? Had ze haar stem veranderd?

'Ik ben je helemaal niets verschuldigd,' zei Leo, de vrouw grimmig aankijkend. 'Doe nou maar niet alsof je dit voor míj hebt gedaan. Het gaat jou alleen maar om je carrière. Je bent gewoon schijnheilig.' Hij lachte toen het gezicht van de vrouw betrok. 'Het kan wel zijn dat je al die anderen voortdurend loopt te commanderen, maar ik pik dat niet! Misschien dat je na een verblijf van een paar uur in deze knusse omgeving inziet dat ik de aangewezen persoon ben om Tilly te bewaken.' Hij liep snel naar het midden van de kamer, verdween door het luik en knalde het dicht. 'Tot later, Philippa!' klonk zijn gedempte kreet.

'Philippa!' zei Tilly stomverbaasd. Met grote ogen keek ze de vrouw aan. 'Philippa Killerman?'

HOOFDSTUK 21

Geheimen en leugens

De baas van s.t.i.l. knipperde niet eens met haar ogen toen Leo haar opsloot in de torenkamer. En toen Tilly haar vroeg of ze Philippa Killerman was, knikte ze vriendelijk. Kalmpjes ging ze op de bank zitten. 'Ben je nu erg geschokt?' vroeg ze.

'Dat je onder één hoedje speelt met Murdo Mak?' vroeg Tilly. 'Natuurlijk ben ik geschokt.' Teleurgesteld staarde ze Philippa aan, terwijl haar mond zich opende en weer sloot. Er waren zo veel vragen, en ze wist gewoon niet waar ze moest beginnen.

'Angela Britten viel bijna van haar stokje toen ze erachter kwam dat ik erbij betrokken was,' zei de baas van s.t.i.l. Ze glimlachte zwakjes naar Tilly. 'Ik neem aan dat je wilt weten waarom ik hieraan meedoe.'

'Ja. Graag,' zei Tilly, zich afvragend hoe Mak erin was geslaagd om de hoogste baas van s.t.i.l. zo ver te krijgen dat ze haar land verraadde.

'Ik was zo naïef,' begon Philippa vol zelfspot. 'Ik dacht dat het heel eenvoudig zou zijn. Als ik Mak een kleine dienst bewees, zou hij uit mijn leven verdwijnen en s.t.i.l. nooit meer dwarszitten. Ik had natuurlijk moeten weten dat het nooit zo simpel ligt.'

'Ik... ik begrijp het niet,' zei Tilly, die naast Philippa ging zitten.

'Het was zo onverantwoord, om jou hierheen te sturen,' zei Philippa. 'Ik heb Red enorm op zijn kop gegeven toen ik hoorde dat hij een kind op een missie had gestuurd. Ik neem aan dat Socrates je getraind heeft?'

'Ja,' beaamde Tilly. 'En verder heb ik nog een heleboel geleerd uit een boek dat *Gehuld in schaduwen* heet.'

'Gebruikt hij dat oude boek nog steeds? Alsof er geen nieuwere studieboeken zijn voor spionnen. Maar ja, Socrates is nou eenmaal erg traditioneel. *Gehuld in schaduwen*... Daar heb ik al in geen jaren meer in gekeken. Mijn oude exemplaar zal wel ergens op zolder liggen, onder een berg stof. Wanda zwoer erbij.'

'Wie?' vroeg Tilly.

'Wanda Links, de spion die mij heeft getraind. Ze is dertien jaar geleden met pensioen gegaan en op de Bahama's gaan wonen.' Philippa zuchtte diep. 'Zonder haar is P.S.S.S.T. gewoon niet meer hetzelfde.'

'P.S.S.S.T.?' vroeg Tilly ongelovig. 'Werkte je voor P.S.S.S.T.?'

'In juli deed ik examen aan de Hogeschool voor Heimelijkheid... en P.S.S.S.T. bood me een maand later een baan aan. Ik was in de wolken. Zolang ik me kon herinneren wilde ik al bij een geheime dienst werken. Op mijn eenentwintigste ben ik begonnen.' Philippa glimlachte weemoedig. 'Dat was de mooiste dag van mijn leven.'

'Hoe lang heb je voor P.S.S.S.T. gewerkt?' vroeg Tilly.

'Negen jaar, alles bij elkaar – en ik heb van elke minuut genoten.'

Tilly maakte wat snelle berekeningen. 'Dan werkte je dus bij P.S.S.S.T. toen Murdo Mak in de Theems sprong en ontsnapte.'

'Ja,' zei Philippa. Haar gezicht betrok. 'Ik was erbij.'

'Maar je deed niet mee aan die poging hem te pakken.'

'Waarom denk je dat?'

Tilly snapte het niet meer. Ze herinnerde zich wat ze in het dossier van Murdo Mak had gelezen over die avond van de negende december, en er was geen ooggetuigenverslag van Philippa Killerman bij geweest.

'Ik arriveerde als tweede bij dat oude pakhuis, aan de rivier,' zei Philippa. Ze sloot haar ogen, terwijl ze zich die gedenkwaardige winteravond voor de geest haalde. 'Red kwam een paar minuten later aan, en we wachtten nog even op Socrates. Maar toen die belde om te zeggen dat hij een lekke band had en wat later zou zijn, sloop ik naar de achteruitgang. Angela bleef bij de voordeur – en Red ging naar binnen...'

'Pip Jolling bewaakte de achterkant van het pakhuis,' zei Tilly. Nu was ze echt de draad kwijt. 'Dat staat in al die getuigenverklaringen.'

'Dat klopt,' zei Philippa. 'Ik ben Pip Jolling – tenminste, dat was ik tien jaar geleden. In die tijd noemde iedereen me Pip, en Jolling is mijn meisjesnaam. Ik ging Killerman heten toen ik een paar jaar later trouwde.'

'Die avond waarop Mak verdween,' zei Tilly, 'dacht iedereen dat hij verdronken was. Heb jij hem helpen ontsnappen?'

'Ja,' zei Philippa.

Tilly zag dat ze tenminste nog de beleefdheid had om beschaamd te kijken.

'Maar waarom?'

'Waarom?' herhaalde Philippa alsof ze in trance was. Ze lachte nogal bitter. 'Omdat ik geen keuze had.'

Tilly schrok. 'Chanteerde hij je?' vroeg ze.

'In zekere zin wel, ja.'

De kerkklok snorde even, voordat hij zijn eerste donderende dreun liet horen. Die werd gevolgd door nog acht slagen. Tilly wachtte geduldig tot de stilte weerkeerde en keek ondertussen naar de onverstoorbare vrouw naast haar. Uiterlijk leek Philippa kalm, maar er lag een droevige blik in haar ogen die Tilly vertelde dat de baas van s.t.i.l. een pijnlijk geheim verborgen hield.

'We waren met ons vijven,' zei Philippa bedachtzaam, toen het klokgebeier was weggestorven. 'Drie kinderen, mijn moeder en mijn vader. Niet dat we die zo veel zagen.'

Tilly vroeg zich af waarom de baas van s.t.i.l. herinneringen zat op te halen aan haar jeugd, maar ze besloot haar niet te onderbreken.

'Mijn vader had nooit veel belangstelling voor zijn kinderen. Hij was altijd aan het werk, of op de heide aan het wandelen met onze honden, Mixer en Menger. We zagen hem alleen bij het avondeten. En toen, op een avond, verdween hij tussen twee gangen door van tafel – om nooit meer terug te keren.'

'Wat afschuwelijk,' zei Tilly.

'Ik was toen pas vier,' vervolgde Philippa. 'George en Vicky waren zelfs nog jonger. Toen mijn moeder hertrouwde, namen we de naam van mijn stiefvader aan en vergaten we onze echte vader. Maar twintig jaar later dook hij opeens weer op.' Droevig glimlachte ze naar Tilly. 'Het is grappig hoe ons brein bepaalde dingen opslaat, vind je niet? Voor mij was die man die opeens bij me op de stoep stond een volslagen onbekende. Ik had geen flauw idee hoe mijn vader eruitzag. Maar zodra ik zijn stem hoorde, wist ik dat hij het was.'

'Zijn stem...' zei Tilly langzaam.

'Ik gaf hem een kopje thee. Ik dacht dat hij zich wilde verontschuldigen, omdat hij ons lang geleden zo in de steek had gelaten. Ha! Mooi niet dus!' zei ze. 'De reden waarom hij contact met mij had gezocht werd al snel duidelijk.' Ze fronste, en kneep haar handen samen in haar schoot. 'Hij zat daar aan mijn keukentafel en vertelde me doodleuk dat hij Murdo Mak was.'

'Wát deed hij?' vroeg Tilly. Ze was met stomheid geslagen. 'Bedoel je... dat Leo Tweems je vader is?'

'Helaas wel, ja,' zei Philippa.

'Maar waarom vertelde hij je dat hij Murdo Mak was?' vroeg Tilly. 'Wist hij dan niet dat je voor P.S.S.S.T. werkte?'

'Natuurlijk wel!' Philippa's gezicht vertrok van woede. 'Mak zorgt er wel voor dat hij alles van iedereen weet. Hij had zijn huiswerk over mij keurig gedaan. Hij zat daar heel zelfingenomen zijn kopje thee te drinken en vertelde me alles over mezelf... dat ik als beste van mijn jaar was geslaagd aan de Hogeschool voor Heimelijkheid, dat ik meteen was gerekruteerd door P.S.S.S.T., dat ik in sneltreinvaart het trainingsprogramma had doorlopen en de beste spion was geworden die ze ooit hadden gehad...'

'Goh,' zei Tilly, en vol ontzag keek ze Philippa aan.

'Hij had zelfs het lef te beweren dat ik mijn talenten van hém had geërfd.'

Tilly herinnerde zich nu Reds opmerking, dat spionagetalent soms in de familie zit, maar ze besloot die maar niet te herhalen tegen Philippa. De baas van S.T.I.L. wilde duidelijk niet erkennen dat Leo's genen misschien van invloed waren geweest op haar beroepskeuze.

'Was Mak niet bang dat je hem zou aangeven?' vroeg Tilly.

'Nee,' zei Philippa, en ze schudde haar hoofd. 'Die sluwe oude duivel wist dat ik zijn geheim wel moest bewaren. Ik was toen pas vierentwintig, en ik liep over van de ambitie. Ik was vast van plan om de eerste vrouwelijke baas van s.t.i.l. te worden. Als bekend was geworden dat mijn vader Murdo Mak was, hadden ze me er meteen uitgeschopt.'

'Aha,' zei Tilly. Ze vond het niet erg eerlijk dat Philippa dan bestraft zou zijn voor haar vaders misdaden. 'Maar ik begrijp nog steeds niet waarom je vader vertelde dat hij eigenlijk Murdo Mak was.'

'Hij wilde me inschakelen als voorzorgsmaatregel.'

'Hè?'

'Spioneren is een riskant vak. Als Mak ooit in het nauw zou komen te zitten, wilde hij op mijn hulp kunnen rekenen.'

'En daar stemde je mee in,' zei Tilly.

'Ja,' zei Philippa. 'Als Mak gepakt werd, zou ik sowieso alles verliezen.' Haar vingers reikten naar haar oorlel en ze haalde er een grote gouden oorring uit. Ze legde hem op haar handpalm en liet hem aan Tilly zien. 'Dit is het enige cadeau dat ik ooit van mijn vader heb gekregen. Het is een telefoon,' zei ze, 'zodat hij me kan bereiken wanneer hij maar wil.'

'Dus Mak heeft je die avond gebeld, in december?' vroeg Tilly.

'Klopt,' zei Philippa. 'Het leek hem leuk om p.s.s.s.t. een pesterige kerstkaart te sturen. Maar omdat Angela besefte wie hij was, kreeg hij de bal teruggekaatst. Mak probeerde haar af te schudden, maar ze bleef als een bloedhond achter hem aan zitten.'

'Vertel me alsjeblieft,' zei Tilly smekend, 'hoe hij het heeft gedaan. Hoe kon hij die val in de Theems overleven en naar de oever zwemmen in dat ijskoude water, zonder dat iemand hem zag?'

'Dat heeft hij niet gedaan,' zei Philippa.

'O... je bedoelt dat hij naar de brug is gezwommen en daar omhoog is geklommen. Dat was vast niet makkelijk...'

'Weer mis,' zei ze.

Tilly keek haar vragend aan, en eindelijk gaf Philippa toe.

'Vooruit dan maar,' zei ze. 'Luister goed. Dit is wat er gebeurde...'

'Ik heb je meer dan genoeg tijd gegeven om erover na te denken,' zei Leo, die weer in het luik verscheen. Hij haalde een revolver uit zijn broekzak en richtte die op zijn dochter. 'Dus zeg het maar, Philippa. Ben je bereid in je eentje terug te gaan naar Londen?'

'Nee,' antwoordde ze, hem recht in zijn ogen kijkend. 'En je kunt me heus niet overtuigen door met een pistool te lopen zwaaien.'

Leo's mondhoeken trokken omlaag. 'Wat jammer nou,' zei hij.

'Het... het is goed,' zei Tilly vanuit een hoekje van de kamer, waarin ze zich had teruggetrokken toen Leo zijn wapen tevoorschijn haalde. 'Ik vind het niet erg om in Doddington te blijven... echt niet.' Ze loog, natuurlijk. Als ze de keus had was ze liever de gevangene van de verraderlijke doch innemende baas van s.t.i.l., dan dat ze was overgeleverd aan diens schietgrage vader met zijn ongebruikelijke martelinstrument. (Haar vinger deed nog steeds behoorlijk pijn.)

'Maak je geen zorgen, Tilly,' zei Philippa zelfverzekerd. 'Ik laat je hier niet achter – en je zult ook niet lang meer gevangenzitten. Ik ga je terugbrengen naar je familie.'

'Wát?' Leo was woedend. 'Ben je nou helemaal gek geworden?'

'Nee, hoor,' zei Philippa. 'Ik ben juist helderder dan ooit.'

'Maar als je haar laat gaan word je ontmaskerd als verrader. Dan komt er een enorm schandaal, en word je ontslagen bij s.t.i.l.,' zei Leo. 'Denk je eens in, hoe vernederend dat zal zijn... om nog maar te zwijgen over de lange gevangenisstraf...'

'Ik weet het,' zei Philippa.

'Sukkel! Kan het je dan niets schelen?'

De baas van s.t.i.l. nam haar tijd om antwoord te geven. 'Nee, niet meer,' zei ze toen zachtjes. 'Ik heb een enorme vergissing gemaakt, toen ik je hielp ontsnappen, tien jaar geleden. Ik had moeten weten dat daarmee geen einde zou komen aan al dat liegen en bedriegen. Sinds die noodlottige avond heb ik continu met de angst geleefd dat iemand bij p.s.s.s.t. erachter zou komen wat er precies was gebeurd.'

'Laat me niet lachen!' zei Leo vol minachting. 'We hebben ze volkomen om de tuin geleid. Die stompzinnige sukkels bij p.s.s.s.t. zouden de waarheid nooit geraden hebben – niemand zou het ooit te weten zijn gekomen.'

'Mijn secretaresse, Manon Hammer, had het anders bijna door,' zei Philippa, hem ijzig aankijkend. 'Ze was slimmer dan goed voor haar was. Ze kon maar niet begrijpen waarom ik zo de pik leek te hebben op p.s.s.s.t. Ze verweet me dat ik ze veel te weinig geld gaf en hun inspanningen niet genoeg waardeerde. Ik wilde ervoor zorgen dat Red wat van zijn mensen moest ontslaan. Daarom maakte ik het hem zo moeilijk. Dat leek de enige manier om van Socrates en Angela af te komen. Ze wilden nog lang niet met pensioen – en hoe langer ze bij p.s.s.s.t. bleven, hoe groter de kans dat ze door zouden krijgen dat ik betrokken was bij jouw verdwijning.'

'Welnee. Ze hadden geen flauw idee,' snauwde Leo. 'Je had

niet in paniek moeten raken.'

'Mijn secretaresse begon zich vreemd te gedragen,' vervolg-de Philippa. 'Ze bleef me continu in de gaten houden, en als ze aan de telefoon zat, hield ze opeens haar mond dicht als ik binnenkwam. Op een dag betrapte ik haar toen ze mijn dossier zat door te nemen. Toen wist ik genoeg! Ik besefte dat ik haar moest lozen – en snel ook. Ik kwam erachter dat ze een week-end naar Praag zou gaan. Dus toen ben ik haar gevolgd naar het vliegveld en heb ik wat vertrouwelijke papieren in haar handbagage gestopt. Vervolgens heb ik P.S.S.S.T. getipt. Toen de papieren werden ontdekt zei ze dat ze onschuldig was en probeerde ze mij de schuld te geven – maar natuurlijk geloofde niemand haar.'

'Wat heerlijk slecht van je,' zei Leo grijnzend.

Tilly was anders helemaal niet onder de indruk. Red had haar verteld dat de secretaresse van de baas van s.t.i.l. voor heel lang de gevangenis in was gegaan.

'Wat gemeen,' zei ze.

'Ik weet het,' zei Philippa schuldbewust.

'Had je haar niet gewoon kunnen ontslaan, omdat je onte-vreden was over haar typewerk of zo?' vroeg Tilly.

'Te riskant,' zei Philippa. 'Ik wist niet precies hoeveel Manon al had ontdekt of hoe diep ze in mijn verleden zou gaan graven. De beste manier om haar het zwijgen op te leggen was haar reputatie vernietigen – en haar achter de tralies laten zetten, zodat ze niet meer kon rondsnuffelen.'

'Manon heeft vast enorm de pest aan je,' zei Tilly.

'O, ongetwijfeld,' zei Philippa. 'Maar als ik mezelf ga aange-ven zal ik ook haar naam zuiveren, en dan wordt ze meteen vrijgelaten.'

Philippa's gezicht betrok, en even vreesde Tilly dat de baas in huilen uit zou barsten. Maar dankzij haar ijzeren wil wist de vrouw zich te beheersen.

'Ik heb zo onder druk gestaan,' zei ze. 'Ik heb vreselijke dingen gedaan, Tilly – en het was niet makkelijk daarmee te leven. Ik heb Manon laten opsluiten, ik heb twee P.S.S.S.T.-agenten in het ziekenhuis doen belanden, ik heb gelogen, ik heb geheime informatie doorgespeeld...'

'Wacht even,' zei Tilly. 'Jij bent niet verantwoordelijk voor wat Milos en Bob is overkomen! Leo heeft reuzel op die ladder gesmeerd en Bob bijna doodgekieteld. Niet jíj!'

'Het komt op hetzelfde neer,' zei Philippa grimmig. 'Ik heb Mak voor ze gewaarschuwd, wetend waartoe hij in staat was. En toen ik hoorde dat hij Angela vasthield, ben ik als een gek hierheen gekomen om hem over te halen haar met mij mee te laten gaan. Toen ik hoorde over jou...'

'Zeg, ik begin me een beetje te vervelen, hier,' onderbrak Leo haar. 'Jullie staan daar maar te kletsen. Gelukkig hoef ik dat geneuzel van jullie niet veel langer meer aan te horen.'

'Wat bedoel je?' vroeg Philippa. 'Laat je ons gaan?'

Leo lachte onaangenaam, en zwaaide met zijn revolver. 'Jij wilt misschien de rest van je leven in de gevangenis doorbrengen, maar ik niet.' Hij keek op zijn horloge. 'Over zestien minuten is het tien uur,' zei hij. 'Dan wordt het geluid van mijn schoten mooi overstemd door de kerkklokken.'

'Dat waag je niet,' zei Philippa. 'Tilly is nog maar een kind, en ik... ik ben je dochter. Kan dat je dan niets schelen?'

'Nee,' zei Leo. 'Het enige wat me interesseert is mijn vrijheid.'

Tilly slikte. Ze drukte zich tegen de hobbelige stenen muur

en probeerde te stoppen met trillen. Haar ogen zaten vastge-lijmd aan de revolver in Leo's hand. Langzaam drong het geluid van stemmen en voetstappen in de verte tot haar door.

Ze keek naar de smalle spleet.

Met de loop van zijn wapen gebaarde Leo Philippa dat ze bij Tilly in de hoek moest gaan staan. Zodra Philippa zijn bevel had opgevolgd, liep hij naar de spleet in de muur en wierp een snelle blik naar buiten.

'Aha!' zei hij. Hij wendde zich tot zijn gevangenen, met een bloedstollende glimlach. 'Dat komt goed uit. Het lijkt erop dat we toch niet tot tien uur hoeven te wachten. De klokkenluiders zijn net gearriveerd om te oefenen. Dat doen ze elke woensdag-ochtend. Over twee minuten beginnen ze aan die touwen te rukken, en zodra dat gebeurt...'

Philippa pakte Tilly's hand en begon er nadrukkelijk in te knijpen – niet een keer, maar meerdere keren. Eerst dacht Tilly dat Philippa haar gerust wilde stellen. Toen besefte ze dat de kneepjes meer te betekenen hadden. De lange knepen die haar knokkels bijna braken waren 'dah's' en de korte kneepjes waren 'dits'. Philippa zond Tilly een bericht in morse:

A–L–S–I–K–N–U–Z–E–G–R–E–N–N–E–N

Zodra Tilly had uitgepuzzeld wat de baas haar probeerde te vertellen, antwoordde ze met drie lange 'dah's' en toen een 'dah-dit-dah' om haar te laten weten dat ze het had begrepen.

Philippa liet Tilly's hand los.

Drie seconden lang gebeurde er niets. Toen sloeg Philippa toe.

Voor zover Tilly wist werden rugby-tackles meestal uitgevoerd door grote, breedgeschouderde mannen met modderige knieën. Ze had nog nooit een jonge vrouw in een getailleerd mantelpakje op hoge hakken zich zo agressief op een ander zien storten. Ook Leo was totaal overdonderd. Toen Philippa zich op hem wierp en haar armen om zijn knieën sloeg, duikelde hij met een woedende kreet voorover.

'NU!' brulde Philippa.

Tilly zette het op een lopen.

Ze schoot op het luik af en stopte een fractie van een seconde boven aan de ladder om nog een blik te werpen op de baas van S.T.I.L., die met haar vader op de vloer lag te worstelen. Toen klauterde ze zo snel als ze durfde omlaag. Haar handen grepen de houten ladder stevig vast en haar ogen volgden haar voeten, die razendsnel van sport naar sport gingen.

Tilly kwam langs verschillende verdiepingen en luiken op haar weg naar beneden. Ze merkte niet eens dat het zweet op haar voorhoofd stond, en dat haar hart wild klopte. Het enige waar ze aan kon denken was dat ze de klokkenluiders moest bereiken voordat ze aan hun concert begonnen. Eén dreun van de klokken zou genoeg zijn om het geluid van een pistoolschot te maskeren, en meer had Leo niet nodig om Philippa uit te schakelen.

'Stop!' schreeuwde Tilly, toen haar gymschoenen de harde stenen vloer raakten. Zonder te wachten tot ze weer op adem was vloog ze op de dichtstbijzijnde klokkenluider af, de dame met het dophoedje. 'Niet luiden!' zei ze wanhopig, en ze greep de vrouw bij haar mouw.

De klokkenluider draaide zich om en legde een vinger tegen haar lippen, en Tilly's mond viel open van verbazing. Ze had het gerimpelde gezicht van een oude dame verwacht – en niet de jeugdige gelaatstrekken van Emma Bits! De personeelsfunctionaris van P.S.S.S.T. deed een arm om Tilly's schouders en leidde haar naar een donker hoekje.

'Is alles goed met je?' fluisterde Emma.

'Jawel,' zei Tilly angstig. 'Maar met Philippa niet. Ze zit boven in de toren met Murdo Mak – en hij heeft een pistool. Hij gaat haar neerschieten zodra iemand die klokken luidt. Dat mag niet gebeuren!'

'Rustig maar,' zei Emma. 'Vandaag zwijgen de klokken.' Ze knikte naar de andere klokkenluiders. Het waren allemaal medewerkers van P.S.S.S.T.!

'We hebben de klokkenluiders gevraagd of we hun plaats mochten innemen,' zei Red.

'En of we hun kleren mochten lenen,' zei Socrates, die naar Tilly knipoogde vanonder de klep van zijn geruite pet.

'Ik ben zo blij jullie te zien!' zei Tilly. Stralend keek ze Bikram, Socrates en Red aan.

'En dat is wederzijds,' zei Red. Hij wenkte de anderen. 'Goed, we gaan die Mak de schrik van zijn leven bezorgen.'

Hij liep zachtjes naar de ladder en greep hem met zijn sproetige handen beet. Voor hij omhoog klom, keek hij over zijn schouder naar Tilly. 'Je weet echt zeker dat die vent Murdo Mak is?'

Tilly knikte heftig.

'Goed,' zei Red fronsend. 'Reken maar dat die oude schurk ons deze keer niet zal ontsnappen.'

Red ging voorop, en de andere drie P.S.S.S.T.-leden volgden. De mannen hadden allemaal een grimmige, vastberaden uitdrukking op hun gezicht.

'Gaan wij niet ook naar boven?' vroeg Tilly, en Emma schudde kordaat van nee.

'Jij hebt al genoeg risico gelopen,' zei ze, Tilly in de richting van de deur sturend die naar het schip van de kerk leidde. 'En hoewel ik graag meehelp om Murdo Mak te pakken, denk ik dat ik je beter niet alleen kan laten.'

'Ik pas wel op haar,' zei een stem, en Tilly grinnikte toen Thea uit een van de banken opstond. Ze hield iets in haar armen.

'Pibbels!' zei Tilly, en ze vloog op hem af. 'Je hebt het gered!' Tot haar grote vreugde liet Thea de kat in Tilly's uitgestrekte armen zakken. Pibbels begon luid te spinnen toen Tilly hem tegen zich aan drukte. 'Ik ben zo blij dat alles goed met je is!'

De nagels van de kat klauwden in haar huid toen een deur aan de noordkant van de kerk krakend openging en Humperdinck met een onelegante sprong binnenkwam, gevolgd door een ademloze Felix.

'Ik dacht dat jij zou blijven waar je was,' zei Thea ijzig.

Felix trok een grimas. 'We maakten ons veel te veel zorgen om Tilly,' zei hij. Zijn ogen lichtten op toen hij haar halverwege het middenpad zag staan. 'Hoera!' riep hij, en hij begon te rennen. 'Je bent veilig! Wat ben ik daar blij om!'

'Wegwezen!' zei Thea, en ze gaf Humperdinck een tik tegen zijn achterwerk. 'Jij ook, Felix. Murdo Mak bevindt zich in deze kerk. Het is hier niet veilig voor jullie.'

'Loop me niet zo te commanderen,' zei Felix. 'Zonder mij had je Tilly helemaal niet gevonden. Het was míjn hond die haar geur oppikte.'

'En het was míjn idee om Pibbels alle gebouwen in de omgeving af te laten zoeken,' beet Thea hem toe.

'Dus zo heb je me gevonden!' zei Tilly. Ze knuffelde Pibbels nog wat steviger. 'Ik ben zo blij dat alles nu toch goed komt. Waar is Balk, trouwens?' vroeg ze luchtig.

Ze keken haar allemaal zwijgend aan.

'Balk. Je weet wel, mijn ezeltje,' hielp ze hen herinneren. Tilly vroeg zich af of hun hersens misschien niet meer werkten, door alle opwinding. 'Dankzij hem hebben jullie me toch gevonden?' vroeg ze. 'Ik had hem op de rug van Pibbels vastgebonden...'

Zonder iets te zeggen haalde Felix iets uit zijn zak en strekte toen zijn hand uit.

Precies in het midden van zijn handpalm lag een klein, gevlochten staartje.

HOOFDSTUK 22

Missie volbracht

Het waren maar zo weinig draadjes wol, die Tilly aantrof tussen de grafzerken, dat ze er nog geen eierdop mee had kunnen vullen. Voorzichtig pakte ze de draadjes een voor een op, en toen ze klaar was keek ze naar het treurige hoopje in haar hand. Dat was, samen met de gevlochten staart, het enige wat nog van Balk restte.

Tilly boog haar hoofd, en deed wat spionnen niet hoorden te doen.

Arme, dappere Balk. Hoewel ze het zelf niet had gezien, wist ze eigenlijk wel zeker wat er was gebeurd. Omdat Balk had beseft dat Pibbels erg weinig kans maakte om een stel fanatieke terriërs te snel af te zijn, had hij besloten ze af te leiden door zichzelf van de kattenrug te werpen. Hij had gehoopt dat dit Pibbels de voorsprong zou geven die hij nodig had om veilig weg te komen.

Balk moest zichzelf op de een of andere manier onder het tuigje vandaan hebben gewurmd, maar Tilly had zijn staart zo stevig aan het touw vastgebonden dat die was achtergebleven toen hij sprong. Ze zag het dierbare, serieuze gezichtje van haar ezel voor zich, en wist dat hij geen angst had getoond toen hij uit de lucht was weggegrist door de hondenkaken.

Tillys vingers sloten zich om de draadjes wol in haar hand. Haar hart leek in tweeën te breken.

Terwijl de kerkklokken het uur luidden, grabbelde Tilly in

de aarde. Ze maakte een kuiltje in de grond tussen de wortels van een taxusboom. Gelijk met de laatste slag van de klokken had ze de wollige resten van Balk begraven. Respectvol boog ze haar hoofd.

Toen Tilly een schuifelend geluid hoorde, keek ze op. Leo Tweems kwam het kerkpad af, geflankeerd door Red en Socrates. Zijn kleren waren verfomfaaid, zijn haar zat in de war en zijn uitdrukking was zo vijandig en dreigend dat ze het niet kon opbrengen al te lang naar hem te kijken. Achter de drie mannen liep Bikram, die Leos revolver vasthield. Naast hem marcheerde Philippa, met een gescheurde mouw en een dikke lip. Anders dan haar vader toonde ze geen enkele bitterheid, nu ze door P.S.S.S.T. was gepakt. Ze dook ook niet ineen en liet haar hoofd niet hangen. In plaats daarvan schudde ze haar glanzende haren naar achteren en liep daar vol trots en waardigheid. En dat, dacht Tilly, was passend gedrag voor een echte baas, ook al was het dan een beetje een verraderlijke.

Vervolgens kwam Emma, met Thea en Pibbels, een paar passen achter de anderen aan. De kat leek helemaal uitgeput te zijn. Hij had zich comfortabel in Theas armen genesteld en zag eruit alsof hij minimaal een week met rust gelaten wilde worden. Als hekkensluiters kwamen Felix en zijn harige hond. Heel even vroeg Tilly zich af of ze zich misschien had vergist in Humperdinck. Was hij inderdaad, zoals Felix altijd stug had volgehouden, een hond met een verbijsterende intelligentie? Had hij echt haar spoor opgepikt bij de eendenvijver en dat helemaal tot aan de kerk gevolgd? En als dat zo was, had hij dan al eerder laten zien dat zijn reukvermogen heel scherp was? Had zijn neus hem inderdaad naar de deur van Hotel Damper geleid en een paar dagen later naar het berkenbosje, het spoor volgend van Angela Britten? Was het mogelijk dat Humperdinck haar naar Calvin Nobels schuur had gelokt om haar de met reuzel besmeerde ladder te laten zien?

Humperdinck liet een oorverdovend geblaf horen toen hij Tilly tussen de taxusbomen zag zitten. Hij racete op haar af, met fladderende oren, kwam glijdend tot stilstand en lebberde haar knie af met zijn slijmerige tong. Toen nieste hij twee keer, voor hij ging zitten om zichzelf uitgebreid te krabben.

'Nee,' zei Tilly, en meteen verwierp ze de mogelijkheid dat Humperdinck een stuk slimmer was dan hij eruitzag. 'Ondenkbaar. Ik heb je vanaf het begin goed ingeschat.'

Een klein groepje dorpsbewoners naderde Red en Socrates, die in een straf tempo het pad afliepen met Leo tussen hen in. Tilly zag dat Calvin Nobel erbij was, en besefte dat dit de echte klokkenluiders waren. Toen Calvin zich tot het hoofd van P.S.S.S.T. richtte verliet Tilly haar plek onder de taxusboom en kwam wat dichterbij, zodat ze kon horen wat er werd gezegd.

'Het kan wel zijn dat hij je buurman is,' zei Red, die Leo's arm stevig vasthield, 'maar hij is toevallig ook een zeer doortrapte crimineel.'

'Bedankt voor jullie hulp,' zei Socrates, terwijl hij zijn pet afnam en teruggaf aan Calvin. 'We zitten al jaren achter die vent aan.'

'Ongelooflijk,' zei Calvin verbijsterd. 'Weten jullie zeker dat het geen vergissing is? Deze man is een gewaardeerd lid van onze gemeenschap.'

'Zo zeker als het maar zijn kan,' zei Red. 'Als jullie ons nu willen excuseren...'

'Wacht even!' riep Tilly. Wantrouwig keek ze naar Calvin. 'Volgens mij zit hij ook in het complot.'

'Hoe bedoel je?' vroeg Calvin, die Tilly verschrikt aankeek. 'Het idee dat ik betrokken zou zijn bij zaken die het daglicht niet kunnen verdragen... Dat is ronduit belachelijk! Ik ben een gehoorzame, oplettende burger. Hoe durf je mijn reputatie zo te bezoedelen, kleine aap die je bent!'

'Waarom verdenk je die man?' vroeg Red. 'Vertel eens, Tilly.'

'Ik hoorde hem over Bob praten, in de pub,' zei ze.

'Volslagen lariekoek,' zei Calvin. 'Ik ken helemaal geen Bob! Dat kind staat gewoon te liegen dat ze barst.'

'Het is echt waar,' wierp Tilly tegen. 'Je noemde hem "Kleine Bob".'

Tot haar verbazing begon Calvin te lachen, en de andere klokkenluiders volgden zijn voorbeeld. '"Kleine Bob" is geen persoon,' zei Calvin, toen hij eindelijk weer een woord kon uitbrengen. 'Dat is de naam van een carillon.'

'Een cari-wat?' zei Tilly.

'Dat is een klokkenluidersterm,' zei Calvin. 'Een carillon is een klokkenspel. Je weet wel, als er zo'n melodietje wordt gespeeld.'

'O,' zei Tilly, die zich nogal dom voelde. Toen op dat moment een mooie, zwarte stationcar naast het poortje van het kerkhof tot stilstand kwam, was ze opgelucht dat iedereen daardoor werd afgeleid. De motor van de auto werd afgezet, en iemand opende de passagiersdeur. Het was een oudere vrouw met lang, steil haar en een bleek, bezorgd gezicht. Tilly had haar nog nooit gezien.

Maar Felix wel.

'OMA!' riep hij uit, en hij rende het pad af. Hij spreidde zijn armen uit en gaf haar een enorme knuffel, stevig genoeg om haar ribben te kneuzen.

'Jack! Mijn eigen Calico Jack!' zei de vrouw, Felix bij de naam noemend die als kind zijn voorkeur had gehad. Met trillende stem vroeg ze hem of alles goed was.

'Het gaat uitstekend, oma. Dank je,' zei Felix met een brede grijns. Hij leidde haar door het poortje heen. 'Ik wil je graag aan iemand voorstellen.'

'Hallo,' zei Tilly, en ze schudde de vrouw de hand. 'Angela Britten, neem ik aan?'

'Dat klopt, lieverd,' zei Angela glimlachend. 'En jij moet Tilly Bunker zijn. Ik heb zo veel over je gehoord.'

In twee snelle auto's, een ijscokar en de oude witte roestbak, die nauwelijks harder dan negentig kon zonder te gaan ratelen, reden ze terug naar Londen.

Leo zat geboeid tussen Socrates en Red ingeklemd achter in een BMW, met Philippa op de passagiersstoel en Emma aan het stuur. Bikram reed met Nathan mee in de ijscokar, die, als gevolg van een of andere storing, elke keer zijn muziekje speelde als Nathan op de rem trapte. En Edith bestuurde de mooie, zwarte stationcar, terwijl Felix en zijn oma onderuitgezakt op de achterbank zaten, ieder met een arm om Humperdinck heen. Tilly had, geheel terecht, vermoed dat Thea wel wat gezelschap wilde in de oude, witte auto. Op de heenreis hadden ze samen voorin gezeten. Ook op de terugreis zat ze naast Thea, maar deze keer was er geen kartonnen doos en hield ze Pibbels in haar armen.

Tijdens de reis van een kleine honderd kilometer praatte Thea aan een stuk door, en Tilly knikte op de juiste momenten en stelde zo af en toe een vraag, als ze er een woord tussen kon krijgen. Voor ze de buitenwijken van Londen hadden bereikt, had Tilly het hele verhaal gehoord. Thea had Philippa Killerman gespot op de achtergrond van een van de microfoto's, en beseft dat de baas van s.t.i.l. aanwezig was geweest bij de Tuinshow, die dag waarop Angela was verdwenen. Toen had ze meteen geweten dat er iets heel merkwaardigs aan de hand was. Onmiddellijk had ze p.s.s.s.t. op de hoogte gebracht. En toen Tilly niet was teruggekeerd van haar nachtelijke missie had ze het dorp afgezocht met behulp van Felix, Pibbels en Humperdinck. Even later had Nathan, die maar een paar kilometer verderop geparkeerd stond, zich bij hen gevoegd.

Volgens Thea had de rest van p.s.s.s.t. ook geen seconde verspild.

Eerst hadden ze zich gemeld bij het Londense huis van Philippa in Belgravia, waar Tilly waarschijnlijk langs was gezoefd in Emma's MG, op die gedenkwaardige dinsdagochtend, iets meer dan een week geleden. Toen er niemand thuis bleek te zijn hadden ze het pand van onder tot boven doorzocht, en waren daarbij Angela tegengekomen achter een gesloten deur op zolder. Nu ze wisten dat Murdo Mak nog in leven was, hadden ze Izzie, die daar weinig zin in had, het toezicht op Hotel Damper toevertrouwd en waren ze naar Doddington gesneld.

Tilly snapte er niets van toen hun kleine karavaan (met de BMW voorop en de witte gezinswagen achteraan) niet doorreed naar het hoofdkwartier van p.s.s.s.t. in Pimlico. In plaats daarvan stopten ze in een klein straatje voor een winkeltje met tweedehands boeken. Het was een nogal verlopen zaakje dat 'Het Schutblad' heette, en dat, afgaande op de spullen die in de etalage lagen, vooral handelde in boeken met saaie kaften en nog saaiere titels.

Philippa stapte als eerste de drempel over. Daarna kwam Red, die Leo met zich meevoerde. Er was een muts over de ogen van de beruchte spion getrokken en in zijn oren staken oordoppen, zodat hij geen idee zou hebben waar hij heen werd gebracht. De rest kwam in groepjes van twee of drie binnendruppelen.

'Hebt u ook boeken over James Bond?' vroeg Philippa aan het brildragende meisje achter de toonbank.

Dat was duidelijk een soort wachtwoord, want de verkoopster gaf haar een snelle knipoog, voor ze zei: 'Maar natuurlijk, mevrouw. Loopt u maar mee.' Ze liep naar het achterste deel van de winkel, deed een soort tapdansje op een oosters tapijt en stapte toen soepeltjes opzij.

Tilly zag dat het tapijt begon te rimpelen en vervolgens door een gat in de vloer verdween. Toen kwam er een trap in zicht die naar beneden leidde, en ze wachtte op haar beurt om die af te dalen. Helemaal onderaan werden ze opgewacht door een streng kijkende man met een vulpotlood achter zijn oor. Hij zat aan een bureau en kwam snel overeind toen hij Philippa Killerman zag.

'Mevrouw,' zei hij beleefd.

Ze knikte hem toe. 'Goedemiddag, Quinten. Heb je wat pasjes voor me?'

'Natuurlijk, mevrouw,' antwoordde hij, een la van zijn bureau opentrekkend. Hij pakte twee handen vol pasjes die, omdat ze rond waren en vastzaten aan zilveren kettinkjes, wel iets weg hadden van gootsteenstoppen.

'S.T.I.L. BEZOEKER', las Tilly, voor ze het pasje om haar hals hing. Een huivering van opwinding liep over haar rug. Ze keek even naar de anderen. En toen ze de brede grijns zag op Nathans gezicht besefte ze dat hij het ook erg spannend vond om te worden toegelaten tot het zenuwcentrum van de organisatie. Hij stootte haar arm even aan.

'Gaaf is dit, hè?' zei hij. 'Vorige week was ik nog op proef... en nu zegt Red dat ik zo goed heb geholpen bij Operatie Vraagteken dat hij me een vaste aanstelling geeft bij P.S.S.S.T.!'

'Wat geweldig,' zei Tilly hartelijk.

Nadat iedereen een pasje had gekregen, inclusief Pibbels en Humperdinck, liepen ze allemaal achter elkaar door het doolhof van gangen. Tilly zag dat de deuren die ze passeerden geen van alle een deurkruk hadden. In plaats daarvan staken er vreemde stukjes breed uitlopend metaal uit, die een beetje leken op bloemkelken in de vorm van een trompet.

Philippa stopte voor een deur waarop 'Plaatsvervangend hoofd' stond, boog zich voorover naar een van de 'bloemen' alsof het een microfoon was en zei 'Pom-pom-pi-dom'. Toen slikte ze moeizaam, en trok ze haar jasje recht. 'Goed, daar gaan we dan,' zei ze tegen het groepje mensen om haar heen. 'Ik ga mezelf aangeven.'

Tilly begreep maar al te goed dat Philippa daar huizenhoog tegenop zag. Als de andere werknemers van S.T.I.L. hoorden dat hun baas de dochter was van Murdo Mak, en dat ze voor hem had lopen liegen en bedriegen, zou de hel losbreken.

'Vergeet niet te zeggen dat je ook goede dingen hebt gedaan,' zei Tilly, bedenkend dat Philippa Angela uit de handen van Mak had weten te redden en dat ze haar leven had gewaagd om Tilly te laten ontsnappen. 'Veel succes,' voegde ze toe, en ze stak haar hand uit en kneep even in die van de baas. (Een gewoon kneepje – geen boodschap in morse deze keer.)

Een man met weerbarstig zwart haar en perfecte tanden

opende de deur en keek enigszins verbaasd naar de menigte op de gang.

'Hallo, Mick,' zei Philippa. 'Kan ik je even spreken?'

'Tuurlijk,' zei Mick, die verbijsterd naar Humperdinck en Pibbels staarde.

Philippa wendde zich tot de anderen en zei dat ze het beste even in de bezoekersruimte konden wachten. Toen ging ze het kantoor van het plaatsvervangend hoofd binnen, gevolgd door Red en Leo (inmiddels zonder muts en oordoppen).

'Chique boel hier,' zei Nathan, wegzinkend in een lederen fauteuil. Op zijn schoot rustte een bord dat afgeladen was met eten.

'Ja, lang niet slecht!' zei Bikram, die genietend zijn tanden in een chocoladewafel zette.

Tilly knabbelde aan een pasteitje en keek om zich heen waar ze kon zitten. Er stonden diverse banken en leunstoelen in de bezoekersruimte, maar met zo veel mensen bij elkaar was het nog niet zo eenvoudig een plaatsje te ontdekken.

'Daar, onder dat schilderij,' zei Edith, die met haar scherpe ogen onmiddellijk de enige beschikbare plek had gevonden.

'Dank je,' zei Tilly, en ze liep naar de vrije stoel.

'Eén ding kan ik je vertellen over s.t.i.l.,' zei Socrates, die een groot stuk hartige taart naar binnen aan het werken was, 'ze weten wel hoe ze hun bezoekers moeten ontvangen.' Hij nam nog een paar grote happen, fronste toen en schudde zijn hoofd. 'Die Murdo Mak, zeg. Tien jaar lang dacht ik dat hij zo dood was als een pier, en al die tijd leidde hij een luizenleventje in Doddington. Ik zou toch wel dolgraag willen weten hoe hij het geflikt heeft.' Verwachtingsvol keek hij Angela aan. 'Nou?' zei hij.

'Als je mij vraagt hoe hij uit dat ijskoude water is gekomen,' zei ze, 'moet ik je helaas teleurstellen. Ik heb werkelijk geen flauw idee.'

'Eh... ik kan het je wel vertellen,' zei Tilly. 'Philippa heeft het me uitgelegd.'

Alle gezichten draaiden nu haar kant op (behalve dat van Humperdinck die zijn snuit had begraven in een schaal met worstjes).

'Nou, vertel op dan,' zei Socrates.

Tilly haalde diep adem. 'Ze hadden het samen zo gepland,' zei ze. 'Toen Mak besefte dat hij Angela niet af kon schudden, belde hij zijn dochter en vroeg haar om hulp.'

'Dat zal wel meer een bevel zijn geweest,' gromde Socrates. 'Ik was echt totaal van de kaart, toen ze vertelde dat die oude rat haar vader is.'

Tilly negeerde hem, en vervolgde: 'Toen Philippa...'

'Ze heette toen nog "Pip",' onderbrak Socrates.

'Goed dan.' Tilly zuchtte. 'Toen Pip bij het pakhuis kwam, bood ze aan om de achteruitgang te bewaken. Mak wachtte haar daar op. Hij zei dat hij van plan was met pensioen te gaan, en beloofde haar dat hij voorgoed zou verdwijnen, als ze hem deze ene keer zou helpen te ontsnappen.'

'En hoe hebben ze dat dan voor elkaar gekregen?' vroeg Bikram.

'Pip trok Maks sjaal en jas aan,' zei Tilly. 'Toen schoot ze de lamp in de lantaarnpaal achter het pakhuis kapot, zodat het te donker zou zijn om goed te kunnen zien.'

'Het schot!' zei Angela. 'Ja, dat weet ik nog. Toen belde ze ons dat Mak haar had overmeesterd en dat hij naar de voetbrug over de Theems rende.'

'Het was Pip die naar de voetbrug rende, in de kleren van Mak,' zei Tilly. 'Vervolgens trok ze die uit, wikkelde ze om een blok beton...'

'Ja, die lagen er genoeg,' zei Socrates. 'De brug werd gerepareerd en het was net een mijnenveld, waar ik doorheen moest fietsen. Ik kreeg een flinke slag in mijn voorwiel en vloog bijna over mijn stuur.'

'Stil nou even,' zei Edith.

'Pip liet het hele zaakje in de rivier vallen,' zei Tilly. 'Het blok beton viel met een enorme klap in het water en zonk naar de bodem, maar de jas en de sjaal dreven naar de oppervlakte. Dus toen Red daar met zijn zaklamp op scheen, dachten jullie allemaal dat Mak verdronken was.'

'Terwijl hij in werkelijkheid het pakhuis weer in geslopen was en door de voordeur was verdwenen,' raadde Angela.

'Slim,' zei Socrates. 'Heel slim.'

'Zeker,' zei Felix zelfingenomen, terwijl hij een handvol druiven nam. 'Maar ík zou wel hebben begrepen dat het zo was gegaan.'

Later die middag was er op het hoofdkwartier van P.S.S.S.T. een feest in volle gang. Wat was begonnen als een afsluitende bijeenkomst van de missie, was uitgelopen op een vrolijke bende. Nadat Mick Leander, de nieuwe baas van S.T.I.L., ze voor de rest van het jaar een hoop extra geld had toegezegd, was Red op de terugweg naar Hotel Damper gestopt bij een dure banketbakker om daar allemaal heerlijke dingen te kopen.

'Als ik even jullie aandacht mag,' zei Red nu goedgeluimd. Met een zakdoek veegde hij de restanten van een roomsoes van zijn onderlip, en hij stond op uit zijn stoel. 'Even mond dicht, mensen,' zei hij nu iets strenger, en het gelach en gepraat stierven langzaam weg.

'Allemaal staan,' zei Red, en de stoelpoten schraapten over de vloer toen iedereen overeind kwam. 'Ik wil graag een toost uitbrengen,' zei hij, zijn theekopje heffend. In de hele kamer werden porseleinen kopjes omhoog gehouden. 'Op een dappere jongedame die niet alleen haar eerste missie succesvol heeft afgerond – en de meest ongrijpbare schurk ooit heeft gepakt – maar ook heeft weten te voorkomen dat ons geliefde P.S.S.S.T. wordt opgeheven.' Red schraapte zijn keel. 'Op Tilly,' zei hij.

'Op Tilly!' zei iedereen, waarna ze allemaal van hun thee slurpten.

Er was nog nooit een toost op haar uitgebracht. Tilly was er helemaal stil van.

'Dank je,' zei ze, met vuurrode wangen. 'Ik vond jullie allemaal geweldig om mee samen te werken.' Haar ogen dwaalden door de kamer, van gezicht naar gezicht. Uiteindelijk bleef haar blik rusten op Humperdinck. 'Nou... bijna allemaal, dan,' zei ze grinnikend.

Het feestgedruis duurde voort tot de laatste taartkruimel was opgegeten. Toen haalde Emma haar autosleutels tevoorschijn en rinkelde ermee.

'Ik denk dat het tijd wordt om die kinderen naar huis te brengen,' zei ze.

Felix en zijn oma sloegen de lift af, omdat ze liever lopend naar huis gingen. Angela had een aantal weken op Philippa's zolder gezeten, en ze verheugde zich erop haar benen te strekken. Voor ze weggingen nodigde Angela Tilly uit voor de thee, op zaterdagmiddag. Felix en Humperdinck zouden er ook zijn. Tilly, die ontroerd was omdat Felix het duidelijk leuk vond haar zo snel weer te zien, stak haar hand naar hem uit.

'Tot ziens, broer Walter,' zei ze. 'Zonder jou had ik mijn missie nooit kunnen voltooien.' (Dat had ze natuurlijk wel gekund – en waarschijnlijk nog een stuk sneller ook. Maar Tilly was veel te aardig om dat te zeggen.)

'O, geen dank hoor,' zei Felix, die heel tevreden leek met zichzelf. Hij schudde haar de hand en Humperdinck likte haar knie, precies op hetzelfde moment. 'Tot ziens, Kitty Wilson,' zei hij.

Even later nam ook Tilly definitief afscheid van Kitty Wilson, toen ze de hemelsblauwe koffer die ze had meegenomen naar Doddington teruggaf, en haar rode koffer uit de klerenkast op kamer vier had opgevist. Ze opende hem en glimlachte toen ze haar naam in viltstift zag staan aan de binnenkant van het deksel.

'Ik ben mezelf weer!' zei ze.

Nu viel haar blik op het lege plekje naast haar beige kniekousen, en een steek van pijn ging door haar hart. Pas na een paar minuten was Tilly in staat om Kitty's kleren in de koffer te stoppen. Izzie had erop gestaan dat ze die meenam. Vervolgens deed ze de cheque van P.S.S.S.T., die ze van Red had gekregen voor 'een mooie prestatie', tussen haar spullen.

Voor ze het deksel dichtdrukte, stopte Tilly nog een voorwerp in de koffer: de vergulde vulpen die Socrates haar als afscheidscadeau had gegeven. Zijn laatste woorden had ze overigens wel enigszins beledigend gevonden.

'Ik weet niet wat er met jou gebeurd is, Tilly,' had hij gezegd, 'maar het lijkt wel alsof je je talent om onopvallend te zijn kwijt bent. Als je nog eens wilt worden ingeschakeld voor een P.S.S.S.T.-missie, moet je echt flink gaan trainen.'

Tilly sloot haar koffer en overpeinsde wat Socrates had gezegd. Ze besefte dat hij gelijk had. Ergens tijdens Operatie Vraagteken was ze opgehouden met onzichtbaar zijn – en in tegenstelling tot Socrates, die daar duidelijk door was teleurgesteld, vond Tilly het eigenlijk geweldig.

Ze hoorde Emma vanaf de gang roepen en haastte zich naar de deur. Binnen een minuut stapten ze uit de lift en liepen ze naar de receptie. Ediths doordringende ogen volgden hun bewegingen nauwgezet.

'Tot ziens,' zei Tilly beleefd.

Edith knikte. 'Ik hoop dat je verblijf hier aangenaam is geweest,' zei ze – en daar glimlachte ze toch zeker een tiende van een seconde bij.

Pibbels lag boven op het gastenboek van het hotel, met zijn pootjes onder zich gekruld. Toen Tilly hem begon te aaien, produceerde hij een diep rommelend geluid. Zo luid had ze hem nog nooit horen spinnen.

'We moeten een beetje opschieten,' zei Emma vriendelijk, 'anders staan we zo in de file.'

Tilly greep het handvat van haar koffer en volgde Emma naar buiten. Voor het hotel stond de groene sportwagen, en de motorkap glom in de zon.

'Hallo-hoooo!' riep Tilly door de brievenbus van Molenzicht nummer acht. Voor de tweede maal drukte ze op de deurbel, maar voor ze nog een keer kon drukken vloog de deur open.

'Niet zo ongeduldig, zeg,' zei Tilly's moeder. Ze veegde haar met meel besmeurde handen af aan haar schort. 'Ik sta net een taart te bakken. Mijn dochter komt vandaag thuis. Mijn hemel, Tilly, ben jij dat?'

'Natuurlijk ben ik het,' zei Tilly met een brede grijns. 'Hallo, mam!'

Bianca Bunker hield haar hoofd schuin. 'Je haar is veel korter... en je hebt nieuwe kleren... en er is nog iets anders aan je.'

'Ik ben nog steeds dezelfde oude Tilly. Ben je echt een taart voor me aan het bakken?'

'Mm, mm,' zei haar moeder. 'Een chocoladetaart. Ik heb het recept van mijn bazin gekregen. Ze blijft maar vragen of ik het al uitgeprobeerd heb. Toen ik een telefoontje kreeg dat je vanavond thuiskwam, vond ik het een goed moment om het er maar eens op te wagen... als welkom thuis-gebaar, zeg maar.'

'Ik kan niet wachten om hem te proeven!' zei Tilly. Hoewel haar maag tjokvol zat met taartjes en chocolaatjes van de banketbakker, was ze vastbesloten een punt van haar moeders taart weg te werken, op wat voor manier dan ook.

'Hé, meissie,' zei Jef Bunker, die nu achter zijn vrouw verscheen. 'Is het allemaal goed gegaan? Mooi zo. Als je je koffer hebt weggezet, kom je dan even naar de kelder? Ik heb een nieuwe koekoeksklok die echt adembenemend is.'

'Geweldig,' zei Tilly. 'Ik kom zo, maar eerst wil ik opa gedag zeggen.' Ze wurmde zich langs haar ouders en liep naar de woonkamer, waar ze haar grootvader verwachtte in het donker voor zijn favoriete elektrische apparaat. 'Waar is hij?' vroeg Tilly, met paniek in haar stem. De gordijnen waren open en de televisie stond uit. 'Waar is opa?' vroeg ze, teruglopend naar de gang. Tranen prikten achter haar ogen.

Haar moeder leek haar blik te ontwijken.

'Er is iets met hem gebeurd, hè?'

'Nee... nee, niet wat je denkt.' Bianca kreunde wanhopig. 'Hij wou zo graag dat het een verrassing was.'

'Pardon?' zei Tilly.

'Je grootvader is op pad om een cadeautje voor je te kopen.'

Ze vond hem uiteindelijk voor de etalage van een speelgoed-winkel. Hij droeg een vest, een smoezelige oude ribbroek en een paar sloffen. In zichzelf mompelend bekeek hij de koop-waar, alsof hij probeerde te beslissen welk speelgoed hij zou kopen.

'Hoi, opa,' zei Tilly, en ze stak haar arm door de zijne.

'Hè, verdorie,' zei hij. 'Nou heb je me betrapt. Je moeder heeft het zeker verklapt, of niet?'

'Ja,' zei Tilly. 'Je hoeft echt geen cadeautje voor me te kopen, opa.'

'Toch doe ik het,' zei hij. 'Wat zou je leuk vinden, Tilletje? Die tijger is wel leuk... maar eigenlijk neig ik meer naar die olifant.'

Tilly beet op haar lip. 'Zou je het heel erg vinden als ik liever geen knuffelbeest wil, opa?'

'Geen knuffelbeest?' vroeg Igor, en met open mond keek hij zijn kleindochter aan. 'Waarom dan niet?'

Ze wilde hem vertellen dat geen enkele knuffel ooit haar ezel zou kunnen vervangen – maar dat deed ze niet.

'Omdat ik...' zei Tilly, wanhopig om zich heen kijkend, 'omdat ik liever een... huisdier heb. Mag dat ook?'

'Een huisdier? En waar moet ik zoiets dan halen?'

'Daar,' zei Tilly, naar een winkel wijzend die Bertha's Beest-jes heette, aan de overkant van de straat.

Tilly koos een konijn. Niet het schattige sneeuwwitte konijn-tje met de hangoren waar haar opa meteen helemaal weg van was – maar een onopvallend bruin exemplaar.

'Waarom wil je die hebben?' vroeg opa.

Even wist Tilly niet waarom nou juist dat konijn haar aandacht had getrokken. Hij was niet bijzonder fraai, en zijn oren leken niet te weten welke kant ze op moesten wijzen. Ze wilde haar schouders al ophalen, toen ze opeens besefte waarom het dier haar zo aansprak.

De manier waarop hij haar aankeek, had absoluut iets Balkachtigs.

Nawoord

Een zachtmoedige rechter boog zich over de zaak van Philippa Killerman. Ze kreeg een flinke uitbrander en een enorme boete, maar ze hoefde niet naar de gevangenis.

Murdo Mak kreeg een onmogelijk lange gevangenisstraf. Tegen zijn bewakers werd gezegd dat ze de sleutel maar weg moesten gooien.

En Pillipon werd veroordeeld tot levenslang in een schildpaddenopvang aan de kust.

Verklarende woordenlijst

Afkortingen

S.T.I.L.	Strikt Topgeheim Instituut voor het Landsbelang
P.S.S.S.T.	Project tegen Sluwe Spionnen en Stiekeme Types
A.H.U.M.	Aanvoer van Hoogst Uitzonderlijk Materiaal
J.O.E.H.O.E.	Jacht op Ongewenste Elementen en Hinderlijke Obstructieve Eenheden
P.F.F.	Presentatie van Fascinerende Feiten
P.O.E.H.	Productie van Onmisbare Eersteklas Hulpmiddelen
C.L.I.C.K.	Creatie van Lachwekkend Ingewikkelde Codes die Kloppen

Het Calandro-alfabet

(samengesteld door Steven Calandro in 1981)

Aardappel	Jokkebrok	Saucijs
Botervloot	Klokhuis	Trainingspak
Chili	Lampenkap	Ukkepuk
Doedelzak	Muesli	Voodoo
Egel	Nachtegaal	Woensdag
Fluitketel	Oliebol	X-benen
Gifkikker	Pudding	Yoga
Hoera	Quarantaine	Zeepdoos
Idioot	Ringweg	

Morsealfabet
(uitgevonden door Samuel Morse in 1872)

. = dit (kort signaal)
- = dah (lang signaal)

A	.-	J	.---	S	...
B	-...	K	-.-	T	-
C	-.-.	L	.-..	U	..-
D	-..	M	--	V	...-
E	.	N	-.	W	.--
F	..-.	O	---	X	-..-
G	--.	P	.--.	Y	-.--
H	....	Q	--.-	Z	--..
I	..	R	.-.		

Punt (AAA)	.-.-.-
Apostrof (AMN)	.----.
Vraagteken (IMI)	..--..
Einde (AR)	.-.-.

Spionagetermen

Agent	een ander woord voor een spion
Alias	een valse naam en levensgeschiedenis
Briefing	bijeenkomst waarbij de instructies voor een Missie worden gegeven
Code	een methode waarbij woorden worden vervangen door andere woorden zodat de betekenis van het bericht verborgen blijft

Dode brievenbus	een geheime plek waar berichten kunnen worden afgeleverd en opgehaald
Geheimschrift	een manier om te communiceren waarbij letters worden vervangen door andere letters zodat het bericht niet kan worden gelezen zonder een Sleutel
Microfoto	een minuscule foto, zo klein als een speldenknop
Missie	een klus die een spion moet klaren (zie ook Opdracht)
Morsecode	een alfabet waarbij letters worden vervangen door punten en streepjes
Opdracht	een ander woord voor Missie
Prooi	de persoon of het voorwerp waar een spion achteraan zit
Rendez-vous	een ontmoeting op een afgesproken tijd en plaats
Schaduwen	het ongemerkt volgen van een persoon
Sleutel	informatie waarmee iemand de betekenis kan ontcijferen van een boodschap in geheimschrift
Surveillance	een verdachte voortdurend in de gaten houden
Snufje	klein, handig hulpmiddel
Verrader	een onbetrouwbaar persoon die zijn land niet trouw is
Undercover	een andere identiteit aannemen om verdachten te kunnen observeren
Vervalser	iemand die valse documenten maakt

Een paar codes en geheimschriften

Circus een geheimschrift waarbij met letters wordt gejongleerd

Slootwater een brief die zo saai is dat de lezer het lang voor het einde opgeeft, en daardoor de boodschap mist die zit verborgen in de P.S.

Eland de boodschap wordt hierin letter voor letter verborgen voor elke 'e'

De Ark van Noach dit verbergt een bericht door de letters twee aan twee te schrijven in opeenvolgende woorden

Boodschappenlijst waarin boodschappen voor bepaalde woorden staan

Tornado een geheimschrift dat de letters achterstevoren en ondersteboven zet

Handige boeken

Gehuld in schaduwen door Anonymus

C.L.I.C.K's Compendium door diverse auteurs

Het Heimelijke Handboek door Susan de Neame

Een beknopte handleiding voor de reparatie van snufjes door Arnold Twitter

Absoluut geen minirok: Wat je nooit moet dragen als je undercover gaat door T. Ward en S. Calder

Jokken en liegen: een gids vol overtuigende smoezen door Amalia Pop

Dapper, dat waren ze: Spionnen in oorlogstijd door Majoor Stockton

Lees ook van Anna Dale:

Heksengefluister

ISBN 90 257 3757 9

Sam heeft zich ingesteld op
een saaie logeerpartij bij zijn
moeder, stiefvader en stief-
zusje, maar de vakantie wordt
heel wat spannender dan hij
had gedacht. Op de heenreis in
de trein gebeuren vreemde dingen, en als Sam dan ook nog
eens te vroeg uitstapt, belandt
hij in een wereld vol magische
spreuken, toverdrankjes en
vliegende bezems.